El día en que los leones comerán ensalada verde

RAPHAËLLE GIORDANO

EL DÍA EN QUE LOS LEONES COMERÁN ENSALADA VERDE

Traducción de
Teresa Clavel

Grijalbo narrativa

Papel certificado por el Forest Stewardship Council®

Título original: *Le jour où les lions mangeront de la salade verte*
Primera edición: marzo de 2018

© 2017, Groupe Eyrolles
© 2018, Penguin Random House Grupo Editorial, S. A. U.
Travessera de Gràcia, 47-49. 08021 Barcelona
© 2018, Teresa Clavel Lledó, por la traducción

Printed in Spain – Impreso en España

ISBN: 978-84-253-5615-5
Depósito legal: B-243-2018

Compuesto en Comptex & Ass., S. L.

Impreso en Liberduplex
Sant Llorenç d'Hortons
(Barcelona)

GR 5 6 1 5 5

Penguin
Random House
Grupo Editorial

Muchísimas gracias a todas las personas con tendencias «bolineras» con las que he tenido relación cercana o lejana a lo largo de mi vida, que me han inspirado esta historia y han despertado en mí el deseo de reflexionar sobre cómo llegar a ser una persona mejor...

A mi hijo, Vadim, a quien quiero con locura. A su padre, Régis, mi eterno cómplice creativo.

A mi madre, Claudine, por todo lo que es y todo lo que me ha transmitido.

A mi hermana gemela, Stéphanie, por su presencia única y su apoyo incondicional.

A mis editoras, Stéphanie y Élodie, por haber sabido acompañarme tan bien en mi hermosa aventura editorial...

A Vanina C. Renard por su ayuda con el Juego del Fénix.

Amar más. Amar mejor. Amar mal. Pero amar.
Hacer que eclosione ese magnífico potencial de alegría,
creatividad y dicha, para que resplandezca en nuestro
interior y a nuestro alrededor.
Feliz lectura.

RAPHAËLLE GIORDANO

1

Un chorro de sangre roja sale despedido hacia la arena de la plaza, como un *dripping* sobre una obra de Jackson Pollock. En medio de ese retablo viviente, un toro, monumental masa negra y opaca, destaca sin piedad sobre la arena. La tauromaquia eleva su disciplina al rango de arte y la multitud apiñada apura hasta los posos, con mirada ávida, la copa de su fascinación morbosa.

El monstruo rasca la arena ardiente. Su pezuña araña el suelo cual tridente de un malvado diablo, pues su fuerza machuna encarna, a su pesar, el poder del Mal. Frente a él, un hombre con traje de luces, absuelto de sus zonas oscuras por un público conquistado por anticipado. Duelo de egos. Orgullo de macho herido en carne viva por las banderillas. Nariz y ollares tiemblan por el mismo deseo de vencer. El torero agita entonces con gesto ágil el capote rojo, como una fulgurante pincelada provocadora. De repente, los movimientos se aceleran.

El animal embiste a una velocidad asombrosa y todo empieza a girar. La visión de los cuerpos en este movimiento anárquico se desestructura y le da a la escena un falso aire que recuerda al *Guernica* de Picasso. ¡Estupor! El torero rueda en el polvo para esquivar el ataque. El toro acaba de dar la vuelta al ruedo, vuelve a la carga y embiste, mostrando dos imponentes gónadas balanceantes, tributo o fardo de virilidad. Un grito sale de la boca del torero y se mezcla con el siniestro gruñido del animal. La boca abierta es cada vez más grande, hasta que se convierte en un terrorífico agujero negro dispuesto a aspirarlo todo en su vacío mortal.

Romane se despertó sobresaltada. Gotas de sudor le bañaban la frente. No era la primera vez que tenía ese sueño.

«Son los nervios», se dijo, estirando sus doloridas extremidades. La pesadilla se repetía cada vez que tenía que dar una conferencia importante. La insoportable melodía del teléfono móvil empezó a sonar con estridencia. La joven rezongó antes de deslizar un dedo nervioso sobre la superficie lisa de la pantalla para poner fin a aquel suplicio sonoro.

14.30 h. Los minutos nunca daban cuartel en casos como ese y se desgranaban implacables. No había tiempo que perder. Romane saltó de la cama y borró con rapidez de su rostro las huellas de la siesta. Se recogió a toda prisa el largo y rizado cabello en un moño desordenado y clavó en él el primer lápiz que encontró a mano como si fuera una peineta. El *negligé* cayó a sus pies sin resistencia mientras entraba en el baño. El teléfono de la ducha tuvo la oportunidad de observar las delicadas curvas de aquel bonito cuerpo voluptuoso de treintañera deportista y, si hubiera tenido forma humana, probablemente sus cromados se habrían ruborizado.

Luego se envolvió en una inmensa toalla y frotó el espejo con prisa para dibujar un agujero en el vaho.

«Estoy encantada de poder hablaros hoy de un tema muy querido para mí y que nos concierne a todos: la bolinería en nuestra vida cotidiana.»

La «bolinería»... Esa era la palabra, derivada de «bolas», que se le había ocurrido para denominar al conjunto de comportamientos más o menos perjudiciales a los que todo el mundo se enfrentaba en su día a día, en la oficina, en casa o en cualquier otro sitio: un automovilista o un cliente que se desfoga injustamente contigo; un superior jerárquico que te critica en público; un cónyuge que actúa sin el mínimo tacto... ¡Los ejemplos de bolinería eran infinitos!

Entre las características más frecuentes de los sujetos afectados de bolinería se encontraba, en diferentes grados, cierto aumento del ego (y del egocentrismo que va asociado a él), un instinto de dominación y un sentimiento de superioridad más o menos exacerbado, así como una inclinación natural a los juegos de poder o las relaciones de fuerza.

Cuando hablaba de bolinería, a menudo Romane evocaba también los deplorables «pequeños atentados a la sensibilidad» perpetrados con demasiada frecuencia (falta de tacto, predisposición a no escuchar y mezquindades diversas), la lamentable propensión a la agresividad fácil o gratuita, sin olvidar la mala fe con absoluta buena fe, tan tristemente extendida. Era frecuente asimismo la tendencia al juicio fácil y a las críticas «de las tres íes»: injustas, injustificadas e inapropiadas; y en ocasiones la irreprimible necesidad de ejercer presiones inútiles o de tener más razón de la razonable. En resumen, la bolinería podía instalarse donde uno menos se lo esperaba.

Romane supo enseguida que esa era su vocación: ¡reducir el índice de bolinería allí donde fuera posible! Su misión era triple: ayudar a la gente a enfrentarse a las conductas bolineras que pudieran padecer, despertar las conciencias para que cada uno reflexionara sobre sus propias actitudes bolineras y, por último, acompañar en el proceso de cambio a las personas que lo desearan, enseñándoles a desbolinar con eficacia sus comportamientos. Una especie de transformación integral de actitud y mentalidad. ¿La idea? Eliminar sus rasgos bolineros contaminantes o perjudiciales para el entorno y desarrollar una forma de ser más equilibrada y armoniosa.

Esperaba mucho de la conferencia que iba a dar ese día para promover su iniciativa. La prensa estaría presente. Los beneficios podían ser importantes para su empresa, el Centro de Reeducación Antibolinería.

Frente al espejo, Romane intentaba tranquilizarse repitiendo el texto que había preparado mientras se maquillaba para la ocasión. No le gustaban los excesos, así que había acudido a una profesional para que le enseñara a iluminar su rostro sin abusar de artificios demasiado llamativos. Tenía los ojos de color verde agua, como su padre, de origen lituano. En cuanto a su madre, le había transmitido toda la gracia de su estirpe veneciana. Ese choque de culturas había marcado su personalidad y la había dotado de una irremediable dualidad. Podía ser tan expansiva como reservada, tan arisca como sociable, tan dulce como implacable. No estaba al alcance de cualquiera acomodarse a estas contradicciones. Peter Gardener las había padecido y su matrimonio se había saldado con un fracaso después de menos de dos años. Lo único que había conservado Romane de esa experiencia marital era el apellido, y desde entonces mantenía su vida sentimental en barbecho, ya que prefería consagrarse en cuerpo y alma al desarrollo de su empresa.

15.00 h. Mientras se vestía, Romane se dio cuenta de que estaba hambrienta. Abrió el frigorífico: el desierto de Gobi. Odiaba hacerlo, pero iba a tener que recurrir al restaurante de comida rápida de la esquina. El hambre es mala consejera.

Sujetando el bolso bajo un brazo y ocupada la otra mano en cerrar la puerta con llave, Romane contestó al teléfono, que acababa de empezar a sonar, con un tercer brazo que le había salido en el hombro:

—¿Papá? Sí, no, no puedo hablar en este momento. Claro que estaré a la hora... ¿La prensa ya está ahí? ¿Has podido convocar a todo el mundo? Perfecto. Bueno, te dejo. Sí, yo también... Un beso.

Su padre. Habían estrechado tanto sus lazos... ¿Quién lo hubiera imaginado? ¡Él, que antes se llevaba todas las palmas habidas y por haber de la bolinería! Había cambiado mucho y ahora trabajaba con Romane y se había comprometido en la empresa. Se alegraba de que estuviera presente para respaldarla durante la conferencia. En los últimos meses se apoyaba mucho en él, eso era un hecho. Desde que se divorció, hacía un año y medio, él había vuelto a convertirse en un pilar en su vida. Saber que estaba allí la ayudaría a superar el bloqueo que le provocaban los nervios cuando tenía que sentarse ante el público. Suspiró aliviada al pensarlo mientras entraba en el restaurante. Por suerte, a aquella hora no había demasiada gente.

—No, gracias, sin ketchup... Y un agua mineral, por favor.

Cogió una pajita y tumbó la botella de agua sobre la bandeja para evitar que se cayera. Se sentó en un rincón tranquilo, que dejó de serlo cuando un grupito de adolescentes tomó por asalto la mesa de al lado.

¿Por qué tenían que hablar así, tan ordinarios y pesados como sus hamburguesas? Sobre todo las chicas. «Bolinería precoz», pensó Romane, que dudaba entre tomárselo a risa o sentirse consternada.

—¡Ya vale, Dylan, háblale así a tu madre, tío, me tienes hasta las bolas!

Ahí tenía varios ejemplos de muchachas que adoptaban rasgos bolineromutantes: para adaptarse a su entorno, se creían obligadas a copiar y pegar el modelo masculino y transformarse en tíos con tetas. Lástima. Estaba claro que la bolinería ganaba terreno y que había mucha tela que cortar. Sin embargo, Romane salió del local sin ahondar en el asunto. En ese momento no tenía tiempo de convertirse en un Spiderman salvador de pequeñas bolineras.

Se metió en un taxi.

—¡A la Politécnica, por favor!

El taxista asintió sin decir palabra. París empezó a desfilar mostrando sus inclinaciones bolineras, y entre ellas, como pieza destacada, la torre Eiffel, que erigía sin complejos su forma fálica ante las miradas impúdicas. Reinaba sobre la ciudad como una dama de hierro, midiéndose orgullosamente con su colega no menos bolinero, el obelisco de la Concordia.

Después de algunos embotellamientos y varios rodeos, el taxi llegó por fin a su destino y se detuvo en doble fila entre un concierto de bocinas.

—Quédese con el cambio.

Romane sonrió mientras deslizaba con gracia fuera del coche sus piernas enfundadas en negro.

Su padre la esperaba en la puerta para recibirla. En la sala no cabía ni un alfiler. Sintió que se le aceleraba el corazón.

Todo estaba a punto para su intervención. El micrófono montado en un pie la aguardaba, preparado para beber sus palabras. Beber. Esa es la idea que atravesó su mente mientras el miedo escénico le secaba la garganta. Como de costumbre, temía quedarse ronca. «Masticar agua —se recordaba como técnica antiestrés cuando debía tomar la palabra—. No es la gente quien te mira, eres tú quien los miras a ellos. El bloqueo es mucho menos aparente de lo que crees...» Romane se tranquilizaba repitiéndose en bucle estos consejos. Una inspiración profunda, una sonrisa radiante: podía empezar.

Su respiración hizo que el micrófono, el muy traidor, emitiera un horrendo pitido en cuanto se puso delante. En la primera fila, un hombre exclamó con una mueca: «¡Ah! Las mujeres y la tecnología...». Debió de creerse muy gracioso, porque sonrió sin disimulo a Romane al tiempo que le hacía un guiño cargado de una complicidad unívoca.

Romane le dio las gracias en silencio a aquel hombre por permitirle confirmar la importancia y el alcance de su misión. Se arremangó mentalmente.

2

Clémence llevaba cinco años al servicio de Maximilien Vogue, director general del imperio Cosmetics & Co. Pero trabajar con ese hombre era como las vidas de los gatos, multiplicaba el tiempo por siete, solo que a ella su suerte le convenía sí o sí.

«Asistente personal», es decir: brazo derecho. Aunque, en la práctica, los brazos eran más bien varios; su segundo nombre debería haber sido Shiva. Pero no le importaba lo más mínimo. A Clémence le encantaba sentirse imprescindible. No haría esto por cualquiera, pero por Maximilien sería capaz incluso de escalar el Himalaya.

Sonreía mientras recorría los pasillos de la empresa, impaciente por llevarle la buena noticia: acababa de recibir la aceptación de un pedido importantísimo, un contrato que Cosmetics & Co había conseguido después de una reñida lucha. Había visto en acción a Maximilien durante semanas y no había podido dejar de admirar, una vez más, su increíble habilidad para penetrar en la psicología del blanco al que apuntaba a fin de seducir y convencer mejor. Cuando su jefe enfocaba la mira en un cliente potencial, nada podía desviarlo de su objetivo, al que se agarraba como un feroz bulldog al tiempo que avanzaba con el magnetismo de una pantera negra.

Pensaba ahora en todas esas noches en las que se había quedado para apoyarlo y en la extraña complicidad que había surgido entre ellos. En esos momentos, Clémence saboreaba la calma tranquilizadora de los despachos vacíos después de la efervescencia casi histérica del día, y disfrutaba de ese rato que lo tenía para ella sola. No tenía ni marido ni hijos, así que siempre retrasaba el momento de volver a casa. Su vida estaba allí, entre aquellas paredes y, en la medida de lo posible, cerca de ese hombre que la fascinaba.

Algunas noches, Maximilien Vogue consideraba que habían hecho un buen trabajo y le ofrecía una copa. Sacaba entonces de su reserva secreta un *grand cru* de Burdeos y juntos lo degustaban muy despacio. Clémence lo veía por fin relajarse y dejar a un lado, por un fugaz instante, su máscara de hierro para mostrar un rostro que pocas personas tenían el privilegio de conocer.

Este pensamiento provocó que una sonrisa asomara a sus labios mientras cruzaba la amplia sala de espera. Sus aires de madona triunfal no pasaron inadvertidos a las dos telefonistas, que la saludaron como si fuese la reina madre. Todo el mundo conocía el lugar privilegiado que Clémence ocupaba ante el señor Vogue, lo que le confería una posición particular.

Las dos envidiosas la siguieron con una mirada nada complaciente, escaneándola de la cabeza a los pies, inspeccionando su look, la costura de las medias impecablemente recta, la hechura de la falda de marca y la blusa de seda, que se amoldaba con delicadeza a sus generosas formas. Con su pelo rubio ceniza recogido en un moño sofisticado, sus ojos azules alargados hasta el infinito por un trazo de delineador negro y sus labios pintados de un rojo audaz, Clémence era la viva imagen del *old Hollywood*. Parecía la protagonista de una película de Hitchcock. Pertenecía sin discusión a la categoría de mujeres guapas, de tez tan tersa como sus cabellos. Ni una sola de sus facciones delataba sus treinta y cinco años.

Dos personas aguardaban en un sofá de líneas refinadas y contemporáneas, creación de un famoso diseñador a semejanza de todos los objetos presentes en la habitación. Una estética que mostraba sin ambages a los visitantes la posición de alta gama de la firma.

—¿Les atienden? —preguntó con educación.

—Sí, gracias. Ya han informado de nuestra llegada —respondió uno de los hombres, con acento anglosajón.

—Perfecto —sonrió Clémence—. Voy a ver dónde está el señor Vogue.

Se acercó al despacho de Maximilien, pero se detuvo al oír a través de la puerta un intercambio de frases irritadas. Estaba claro que no era el momento más indicado para entrar. Clémence decidió replegarse en su despacho, separado del de Maximilien por un simple tabique. Cerró la puerta y bajó los estores para disfrutar de una intimidad perfecta, y entonces pudo pegar tranquilamente la oreja a la pared para escuchar la conversación. ¡Al infierno los escrúpulos!

La voz de su jefe denotaba una gran contrariedad. No reconoció la otra voz, cuyo tono parecía cargado de reproches.

—¿Te das cuenta de en qué te estás convirtiendo?

—¿En qué estoy convirtiéndome? Dime. ¿Te das cuenta tú de todo lo que tengo que gestionar, de todo el peso que recae sobre mis hombros?

—¡Tú, tú, siempre tú! ¡Como si fueras el centro del mundo! ¿Piensas un poco en los demás de vez en cuando?

Desde su puesto de escucha, Clémence se estremeció ante el atrevimiento de la crítica. ¿Cómo iba a reaccionar el señor Vogue ante tamaña desvergüenza? Lo imaginaba pálido ante la afrenta del bofetón verbal.

—Pues sí, mira por dónde, mucho más de lo que crees —contestó su jefe, mucho más calmado de lo que Clémence había imaginado.

—¿Sabes por lo que estoy pasando en estos momentos? ¿Sabes lo duro que es para mí? —martilleaba sin descanso la voz de mujer—. ¡Necesito que estés aquí! Te he llamado diez veces, Max, ¿y qué? ¿El señor estaba demasiado ocupado con sus cosillas para dignarse a responderme?

—Tengo que dirigir una empresa, Julie —contestó Maximilien Vogue con voz cansada—. Te guste o no, no dispongo libremente de mi tiempo como tú...

—¡Ah, muchas gracias! Gracias por recordarme que estoy sin trabajo en estos momentos. ¿Crees que el mundo de las modelos es fácil? ¿Acaso tengo yo la culpa de que las cosas vayan mal?

La voz comenzó a temblar entre sollozos.

—Vamos, Julie, sabes de sobra que, si lo necesitas, no tienes más que decírmelo y te conseguiré un trabajo.

—¡Demonios, Max! Sabes muy bien que lo que necesito no es tanto un trabajo como... reconocimiento. ¡Sí, reconocimiento, atención! ¡En una palabra: amor!

—¿Y no lo recibes? ¿No crees que exageras un poco?

—¡Siempre minimizando! ¡Siempre tapándote los ojos para no ver tu falta crónica de disponibilidad! Nunca estás aquí, Maximilien. E incluso cuando estás, no estás... ¡Esto no hay quien lo aguante!

—¿Cómo que no estoy?

—¡Oye, mira, ya está bien! La última vez que cenamos juntos me dejaste sola tres veces para hacer tus llamadas superimportantes. Y el resto del tiempo no paraste de mirar el móvil cada tres minutos. Estoy segura de que no escuchaste ni la mitad de lo que te conté.

En el despacho de Clémence, el teléfono empezó a sonar. Pese a su contrariedad por tener que dejar de escuchar la conversación en un momento tan crucial, se apresuró a descolgar e hizo lo imposible para despachar lo antes posible la llamada. Volvió a colocarse de inmediato en la posición apropiada para oír el resto de la disputa.

—... Realmente me decepcionas, Max. No me gusta en lo que te estás convirtiendo... ¡Te lo advierto!, si no cambias, no volveremos a vernos.

—Ya estamos con las amenazas.

—¡Sí, las amenazas, Max! A ti se te dan muy bien las palabras. ¡Pero yo ahora quiero hechos! ¿Me oyes? ¡Hechos!

Para sorpresa de Clémence, Maximilien no rechistó.

—Toma —siguió machacando la voz—, he cogido esto para ti. Léelo. Es el programa de Romane Gardener. ¿Conoces a Romane Gardener? ¿Has oído hablar de la bolinería? Ella explica muy bien en este artículo los efectos nefastos de los comportamientos bolineros como el tuyo y el daño que pueden causar a los demás. Deberías leerlo con atención.

—¡Julie! No tengo tiempo para esas cho...

—Si no tienes tiempo para lo esencial, entonces no tenemos mucho más que decirnos.

—¡Julie! ¡No puedes tomártelo así!

—Intenta reflexionar sobre lo que te he dicho. ¡Adiós!

Clémence escuchó el portazo en el despacho de Maximilien. «Madre mía, se va a armar una buena», pensó. Empezaba a conocer bien a Maximilien Vogue y sabía que un altercado como ese lo pondría de un humor de perros. La joven rodeó su mesa con sigilo para sentarse y tratar de recobrar la calma. Tenía un ligero temblor de manos mientras guardaba una carpeta en el cajón de los expedientes especiales. La aceptación del importante cliente italiano tendría que esperar. Estaba segura de que, por el momento, el señor Vogue no estaría de humor para mantener una conversación, aunque fuera para anunciarle una buena noticia. Clémence cerró el cajón y guardó la llavecita en el bote de los lápices, su escondrijo secreto. Con la cabeza en otra parte, intentó concentrarse en gestionar los mensajes que llegaban en una marea incesante. Dio un respingo al oír el sonido del interfono. Era él.

—Clémence, ¿puede venir? ¡Ahora mismo!

El tono era seco. Acerado. La hoja de un escalpelo.

En esos casos no había que correr. Había que volar.

Cuando abrió la puerta del despacho de Maximilien lo encontró ocupado con sus papeles. Saltaba a la vista que había decidido pasar con rapidez a otra cosa. Levantó hacia ella su cara de los días malos, esa en la que la arruga del entrecejo le endurecía la expresión y su mirada fría podía petrificarte.

Pese a todo, lo encontró guapo. Pelo castaño oscuro con reflejos negros, lo bastante largo para permitir irisaciones en su textura sedosa y por el que ella se había imaginado cientos de veces pasando los dedos. Un rostro armonioso, de mandíbulas rotundas, crispadas en aquel instante debido a la tensión nerviosa. Y, por último, esos ojos asombrosos de color *marron glacé*, con un brillo particular, que tenían el don de dejarte clavado en el sitio.

—Clémence, ¿ha llegado la respuesta de Santini?

—¡Sí, sí! Pero he pensado que quizá no era el momento oportuno.

—Ha pensado mal. Tráigamela ahora mismo.

Clémence acusó el golpe sin pestañear y su mirada se dirigió hacia una bola de papel tirada en el suelo.

—¿Qué mira? ¡Vamos, a trabajar!

—Mmm... ¿Quiere que me lleve eso?

Él lanzó una mirada enojada a la bola.

—Sí, sí, retire eso de mi vista. Gracias.

Su agradecimiento sonaba hueco, pero ella no prestó atención a ese detalle. Por Maximilien, estaba dispuesta a comprender. A comprenderlo todo. Se agachó para recoger el papel estrujado y salió de puntillas. Había que darle tiempo para que se recuperara.

3

—¡Papá!

Romane estrechó a su padre entre sus brazos y notó que su cuerpo se relajaba.

—Bueno, ¿qué te ha parecido?

—¡Has estado muy bien! Me siento orgulloso de ti.

Ella sonrió, contenta. El flujo de participantes discurría despacio hacia la salida. Algunas personas se acercaban a ella para felicitarla o hacerle preguntas.

—Me gustaría entrevistarla —le pidió un periodista—. ¿Está disponible en los próximos días?

—Hable de eso con mi padre, es él quien se encarga de mi agenda —respondió ella con una sonrisa.

Jean-Philippe le dio su tarjeta del Centro de Reeducación Antibolinería.

—¿Quieres que vayamos a comer a algún sitio? —le preguntó a su hija.

—¡Encantada! Me muero de hambre.

—El café Campana está a dos pasos de aquí, muy cerca del museo de Orsay.

Romane se dejó guiar, contenta de escapar de su desolado frigorífico vacío y convencida de que su padre le reservaba una velada mucho más suculenta.

El café la sedujo en cuanto puso un pie en él: un gran reloj que había pertenecido a la estación de Orsay dominaba la sala, difundiendo una agradable luz. La decoración, lúdica y elegante, proponía un marco agradable para una cena tranquila.

El camarero tardó un buen rato en atenderlos, pero Jean-Philippe no perdió la calma. «¡Cómo ha cambiado!», pensó Romane.

Contemplaba ese rostro sobre el que el tiempo había dejado su huella. Sus cabellos, castaños y abundantes en su juventud, eran ahora canosos y ralos, mientras que un profundo surco subrayaba sus ojos de un azul verdoso, rodeados de finas estrías.

Antes, Jean-Philippe era impaciente, iracundo, intransigente. En otros tiempos presentaba todos los rasgos bolineros sin excepción. Quería ser el amo y señor de su casa. Nada de mesa redonda en el salón familiar. Porque, ¿cómo se podía reinar en una mesa redonda? En las conversaciones, su objetivo no era conversar, sino tener razón. Aunque no tuviera razón. Le gustaba hacer ruido. Imponía su presencia dando portazos a diestro y siniestro, incluso al cerrar los armarios: delimitación sonora del territorio, meadita simbólica y muy animal, arcaísmo persistente, resurgimiento de una era prehistórica que en aquel entonces hacía dudar a Romane de la evolución real de la civilización.

Pero su bolinería superaba todo entendimiento cuando conducía. Antes incluso de poner un pie dentro del coche, su nivel de paciencia descendía por debajo de cero. La adrenalina del acelerador lo volvía loco.

Gracias a su padre Romane tenía un enorme y rico vocabulario de insultos. Jean-Philippe dejaba para el vulgo los clásicos hijoputa, gilipollas de mierda y otras lindezas para desplegar una vasta creatividad en ese terreno: hijo de pulpo, cochinilla, caracol caquéxico, molusco mononeuronal, bígaro hidrocéfalo... Pero los que de verdad le sacaban de sus casillas eran los blandengues, los lentorros, los farolillos rojos. Los ponía de vuelta y media. Su deporte preferido consistía en adelantarlos haciendo rugir el potente motor de su GTI. No importaban los riesgos. No éramos unos mariquitas.

Hasta el día que el riesgo fue excesivo. Y le costó la vida a su mujer. La madre de Romane. Fin.

Ese día también murió el tipo bolinero. Jean-Philippe jamás volvió a ser el mismo. Hasta entonces había sido un bocazas que ocupaba todo el espacio; a partir de aquel momento se volvió un hombre discreto. Una sombra. Un susurro. Un reflejo.

Destrozado por la pérdida de la única mujer a la que había querido, emprendió un auténtico camino de redención. Incluso se comprometió en el proyecto de su hija. El Centro de Reeducación Antibolinería se convirtió en su razón de vivir, su penitencia, su misericordia. Romane sabía que lo consideraba una forma de redimir un poco su culpa. Antes duro como una roca, se mostraba ahora como una persona tremendamente sensible. La vida le había puesto el sello de «frágil. Manejar con precaución».

Romane nunca habría creído que pudiera perdonarlo.

Ni siquiera que pudiera quererlo. Durante su más tierna infancia apenas había establecido vínculos con él. Una relación, por decirlo de alguna forma, de baja intensidad. Destacaba por su falta de implicación y el exiguo interés que tenía en ella. Hasta que...

Luego, a fuerza de abnegación y entrega, había conseguido conquistar su corazón. Para Romane, cualquiera tenía derecho a equivocarse mientras comprendiera su deber de cambiar.

—¿Qué tal? ¿Estás disfrutando? —preguntó con amabilidad su padre.

Ahí estaba la prueba. La típica frase que el antiguo Jean-Philippe jamás habría pronunciado. El bienestar del otro habría sido la menor de sus preocupaciones. El terrible drama vivido lo había dejado fuera de combate. Pero aquel KO también lo había espabilado. E incluso despertado, en el sentido espiritual del término. Los ojos de Romane se perdieron en el vacío contemplando el magnífico reloj. ¿Cuánto tiempo había transcurrido desde que su madre los abandonó? Dieciocho años... Ella tenía entonces solo catorce. Una edad en la que impedir la deriva de un padre te aleja muy deprisa de las orillas de la infancia.

—Te acompaño.

Cuando la dejó en el portal de su edificio, Jean-Philippe esperó a que hubiera subido antes de marcharse, y no arrancó hasta que vio la silueta de Romane recortarse detrás de la cortina y supo que había llegado a buen puerto.

—¡Bendito papá! —exclamó ella con un suspiro.

Romane, cansada, se tumbó en el sofá y encendió sin pensar el televisor para alejar la soledad. Pensó en su conferencia sobre la bolinería y en todas las caras que esta podía adoptar. Existían diferentes grados de bolinería: peso pluma, peso pesado... Se había encontrado de todo a lo largo de su carrera.

Repasó mentalmente la película de la tarde, ella delante del micrófono, frente a unas ciento veinte personas ávidas de comprender mejor lo que se escondía detrás de aquella curiosa palabra.

—¿Puede darnos ejemplos de comportamientos bolineros? —le preguntaban siempre.

—Un jefe que no deja de presionarte, un cónyuge propenso a denigrar (pero no es por maldad, es que tú eres demasiado susceptible...); una buena amiga que, en las reuniones sociales, acapara siempre la atención y no te permite meter baza; un progenitor que juzga de forma sistemática tus decisiones o tu manera de hacer las cosas... ¡Y cientos más!

—Pero entonces, cuando alguien tiene rasgos bolineros como los que usted describe, ¿quiere decir que no es una buena persona? —preguntó un señor, inquieto.

—No. Es importante comprender que no se juzga a la persona, sino que solo se cuestionan sus comportamientos y el impacto negativo que pueden tener en el entorno. ¡Es muy distinto!

—Pero ¿en qué se nota esa bolinería? —quiso saber una señora.

—Algunos rasgos se repiten con frecuencia. Predisposición a no escuchar, falta de empatía y de comprensión. Impaciencia. Celeridad a la hora de criticar o juzgar. También es típico tomarse demasiado en serio a uno mismo, dejar que el egocentrismo gane terreno y el sentido del humor disminuya poco a poco.

—Pero la palabra bolinería viene de...

—¡De bolas, sí! Porque los comportamientos bolineros rebosan de testosterona. Y porque la bolinería es un concepto muy masculino. Por lo demás, aunque hoy en día este fenómeno afecta también a mujeres, son ustedes, caballeros, los que continúan siendo los más aquejados de este mal. Y no es de extrañar. ¡Tienen siglos de herencia cultural y educación bolinera en sus genes! Han sido criados con el biberón del poder, de la dominación, de la fuerza, del machismo; para ustedes es difícil poner freno a unas conductas tan enraizadas con un chasquido de dedos. ¿No debe un hombre de verdad ser capaz de pegar un puñetazo para hacerse oír mejor, en pocas palabras, de demostrar en cualquier circunstancia «que los tiene bien puestos»?

A Romane le gustaba hacer una pausa en ese momento para dejar que sus palabras penetraran en la mente de los oyentes antes de continuar.

—¡Pero, cuidado, señoras! La bolinería también gana terreno entre sus filas, pues, para conquistar un espacio en territorio Gónadas, han tenido que dejar que les crezca un par, aunque solo sea en el nivel cefálico, y adoptar actitudes cada vez más bolineras: dejar la empatía en el vestuario, atacar en la empresa a sus rivales masculinos a golpe de tacón de aguja, llenar los carritos del supermercado de tíos para adoptar.

Romane sabía que sus palabras siempre impactaban al auditorio. Pero ¿acaso el objetivo de ese tipo de conferencia no era provocar el efecto de un electrochoque, una toma de conciencia previa al paso a la acción?

Sonrió mientras se dirigía a la cocina para prepararse una infusión. Estaba bastante satisfecha de sí misma: la conferencia había acabado con una salva de aplausos y decenas de personas habían mostrado interés en sus programas. ¿Qué más podía pedir?

El ordenador portátil emitió una pequeña señal característica. Acababa de recibir un mensaje. Era su padre.

23.24 h. Cariño, gracias por el buen rato que hemos pasado juntos esta noche. ¡Te he visto muy en forma! Ya tengo preparada la lista del próximo grupo de participantes para tu programa de desbolinación. Te lo envío en un documento adjunto. Ya verás: ¡hay un poco de todo! Mientras tanto, es fundamental que descanses. Te empleas a fondo, pero ni siquiera un Fórmula 1 puede correr solo con las llantas ;-) Besos, Daddy.

¡Fantástico! Estaba impaciente por ver el perfil de los futuros participantes, pero un bostezo irreprimible frenó su entusiasmo.

«Quizá debería dejarlo para mañana», pensó, agotada.

Decidió escuchar a su cuerpo... ¡y la llamada de la cama! Ya habría tiempo de leer las fichas.

4

A las siete y media de la mañana, Maximilien dejó su elegante maletín negro de piel al pie de la lujosa butaca, también de piel, y fue a encender el ordenador cuando encontró, junto al bote de los lápices, la misma extraña sorpresa que recibía todas las mañanas desde hacía diez días: ¡una figura de papiroflexia hecha con el mismo maldito folleto de papel! Hoy, un pájaro; ayer, una rana; anteayer, un cisne... ¿Hasta cuándo iba a durar eso? ¡Era insoportable!

Bullía por dentro cuando agarró con brusquedad el papel plegado con tanto arte para tirarlo a la papelera. No hacía falta leerlo, sabía de sobra lo que ponía. A esas alturas, podría recitarlo de memoria. Bla, bla, bla, el sorprendente método de Romane Gardener, bla, bla, bla, su programa de desbolinación conductual que permitía liberarse para siempre de las «tendencias autoritarias, dominadoras, egocéntricas, narcisistas, agresivas, fiscalizadoras y castradoras». En fin...

No había olvidado las palabras de esa curandera del saber estar: «Destierre esos comportamientos extremos que le impiden sacar a la luz lo mejor de sí mismo». ¡Como si él necesitara a alguien para sacar a la luz lo mejor de sí mismo! Ridículo. Recordaba la foto de esa mujer demasiado joven para guiar a nadie, cuya mirada decidida y benévola parecía lanzarle un desafío mudo: ¿eres capaz, sí o no?

«¡Clémence me va a oír!», pensó, enfadadísimo. Si su asistente se había propuesto convencerlo de que participara en ese programa, ¿qué sería lo siguiente? Por no hablar de Julie, que no había dejado de hostigarlo con mensajes de texto. Pero ¿qué les pasaba a todas? Maximilien se levantó y empezó a caminar de un lado a otro del despacho como un león enjaulado.

No entendía muy bien qué era lo que le reprochaban. Sí, por supuesto que a veces se mostraba incisivo y autoritario en la comunicación, pero ¿no era eso lo que hacían los directivos? Y también, con frecuencia, estaba demasiado desbordado como para atender de manera adecuada a los que le rodeaban, pero ¿se podía manejar el timón de una nave tan grande sin estar día y noche en el puente de mando? ¿En qué estaba pensando toda esa gente? ¿Creían que era posible asumir tan altas funciones siendo tierno y bondadoso como la protagonista de una película de Walt Disney? ¡Tonterías! Se requería un puño de hierro en un guante de terciopelo. Y eso, él sabía hacerlo. Contrariado, sacó el folleto arrugado de la papelera: quería enfrentarse a Clémence y obligarla a que se olvidara de aquel jueguecito.

Presionó con un dedo implacable el botón del interfono. No dudó ni por un momento de que Clémence ya estaría en su puesto a aquella hora tan temprana.

—Voy ahora mismo, señor Vogue.

Vio a su asistente detenerse un instante en el umbral del despacho. Parecía temer lo que la esperaba. Y puede que tuviera razón.

Se acercó a ella y agitó la figura de origami delante de su cara.

—¡Explíqueme de una vez por todas qué significa esto!

Clémence se estremeció ante aquel tono de voz que, como él bien sabía, podía hacer perder el aplomo a más de uno. La joven se aclaró la garganta y levantó la barbilla, como si intentara compensar la diferencia de altura entre ambos.

—Señor Vogue, ya sabe la buena opinión que tengo de usted, la admiración que siento por su forma de trabajar...

Le estaba dorando la píldora. Sin disimulo. Pero, a su pesar, Maximilien se deleitó con los halagos y se dio cuenta demasiado tarde de que, de ese modo, entreabría una puerta por cuyo resquicio, cómo no, se coló su asistente.

—Me he informado bien sobre ese programa, hablan mucho de él en los medios de comunicación y, al parecer, sus métodos son muy innovadores. ¡Todo lo que a usted le gusta!

Maximilien, circunspecto, arqueó una ceja y mantuvo un semblante serio, a la defensiva.

—Mmm... ¿Y qué más?

Notaba la agitación en las facciones de Clémence y no pudo evitar fijarse en que su pecho subía y bajaba al ritmo de los latidos acelerados de su corazón. ¿Tanto imponía? Su asistente hizo acopio de todo su valor para continuar.

—¿Sabe la cantidad de personalidades que han participado en él?

—¿Ah, sí?

Demonios, Clémence sabía utilizar el lenguaje y elegir argumentos que dieran en el blanco. El interés manifestado por él la animó a proseguir. Le soltó algunos grandes nombres del mundo de los negocios y del espectáculo que habían elogiado los efectos beneficiosos del programa, tanto en su carrera como en su vida privada. Y a continuación, adoptó un tono de voz suave para exponer un razonamiento digno de las más importantes agencias publicitarias:

—¡Ese programa es como un *relooking* integral de mentalidad! ¡La idea causa furor! Es de lo más *in*... Imagínese: en unas semanas, puede formarse en las técnicas más modernas del saber estar y, al mismo tiempo, aprender un modo de actuar irreprochable, en total consonancia con el espíritu del tercer milenio.

Maximilien Vogue no pudo evitar esbozar una sonrisa ante semejante despliegue de esfuerzos.

—¡Cuántos argumentos, Clémence! Pero, dígame, ¿a qué viene tanto empeño en querer hacerme participar en ese programa? ¿Qué quiere que cambie a estas alturas?

Por la expresión de su asistente, estaba claro que le preocupaba la idea de decirle sin rodeos cuatro verdades a su jefe. Pero Maximilien estaba acostumbrado a ese tipo de reacciones y la animó a manifestar su opinión.

—¡Vamos! Hable sin miedo. ¡Diga lo que tenga que decir!

Ella lo miraba, se daba cuenta de que su actitud no era tan alentadora como sus palabras, lo que no acababa de tranquilizarla, pero terminó por lanzarse al agua.

—Bueno... creo que a veces ganaría más siendo menos... autoritario. Escuchando un poco más. ¡En fin, siendo un poco más flexible!

Se sonrojó y se estremeció por su propia audacia, pero sostuvo su mirada un instante. Era evidente que estaba dispuesta a plantar cara. Aquello le gustó a Maximilien, que siempre había apreciado el valor.

—Bien... Gracias, Clémence, pensaré en ello.

Maximilien interrumpió el contacto visual para sentarse de nuevo a su mesa de trabajo y darle a entender a la joven que la conversación había terminado.

No obstante, volvió a llamarla antes de que esta saliera del despacho.

—Clémence.

—¿Sí, señor Vogue?

—No más papiroflexia, ¿verdad?

Clémence le sonrió y su sinceridad lo desarmó. Miró el papel arrugado y desplegado ante sus ojos con la foto de Romane Gardener, que parecía llamarlo. «Una monada de chica», pensó. Volvió a leer por encima el artículo para retener las ideas generales. No estaba mal. Sin embargo, el programa parecía proponer solo un enfoque de grupo, y la idea de mezclarse con extraños le resultaba inaceptable. Alguien de su nivel no podía permitirse exponer sus posibles puntos débiles ante desconocidos, y menos aún delante de personas que no fueran de su mismo estatus.

Recordó la escena que le había montado Julie y la insistencia de Clémence para inducirlo a hacerse preguntas sobre su forma de comportarse. A decir verdad, llevaba un rato dándole vueltas a todo eso. En los círculos de dirigentes que frecuentaba, muchos de sus homólogos recurrían a servicios de coaches de alto nivel para reorientar sus prácticas.

Pensativo, desvió la mirada hacia la parte inferior del artículo, donde figuraba el número del Centro de Reeducación Antibolinería. ¡Vaya nombre más extravagante! Pero semejante éxito y semejante pedigrí no podían ser casuales. Y después de todo, no costaba nada ponerse en contacto con ellos. Quizá esa tal Romane Gardener ofreciera sesiones individuales de entrenamiento. Además, dicho sea de paso, la idea de un cara a cara con esa monada distaba mucho de desagradarle...

5

Llamaron a la puerta del Centro. ¡Dios mío! ¿Ya llegaban los participantes? Los pasos de Fantine, la joven colaboradora contratada unos meses antes, resonaron en el pasillo mientras iba a abrir. Romane, encerrada en el lavabo desde hacía un cuarto de hora, intentaba ocultar las señales que el estrés marcaba en su rostro a fuerza de retocarse el maquillaje.

Siempre era la misma historia antes de la primera sesión de desbolinación conductual con un grupo: los nervios la bloqueaban. Quizá porque sabía que el primer contacto podía resultar decisivo. En personas que eran víctimas de una acusada bolinería, la primera impresión era de vital importancia: el reflejo de una propensión a juzgar demasiado arraigada.

Levantó la tapa del inodoro y se sentó en la taza por tercera vez. ¡Esa necesidad de hacer pis cuando estaba estresada! Luego se retocó el traje delante del espejo antes de consultar por última vez las fichas de inscripción para tener bien presente el perfil de los participantes. Bueno, sobre todo el de uno de los participantes, con el que había tenido que luchar para convencerlo de que hiciese una prueba en grupo. Y no se trataba de alguien cualquiera. ¡Era ni más ni menos que Maximilien Vogue, el famoso hombre de negocios, presidente de uno de los mayores grupos cosméticos del mundo, que aparecía con regularidad en la portada de las revistas financieras!

Sentada sobre la tapa del inodoro, Romane releyó febrilmente su ficha, lamentando los pocos detalles que figuraban en ella. Edad: 35 años. Estado civil: en blanco. Contexto: en blanco. Motivación: en blanco. Expectativas: «Identificar los puntos de mejora y establecer cambios rápidos y concretos con resultados tangibles». La primera reacción de Romane fue de contrariedad ante el número de campos vacíos. Luego reparó en el vocabulario directo y perentorio, lo que no le sorprendió demasiado. Era el clásico perfil, exigente e impaciente, que casi siempre esperaba que las transformaciones llegaran con un simple chasquido de dedos. Y que, si no quedaba satisfecho, no dejaría de proclamarlo a los cuatro vientos. Típico de la bolinería de poder, sobre todo cuando era tan marcada. Rasgos característicos que aparecían en este tipo de sujeto: una autoridad natural, subrayada por una alta estima de sí mismo, una facilidad para dirigir y tomar el poder con la finalidad de asignar a los demás objetivos que se ajustaran a su voluntad.

Las dos ubres de la bolinería de poder: dominación y logros. Nada de albergar sueños de pacotilla. Picar alto, ascender, subir peldaños... Aun a riesgo de olvidar en ocasiones las normas básicas del saber estar, que esos perfiles ambiciosos sacrificaban en el altar del éxito. Unas veces se pisoteaba la comunicación; otras, el respeto hacia el otro era el que resultaba escarnecido. Algunos descuidaban sin razón invertir su inteligencia en la esfera de las relaciones, y esa falta de la empatía más elemental acababa por desconectarlos de los demás.

Sin duda, Maximilien Vogue no se apartaba de la regla del género. La dificultad estaría en hacerle tomar conciencia de todo eso con delicadeza, sin predisponerlo en su contra. Mirar de frente los aspectos menos gloriosos de uno mismo no era fácil para nadie, pero todavía menos para alguien como él.

En ese momento Romane tenía calor. Mucho calor. Se secó las manos húmedas frotándolas contra su bonita falda de diferentes texturas mientras observaba una vez más la foto de aquel hombre. Bastante guapo. «No, seamos sinceros —rectificó Romane—, ¡muy guapo!» Escrutó la imagen como un joyero examina una piedra rara con la lupa, buscando la imperfección que delata al diamante sintético. Hablando de hombres, lo que evidencia la fisura.

—Demasiado perfecto —murmuró.

Intuyó una pista en el brillo de la mirada de Maximilien Vogue.

—¡Ahí está tu fisura, James Bond! —dijo sonriendo.

Le pareció ver la huella de unas emociones demasiado bien guardadas, prisioneras detrás de esa máscara de hierro y ese personaje de hombre de negocios imperturbable, siempre *under control*.

—¡Habrá que hacer saltar todos esos cerrojos!

Romane intuía que el tal señor Vogue iba a darle mucha guerra. Pues adelante, a ella le gustaban los retos. Tras una última mirada al espejo y tranquilizarse al ver la luz decidida que brillaba en sus ojos, alargó la mano para abrir la puerta del lavabo. Por fin estaba lista para conocer a su nuevo grupo.

6

Los dedos de su mano enguantada en negro golpeteaban nerviosamente el maletín. Los cristales tintados del Jaguar XJ filtraban de un modo extraño la luz y ofrecían una visión deformada y muy pálida de la realidad. Esas delgadas paredes aislaban al ocupante del mundo exterior y lo mantenían a distancia de la vida real.

Maximilien Vogue consultó su reloj, un Calibre de Cartier Chronograph de más de diez mil euros que le regaló su padre cuando cumplió treinta años (los regalos lujosos tenían la ventaja de compensar con dinero la dificultad más costosa de expresar sentimientos). Había decidido asistir a una sesión de prueba en uno de los grupos de trabajo de Romane Gardener. Habría preferido con mucho una sesión individual, pero la joven se había mostrado muy persuasiva. Maximilien no había sido insensible a la pertinencia de sus argumentos y apreció la manera serena y firme a la vez con la que Romane Gardener le había plantado cara. Así que decidió darle una oportunidad. Y si al final su participación en ese programa podía suavizar los reproches de Julie y las apremiantes demandas de su asistente, valía la pena intentarlo. Pese a todo, era un fastidio tener que incluir esa actividad en su sobrecargada agenda; no le gustaba perder el tiempo.

—¿Falta mucho aún, Dimitri?

El chófer, imperturbable, respondió con su voz neutra que no, que no faltaba mucho y que no se preocupara el señor, que llegaría a tiempo a su cita.

Por muy Maximilien Vogue que fuera, no dejaba de estar intranquilo ante la idea de esa sesión de desbolinación conductual. El concepto, a decir verdad, le asustaba un poco. Maximilien no sabía dónde se metía. Además, no le resultaba nada cómodo imaginarse exponiendo sus interioridades ante unos desconocidos y reconociendo que «necesitaba trabajar en la gestión de sus tendencias bolineras».

Le sorprendía estar nervioso. ¡Él, nervioso! Sonaba a algo fuera de lugar por completo. No estaba en su naturaleza ponerse nervioso. Había asistido a reuniones de alto nivel sin estar ni un poco alterado. ¿Acaso no le habían enseñado siempre que el nerviosismo era propio de los débiles? En su familia, la fortaleza era algo que se heredaba de padres a hijos. Desde su más tierna infancia le habían confeccionado un caparazón de cota de malla. Nada de dejar traslucir sus emociones ni de permitir que le hirieran.

Eso funcionaba en los dos sentidos. El hombre fuerte debía parecerse a un lagarto: mantener la sangre fría y la cabeza alta. Y si por desgracia le cortaban el rabo, ¡tendría que apañarse para conseguir que le creciera otra vez! Así lo habían educado, y no tenía intención de cambiar.

Cambiar. Ah, sí. Se trataba de eso. Miró por enésima

vez el mensaje que le había enviado el Centro de Reeducación Antibolinería el día anterior validando su inscripción: «Tendremos el placer de recibirlo en nuestro Centro el jueves 18 de octubre a las 18 h para su primera sesión. ¡Bienvenido al programa y felicidades!».

¡Felicidades! No veía a santo de qué había que felicitarse. Lo que sí le quedaba claro es que todo ese programa iba a perturbar de mala manera la mecánica bien engrasada de su vida de hombre de negocios de altos vuelos, acompasada por ráfagas de toma de decisiones, evaluación de cuestiones vitales, manejo de fondos faraónicos y gestión de mareas humanas.

Maximilien Vogue se tomaba su papel muy en serio y tenía la vaga conciencia de tomarse él mismo muy en serio también. Año tras año, la seriedad había ganado terreno en su vida hasta adherírsele a la piel. Ahora, se vestía de seriedad como se viste uno de negro. Con el paso del tiempo, su cara incluso se había «droopyzado» un poco. A semejanza de Droopy, el perro antropomorfo del dibujo animado de Tex Avery, su sonrisa se había cerrado con candado. Un pequeño cerrojo interior le impedía sonreír con libertad. Había perdido la llave de la sonrisa espontánea. Tenía la impresión de que estirar las comisuras de la boca le requería un esfuerzo desmesurado. Porque, en su mundo, hasta una sonrisa debía ser rentable.

Maximilien tecleaba mensajes a un ritmo desenfrenado; así evitaba pensar en lo que le esperaba. Conforme se acercaba la hora de la cita, notaba que sus reticencias volvían a cobrar fuerza. Demasiado tarde: estaban llegando al punto de destino.

44

—Es al final de la calle, señor Vogue —le informó el chófer.

—Gracias, Dimitri. Déjame aquí, prefiero andar un poco.

—De acuerdo. ¿Cuándo desea el señor que venga a buscarlo?

—Me han dicho que la reunión durará unas dos horas y media.

—Muy bien. Aquí estaré.

El hombre de maneras milimetradas vestido con un traje oscuro le abrió la puerta a un Maximilien impaciente por salir y respirar. ¡Aire fresco, sí! Echó a andar, sin volver la vista atrás, en dirección al número 37.

Dos personas llegaron al mismo tiempo que él. ¿Iban al mismo sitio? Les lanzó una mirada escrutadora. ¿Presentaban signos exteriores de bolinería? Cuando la señora pulsó el interfono del Centro Con Dos Bolas despejó todas sus dudas: se trataba, en efecto, de otros participantes.

Una chica con minifalda, cola de caballo alta y una atrayente y acogedora sonrisa los recibió a los tres. La joven los invitó a seguirla hasta la sala destinada a ese tipo de reuniones y Maximilien no pudo evitar apreciar sus bonitas formas, moldeadas por aquel vestido que acababa mucho más arriba de lo que la prudencia de la rodilla habría querido. Otras dos personas estaban ya sentadas allí y se miraban con recelo en medio de un silencio de muerte.

Habían colocado las sillas en semicírculo y todas tenían en un lado una especie de brazo-bandeja en el que apoyarse para tomar notas. En el centro, una mesita sobre la que destacaba un equipo de música. Una cartulina. Unos cuantos bolígrafos.

«Lo típico», pensó Maximilien, preguntándose qué tendría de original el método de Romane Gardener.

Decidió centrarse en observar. Todos se miraban con discreción los unos a los otros. De vez en cuando se oía a alguien aclararse la garganta. Nadie se atrevía a hablar. Se palpaba la tensión.

«Vaya, hay dos mujeres —constató Maximilien—. ¿Cómo demonios puede una mujer ser bolinera?», se preguntó con curiosidad.

Uno de los hombres, bastante enjuto, no paraba quieto en la silla y manifestaba signos de impaciencia. En cuanto al señor corpulento del ascensor, había optado por fingir que dormitaba. La morena guapa del vestido favorecedor cruzaba y descruzaba las piernas lanzando miradas de soslayo para comprobar si alguien la miraba. La otra mujer, una señora regordeta y rubia, mantenía una actitud digna y hierática con la que parecía querer demostrar con quién estaban tratando. Su mirada oceánica perdida en la lejanía mostraba su distanciamiento de la situación presente.

Transcurrieron varios minutos sin que nada sucediera, lo que irritó a Maximilien. Odiaba que le hiciesen esperar. Luego se produjo un momento de expectación cuando oyeron ruidos en el pasillo, una risa cristalina y la puerta se abrió para dejar paso a Romane Gardener.

7

Romane Gardener avanzó por la sala como la reina del baile, serena, sonriente, majestuosa. «Casi te dan ganas de hacerle una reverencia», pensó Maximilien, estupefacto por aquella entrada en escena.

La observó un instante y advirtió la gran seguridad de su gusto en el vestir, algo que puntuaba alto en sus criterios. Aunque no era muy alta, tenía una bonita figura, perfectamente proporcionada, y unas facciones armoniosas. Pero lo que más le impactó fue la intensidad de su mirada verde agua, que revelaba un temperamento firme y apasionado.

Romane Gardener se situó junto a la mesita central; todo el mundo estaba pendiente de sus labios. Miró de uno en uno a todos los asistentes, sin pronunciar una palabra. «¡Caray, sabe utilizar los golpes de efecto!», pensó Maximilien. Reinaba un silencio tenso. De pronto, Romane Gardener empezó a aplaudir muy despacio. Bajito al principio; luego, cada vez más fuerte. Los animó a que aplaudieran ellos también. Maximilien miró a su alrededor y vio a los demás participantes imitar el movimiento, primero con timidez, después entusiasmados, hasta que una tormenta de aplausos vibró en la habitación. Él se limitó a aplaudir casi con sigilo, desconcertado por aquel extraño modo de entrar en materia. Cuando se hizo de nuevo el silencio, la maestra de ceremonias tomó la palabra.

—Buenas tardes, soy Romane Gardener. Gracias a todos por estar aquí. Y, ante todo, bravo. ¡Sí, bravo! Era a ustedes a los que aplaudíamos hace un momento. Sé lo difícil que es iniciar una actividad como esta. Créanme, hace falta mucho valor para atreverse a cuestionarse a uno mismo y empezar a cambiar. ¡Solo por eso, pueden sentirse orgullosos de sí mismos!

Era increíblemente osado comenzar una primera sesión de ese modo. Maximilien veía en la mirada incrédula de los demás participantes que no era el único que lo pensaba. No es que le desagradara la audacia, él mismo la alentaba en sus equipos comerciales para convencer a clientes exigentes e indiferentes. Pero, aun así, esa presentación más propia del mundo del espectáculo le parecía un poco fuera de lugar.

Romane Gardener propuso empezar con una ronda de intervenciones. Típico. Aunque ella fue más original y pidió que cada uno se presentara mediante un objeto que llevara en un bolsillo o en el bolso y que dijera algo de su personalidad.

Maximilien no llevaba gran cosa encima, aparte del móvil. Claro que eso sería perfecto. ¿Para qué devanarse los sesos? Los demás se esforzaron, de mejor o peor gana, en buscar algo apropiado.

—Bien. Yo diría que podemos empezar —dijo, sonriendo, Romane—. Le lanzaré esta pelota roja de espuma a uno de ustedes. Cuando la reciba, esa primera persona tendrá que decir su nombre de pila y qué la ha traído aquí. Después presentará su objeto simbólico y le lanzará la pelota a otro participante, y así sucesivamente. ¿Todo el mundo de acuerdo?

«¡No pretenderá que contestemos con un "síííííííí" entusiasta, como si estuviésemos en una función de marionetas!», pensó Maximilien, irritado. Romane los miró uno a uno y decidió lanzarle la pelota a la chica morena, que la cogió con una amplia sonrisa, encantada de seguir el juego.

—¡Hola a todos! Soy Nathalie. Trabajo como responsable de comunicación interna, bueno, trabajaba. Me han... despedido.

«Vale, primera contrariedad», se dijo Maximilien. ¿Qué problema iba a contarles?

—Son cosas que pasan...

Nathalie intentaba disimular su emoción lo mejor que podía.

—Estoy aquí porque he tenido ocasión de pensar mucho a raíz de todo eso y... creo que mi forma de ser con la gente me juega a veces malas pasadas... Así que quisiera comprender...

—¡Gracias, Nathalie! ¿Y cuál es su objeto?

La chica levantó una especie de gran bola rosa de pelo de conejo.

«¡Qué bonito!», ironizó para sus adentros Maximilien.

—Me encaaaaaantan estos llaveros —explicó—. Me gusta mucho este aspecto tan llamativo que atrae la atención, que incita a tocarlo. No pasa inadvertido. ¡Como yo!

Maximilien vio a Romane descodificar mentalmente esa información. Le agradeció a Nathalie su presentación y le dio de nuevo la bienvenida al grupo. La mujer miró entonces a los otros participantes, preguntándose a quién lanzarle la pelota. Por fin, se la lanzó a la señora superpulcra, muy pijoprogre ella, quien, en contra de lo previsible, la cogió con seguridad antes de decir alto y fuerte su nombre: Émilie. Esa señora no estaba ahí por falta de confianza en sí misma, eso seguro.

—He venido porque... hace poco mi hijo se fugó de casa y quiero comprender qué parte de responsabilidad he tenido yo en su decisión.

Ay. Eso enturbiaba un poco el ambiente. La atmósfera que reinaba en el grupo cambió al instante. ¿Cómo podía esa mujer contar algo tan personal a unos desconocidos, así, de buenas a primeras? ¡Era de una falta de pudor total!

Maximilien no tenía ningunas ganas de escuchar su pequeño drama familiar, ni de verse atrapado en una sesión que derivase hacia la angustia existencial. Por suerte, la señora no fue más allá. Se intuía que estaba reprimiéndose. Su objeto: un enorme manojo de llaves. Curioso...

—Tenemos una gran propiedad —explicó—. Para mí, ese lugar es muy importante. Siempre he querido tener una gran finca para que pudiera venir mi familia, que es muy extensa, y recibir a muchos amigos. Estoy muy apegada a nuestra tierra y a las tradiciones. Este manojo de llaves es el objeto que simboliza todo eso y también lo que soy yo: la dueña y señora del lugar.

Maximilien se preguntó qué habría empujado a su retoño a salir por piernas. Aunque, después de todo, no le resultaba difícil imaginar lo opresivo que podía resultar ese tipo de ambiente, a lo «vieja familia francesa».

Romane le dio las gracias y Émilie la Señorona le lanzó la pelota roja al hombrecillo enjuto: Bruno. A primera vista, un tipo no muy divertido. Su semblante más bien parecía decir «tolerancia cero». Gerente de una gran empresa de productos destinados a la higiene personal y los cuidados corporales. Apasionante. Y a sus órdenes, un equipo de ocho mujeres. Al parecer, una de ellas había acudido a las altas instancias para denunciar sus métodos, a consecuencia de lo cual la dirección le había pedido a Bruno que suavizara su forma de gestionar y lo había inscrito en ese programa. Su objeto fetiche: su reloj. Sobrio. Eficaz. Multifunciones. «¡Ah, ojalá el mundo funcionara como este reloj!», eso era lo que le transmitían a Maximilien las medias palabras de Bruno.

Mister Robot, como le entraron ganas de llamarlo, transgredió la indicación de Romane y se levantó para pasarle la pelota al señor barrigudo. Estrategia cien por cien eficaz, cero riesgos de que cayera a un lado. El señor se llamaba Patrick. Maximilien prestó poca atención a sus palabras. Aquello empezaba a resultarle eterno. Ah, sí, un único dato que valía la pena retener: al tal Patrick acababa de dejarlo su mujer después de veinticinco años de matrimonio. Como otros de los que estaban allí, quería comprender por qué. «¡Mírate en el espejo y lo entenderás enseguida!», se sintió tentado de decirle Maximilien, sarcástico. ¿El objeto fetiche del tipo? Las llaves de su coche. Sin duda era la clase de hombre que lo mimaba más que a su propia esposa.

Resopló: ahora que conocía algo de la triste vida de esas personas, se preguntaba con más insistencia qué pintaba él allí. Ni uno solo de ellos pertenecía, ni de cerca ni de lejos, a su mundo. Estaba seguro de que no podrían aportarle nada, y menos aún hacerle progresar en algo. Irritado ante la idea de estar perdiendo el tiempo, frunció el ceño.

Perdido en sus huraños pensamientos, Maximilien no vio a Patrick el Recién Abandonado lanzarle la pelota roja, que le dio en la frente. Era de espuma, así que no le hizo daño. Salvo en su orgullo. Por si fuera poco, tuvo que ponerse a cuatro patas para recuperarla. ¡Lo que le faltaba! Cabreadísimo, se presentó de mala gana, con frialdad y aires de suficiencia. Vio que la mirada de Romane escrutaba su rostro y se detenía en sus brazos, cruzados sobre el pecho, en una actitud cerrada. Se esforzó por convertir su expresión en una máscara impenetrable y, apretando las mandíbulas, le lanzó al grupo un puñado de palabras para que picotearan, sin revelar nada personal.

—Trabajo en una gran empresa de cosméticos de ámbito internacional —dijo, evasivo—. Estoy aquí porque al parecer tengo tendencia a estar demasiado... ocupado. Y a veces a ser demasiado jefe.

Todo el mundo esperaba que dijese algo más, pero Maximilien se limitó a cerrar su presentación con un tajante «eso es todo». No iba a contarle su vida a una gente a la que conocía desde hacía menos de una hora y que, además, no estaban en el mismo nivel social que él. Presentó el móvil como el objeto que lo encarnaba y ofreció la oportuna explicación. Un hombre como él debía estar siempre disponible, conectado las veinticuatro horas del día.

Trataba con el mundo entero, ¡y el mundo no espera! Esa era su divisa.

Romane le dio las gracias y él buscó en sus ojos un resplandor de admiración que no encontró. Un poco ofendido, se arrellanó en la silla en espera de la continuación mientras lo invadía cierto malhumor. Se esperaba ahora una perorata sobre la bolinería y sus características negativas, pero no fue así. Romane les propuso un juego. ¿Era así como pensaba ponerlos a trabajar? Maximilien echó un vistazo a su reloj y pensó en el montón de expedientes que lo esperaba mientras él estaba allí pasando el rato.

—¿Qué les parece resolver un pequeño enigma todos juntos?

«¿Acaso tenían elección?»

—Bien, la historia es la siguiente: un señor que vive en el octavo piso de un edificio coge todos los días el ascensor para sacar a pasear al perro. A la vuelta, para en el quinto y sube los tres últimos pisos a pie, excepto los días de lluvia, que sube hasta el octavo en ascensor. ¿Por qué?

Los participantes se miraron unos a otros con desconfianza. Se habría podido oír a una mosca volando. ¿Adónde quería ir a parar Romane con ese estúpido enigma?

Patrick el Marido Recién Abandonado fue el primero que se lanzó al ruedo.

—Pues porque es un hombre deportista, así de sencillo.

Bruno, alias Mister Robot, rechazó su idea de inmediato.

—¡No, hombre, piense un poco! ¡Si fuese para hacer ejercicio, subiría todos los pisos a pie, no solo tres!

—Y además, ¿qué explicación tiene para los días de lluvia? —intervino Nathalie, la bonita treintañera creída.

—Pues..., bueno, la lluvia lo desmoraliza por completo, así que esos días no tiene ánimos para subir a pie ni siquiera tres pisos.

—No tiene usted ni idea —criticó Émilie la Señorona—. Para en el quinto piso para visitar a alguien, es evidente. Y los días de lluvia prefiere pasar primero por su casa para cambiarse antes de ir a ver a su vecino.

—¡Qué va! Yo digo que para en el quinto piso para que el perro haga pipí sobre el felpudo de alguien que no le cae bien. Y los días de lluvia no lo hace porque él y su perro podrían dejar sus huellas.

Maximilien se estaba poniendo nervioso. Qué horror. La tal Nathalie empezaba todas sus frases con «yo» o «a mí». Insoportable.

Hacía mucho que él conocía la solución de ese enigma y decidió que había llegado el momento de poner fin a aquella inmensa tontería.

—Lo siento en el alma, pero no es nada de todo eso. En realidad, el tipo es enano. Solo llega con la mano al botón del quinto piso, pero los días que llueve utiliza el paraguas para pulsar el botón del octavo.

Cinco miradas asesinas confluyeron en él.

—¿Lo conocía? —preguntó Romane.

—¿Y quién no lo conoce? —replicó Maximilien, pendiente de la reacción de la joven.

¿La habría desconcertado? Le había chafado su historia. Pero no. Permanecía tranquila y serena. Su benevolente paciencia sacaba de quicio a cualquiera. Bruno no tardó en exigir una explicación sobre la finalidad del ejercicio.

—Por supuesto, ahora iba a explicarlo. —Romane sacó un dictáfono del cajón de la mesita y pulsó el botón de encendido—. Les propongo que escuchen la conversación que han mantenido y descodifiquen los rasgos de bolinería.

La reproducción del diálogo que acababa de tener lugar se desarrolló de forma implacable, dejando al desnudo los diferentes rasgos bolineros de unos y otros.

—Predisposición a no escuchar. Tono áspero. Tendencia a emitir juicios. Por no hablar del lenguaje no verbal...

—¿El qué? —preguntó Patrick.

—¡Lenguaje no verbal! —Maximilien, exasperado, no pudo evitar intervenir, como si fuera una evidencia—. El conjunto de gestos, expresiones faciales o corporales y tonos de voz, que delata el fondo de lo que uno piensa y que no se emite de forma oral.

Maximilien cavilaba mientras observaba a Patrick. Había dicho hacía un momento que era oficinista, así que, por supuesto, no comprendía ese tipo de nociones, más acordes con los estudios de gestión. Seguro que los interrumpiría cada dos minutos con sus preguntas. ¡Eso es lo que pasaba cuando se mezclaba a personas de niveles demasiado diferentes!

Maximilien estaba cada vez más cabreado y se reafirmaba en la idea de que unas sesiones individuales habrían sido mucho más adecuadas para él. ¿Cómo iba a manejar esa situación Romane Gardener? Notó en la cara un pequeño temblor provocado por el estrés mientras ella le contestaba de un modo tranquilizador a Patrick:

—No se preocupe, tiene derecho a hacer preguntas. —Luego se volvió hacia Maximilien y le lanzó una mirada insistente—: ¿Verdad, Maximilien?

—¿Verdad qué?

—Que tiene derecho.

—Mmm... —masculló el hombre de negocios.

A continuación, les pidió que apuntaran lo que a ella le gustaba llamar las «diez plagas de la bolinería»: orgullo, propensión a juzgar, egocentrismo, poca o nula predisposición a escuchar, sentimiento de superioridad, ansia de dominación, tendencia a la agresividad, impaciencia, intolerancia y falta de empatía y de altruismo.

—¡Por suerte, nadie presenta todos estos rasgos negativos, claro! El trabajo que vamos a hacer juntos les llevará a reflexionar sobre sus propios comportamientos y a preguntarse en qué medida estos se hallan afectados por alguna de las «plagas de la bolinería». Una vez que hayan identificado estos rasgos, podrán actuar con eficacia sobre ellos.

—La imagen que eso devuelve de nosotros no es muy atractiva —se quejó Émilie, un pelín ofendida por aquella enumeración.

—¡No se preocupe! Insisto en que lo que cuestionamos no es su persona, sino algunos de sus comportamientos. Ya verán cómo, con un poco de esfuerzo y perseverancia, consiguen corregirlo, y no tardarán en apreciar los beneficios en su vida.

Todo aquello era muy bonito, pero de momento Romane Gardener no había ofrecido ninguna clave concreta para pasar a la acción. Maximilien temía un enfoque demasiado teórico. ¿No habrían embellecido los medios de comunicación el aspecto innovador de ese programa para aumentar sus ventas, como tenían por costumbre? Y otra cosa: Clémence había conseguido convencerlo asegurándole que muchas celebridades habían realizado el curso. Sin embargo, allí el único VIP era él, y estaba rodeado de don nadies. Así que rumiaba su contrariedad y seguía a Romane con la mirada mientras esta se dirigía a un armarito situado en un rincón de la sala. La joven lo abrió y sacó una gran bolsa llena. Extrajo unos objetos rectangulares con su embalaje intacto y les dio uno a cada uno.

—Son marcos de foto. Para el próximo día, me gustaría que buscaran la imagen de un personaje real o ficticio que encarne para ustedes un modelo de no bolinería. Impriman esa imagen y pónganla en el marco. Decoraremos la sala con sus hallazgos. Si se sienten inspirados, incluso pueden traer varias. —Romane adoptó un tono desenfadado para poner fin a la sesión—: Gracias a todos por su participación de hoy. Han hecho lo más duro: ¡dar el primer paso! Sé lo difícil que es esta tentativa de cambio, así que les pido que sean muy benévolos consigo mismos en las próximas semanas. Si todos ustedes se implican al cien por cien en el juego, ya verán como juntos recorreremos un buen trecho. —Señaló entonces con un dedo el equipo de música que tenía delante—. Les propongo que nos despidamos con una canción. —La voz de Georges Brassens cantando «Quand on est con» sonó en la sala—. Sin tomársela al pie de la letra, claro. He elegido esta para hacerles reír y para recordarles que el sentido del humor y reírse de uno mismo son también dos valiosos remedios contra la bolinería. ¿Y por qué no afrontar la próxima semana desde la óptica de la tolerancia y la indulgencia?

«Vamos de mal en peor», pensó Maximilien, perplejo

por aquella elección. Las palabras de Brassens restallaban en el aire como azotes, mientras los componentes del grupo se despedían de Romane y se marchaban.

Le temps ne fait rien à l'affaire. Quand on est con, on est con! Qu'on ait vingt ans, qu'on soit grand-père, quand on est con, on est con! Entre vous, plus de controverses, cons caduques ou cons débutans, petits cons de la dernière averse, vieux cons des neiges d'antan.*

Romane había empezado ya a poner orden en la sala cuando Maximilien se acercó a ella. El sobresalto le hizo dar un respingo.

—Quería hablar un momento con usted.

—¿Sí?

—Mire, no sé si vendré a la próxima sesión.

Se dio cuenta de que la había desconcertado.

—Ah...

—Confieso que no me esperaba un grupo tan... ¡heterogéneo! Voy a hablarle con franqueza: no sé qué tengo que ver con algunas de estas personas, ¿comprende? Una madre de familia con un adolescente fugado, un hombre al que su mujer ha dejado plantado, por no hablar de los otros casos. ¡No los juzgo, por supuesto! Pero no veo cómo

---

* El tiempo no influye en absoluto. ¡Cuando uno es idiota, es idiota! Tenga veinte años o sea abuelo, ¡cuando uno es idiota, es idiota! No más controversias entre vosotros, idiotas caducos o idiotas principiantes, pequeños idiotas de la última hornada o viejos idiotas de épocas pasadas. *(N. de la T.)*

va a ayudarme a avanzar a mí el hecho de seguir el programa con ellos.

Romane se irguió todo lo que pudo para plantarle cara.

—Sería una verdadera lástima que no fuera más allá. Créame, todas las problemáticas planteadas por los otros participantes le permitirán avanzar en la suya. Por lo demás, esta mezcla de estilos forma parte del proceso de evolución.

—Sigo sin verlo.

¿Qué argumentos iba a oponer a su resistencia? La tenía acorralada.

—Para empezar, esto le coloca en una posición de apertura mental y le obliga a interesarse por casos muy diferentes del suyo. En el Centro de Reeducación Antibolinería todo el mundo rema en la misma barca, todos están al mismo nivel. Solo eso ya es, de por sí, una excelente forma de moderar los excesos de bolinería: egocentrismo, sentimiento de superioridad exacerbado y todo lo demás.

—Pero en su publicidad usted hablaba de perfiles VIP, y yo soy el único VIP del grupo.

—Un perfil como el suyo por grupo no está nada mal, ¿no cree? —Romane debió de darse cuenta de que su interlocutor no estaba de humor para bromear—. No, en serio, por aquí ha pasado mucha gente importante, en efecto, y se han integrado sin problemas entre las *Less Important Person*, las personas normales y corrientes. Le animo a que lea su testimonio en la web. Si estuviera solo entre personas «como usted», ¿cómo podría experimentar la auténtica alteridad? Seguiría, como siempre, en su zona de confort.

—Mmm... Comprendo, comprendo —admitió Maximilien, circunspecto—. Gracias por sus explicaciones, Romane. Reflexionaré un poco sobre todo esto y la tendré al corriente sobre si continúo en el programa.

—Ningún problema —zanjó ella con una indiferencia tal vez fingida, y añadió—: Solo le pido que me avise lo antes posible, para que pueda ofrecerle la plaza a otro si usted decide renunciar.

Se sintió un poco ofendido. ¿Él, intercambiable con otro cualquiera? ¿Él, renunciar? Tuvo que reconocer que esa mujer sabía jugar bien sus cartas. Debía de haber intuido que, para conseguir que alguien como él se interesara en su programa, era preciso estimularlo. Pese a todo, él también fingió indiferencia. Cara de póquer contra cara de póquer.

—De acuerdo. Buenas noches.

Maximilien se alejó sin volverse, consciente de la mirada puesta sobre él, y procuró adoptar el paso firme y el porte seguro del hombre que siempre sabe adónde va. Bueno, casi siempre.

8

Mientras Dimitri lo llevaba a casa, Maximilien lamentó no poder compartir con nadie lo que acababa de vivir. Pero era impensable mantener un diálogo con el chófer. Rango obliga. Así que repasó él solo la película de la sesión en el Centro, que lo había decepcionado bastante. En primer lugar, porque le molestaba mezclarse con personas tan alejadas de su mundo. ¡Sus problemas no tenían nada que ver con lo que él vivía! Además, hasta ahora el enfoque de Romane Gardener le parecía más fantasioso que concreto, y dudaba mucho de la eficacia de su método.

Así pues, ¿asunto resuelto? Sí. Fin del debate. Entonces ¿por qué no conseguía zanjar la cuestión decidiendo no volver? Dejó escapar un suspiro de contrariedad. Después de todo, nada le comprometía a seguir. No tenía nada que demostrar, ni a esas personas ni a la tal Romane. Sin embargo, la conversación que había mantenido con ella después de la sesión le había herido en su amor propio. Lo que había percibido no le había gustado: ella parecía no creerlo capaz de seguir aquel programa hasta el final. ¿Acaso imaginaba que le daba miedo ese planteamiento? ¿Miedo, él?

¡Absurdo! Estaba deseando demostrarle que no era de los que se escabullen. ¿Arrebato de orgullo? Sí, era muy consciente de las palancas que ella había utilizado, pero que no cantara victoria demasiado rápido: si volvía al Centro, disfrutaría dándole guerra a esa chica.

La perspectiva de ponerla a prueba lo sedujo. A decir verdad, tenía bastante curiosidad por verla en acción. Además, ofrecía un espectáculo encantador, y él entendía de eso. Quizá valiera la pena hacer abstracción de los otros especímenes para proseguir la experiencia con ella y ver adónde le llevaba al final.

Al llegar al portal de su edificio, Maximilien decidió subir los ocho pisos a pie. Quería cansarse físicamente y dar una tregua a sus pensamientos. Introdujo con prisa la llave en la cerradura y entró en el inmenso piso sumergido en la penumbra. Por primera vez, este le causó una extraña impresión. Le sorprendió la gélida inmensidad del lugar. Tanto espacio y tan vacío a la vez. Bonito, lujoso, de diseño. Impersonal. Un apartamento funcional que nunca había logrado convertirse en otra cosa que lo que era: un sitio de paso. Aunque Maximilien había contratado a los mejores decoradores, él no había añadido ni un solo toque personal. Nunca había dedicado tiempo a implicarse y había descuidado por completo su vida particular en beneficio de su empresa.

Sobre una mesa baja, el contestador parpadeaba. Un mensaje de Julie: «Llámame, necesito que me cuentes. ¿Has empezado el programa del Centro Con Dos Bolas?». Bip. La llamaría más tarde. Adoraba a Julie, pero siempre temía que la conversación se prolongase durante horas.

Otro mensaje. Francesca. Una sublime directora de marketing que no quería soltarlo. Eso era justo lo que no soportaba, que intentaran cazarlo. Ese tipo de situaciones lo asfixiaba; tomaría medidas.

Pensó en lo excitante que era el poder. Su éxito atraía como un imán a las mujeres, como la luz a las mariposas. Mientras se desplazaba por el salón, Maximilien acarició a su paso la bonita escultura que decoraba un rincón de la estancia. Un desnudo femenino, carísimo, que lo había cautivado y por el que había pagado una pequeña fortuna. Pero aquel día su mano tibia solo recibió la frialdad de su carne de bronce. Era un hombre valorado, famoso y, sin embargo, estaba solo.

Recordó una frase que Romane había pronunciado durante la sesión, una cita de Victor Hugo: «Vivir solo para uno mismo es una enfermedad. El egoísmo es la ruina del yo». Esa indirecta había irritado a Maximilien, a quien no le había gustado la imagen que reflejaba de él. ¿Tenía él la culpa de trabajar más de ochenta horas a la semana, de no tener tiempo para otra cosa que no fuera manejar un montón de negocios complejos que absorbían toda su energía y lo dejaban exhausto?

«Su vida es lo que hacen de ella —había insistido, machacona, Romane—. Deben evaluar su parte de responsabilidad en lo que les sucede.»

Maximilien pensó en esas palabras con una pizca de ironía: sin saber nada de su vida, ¿intentaba ya que cargaran con su parte de culpa?

Pasó por delante del gran espejo del comedor y se detuvo frente a la imagen que reflejaba.

«Ya verán, cuando hayan eliminado los rasgos bolineros que entorpecen el desarrollo de su personalidad profunda, ¡resplandecerán de energía positiva! Ese es también el brillo que emitimos cuando hemos encontrado la paz interior y nos hemos conectado de nuevo a la alegría de vivir. Generosidad, creatividad, amor... Abrirse al otro y al mundo. ¡Eso es lo que ocurre cuando hacemos resurgir lo mejor que tenemos!»

¿Reflejaba su rostro ese brillo? ¿Se distinguían en su mirada ese tipo de destellos? Maximilien soltó un bufido irritado. ¿Qué importancia tenía eso? Él sabía que tenía carisma, eso era lo esencial. ¿Para qué necesitaba resplandecer de otro modo?

Se dejó caer en su espléndido sofá y estiró las piernas sobre la mesa de centro. Saboreó un instante la increíble vista que ofrecían la altura del piso y los inmensos ventanales, y se dijo que en verdad era un hombre feliz. Pero, pese a todo, una pequeña parte de él agitaba una bandera para atraer su atención. «¿Totalmente feliz?», susurraba, burlona, una voz interior. Maximilien no quería darles vueltas a esas cuestiones existenciales y se levantó de un salto para servirse una copa. ¡Por supuesto que sabía disfrutar de la vida! Y, además, dentro de un rato sacaría su libreta de direcciones, donde tenía apuntado el número de un centenar de mujeres guapas dispuestas todas ellas a animarlo. Eso sí que colmaría por completo aquel «vacío» pasajero.

Siempre y cuando no fuese demasiado quisquilloso con el artificio del procedimiento.

9

Romane llevaba varios días pendiente de los mensajes que recibía en el móvil y en el correo electrónico. Pero nada. Maximilien Vogue no había considerado necesario informarla de si pensaba seguir o no en el programa. ¿Negligencia? ¿Falta de educación? ¿O sabotaje deliberado? Romane se inclinaba más por un rasgo de VIP y una incapacidad para rebajarse a emplear los rudimentos de la convivencia más elemental.

Aunque no le sorprendía, sentía cierta irritación que iba en aumento conforme pasaban las horas. No obstante, tuvo que maquillar su enfado para poner buena cara ante el resto de los participantes, todos presentes en la sala y listos para comenzar la segunda sesión del programa.

Contra toda expectativa, comprobó asombrada que habían aceptado bien el juego de los «modelos de no bolinería» y llegaron, como ella les había pedido, con fotocopias de la imagen de sus mentores. Romane sonrió ante el cóctel de personajes: varios Gandhi, Buda y Jesús, un John Lennon (por su música al servicio de la paz), Martin Luther King, Nelson Mandela, la Madre Teresa y Audrey

Hepburn por su lucha en favor de los niños con Unicef.

—¡Bravo! Han estado muy inspirados —aplaudió Romane mientras colgaba en la pared las fotos enmarcadas.

Aquella participación le devolvió un poco de entusiasmo y le hizo olvidar por un momento la enojosa ausencia de Maximilien Vogue.

De pronto alguien llamó a la puerta. «Hablando del rey de Roma...» Maximilien apareció en el umbral. Todo el mundo dejó de hablar para mirarlo, lo que no le sorprendió lo más mínimo. Estaba acostumbrado a imponer silencio con su sola presencia. Recorrió a los presentes con la mirada en busca de Romane y sonrió como si tal cosa. Ella parecía desconcertada. ¿Cuál debería ser su reacción? ¿Echarle una bronca? ¡No le vendría nada mal! ¿Darle una lección de moral en público? Eso lo pondría definitivamente en su contra. Romane suspiró y no tuvo más remedio que resignarse a dejarlo entrar sin hacerle ningún reproche. Olvidaría la falta de educación y el retraso. Al menos de momento.

Maximilien se acercó a la silla libre, se quitó su lujoso abrigo negro y, después de colgarlo en el respaldo del asiento, se dirigió hacia Romane, imperturbable pese a que todas las miradas estaban puestas en él.

Le tendió el paquetito que llevaba en las manos.

—Mi participación —dijo—. Pido disculpas por el retraso. Suelo ser muy puntual, pero me ha retenido un asunto de vital importancia.

¿Qué podía responder a eso?

—No pasa nada, son cosas que pueden ocurrir —masculló Romane abriendo el paquete. Al ver el contenido, abrió mucho los ojos en señal de incomprensión—. ¿Qué...? Pero...

Maximilien le dedicó una sonrisa inocente mientras ella retiraba el envoltorio de su propia foto enmarcada.

—He decidido que usted será mi mentora. No le molesta, ¿verdad? —preguntó con expresión guasona.

¿Se burlaba de ella? La asaltó la duda. Lo que desde luego estaba claro es que no se tomaba el programa muy en serio y que había encontrado la manera de no hacer el trabajo que le había pedido. «¡Demasiado fácil, señor Vogue!» Supuso que estaría acostumbrado a mujeres a las que se podía adular con facilidad, pero aún no sabía a quién tenía enfrente.

—Es muy amable por su parte, Maximilien. Me siento halagada de que me sitúe al mismo nivel que la Madre Teresa, aunque lo cierto es que yo mido al menos quince centímetros más que ella.

«¡Adelante! Ahora habla en tono firme, Romane. ¡Déjale bien claro que no piensas transigir!»

—Pero lo que me parece, sobre todo —siguió—, es que no ha tenido muchas ganas de trabajar.

—¿Ah, sí? ¿Y qué?

Maximilien exhibía una sonrisa burlona, pero ella no cedió.

—¡Pues que elija al papa, a Michel Drucker o a su abuela, me da igual, pero para la próxima sesión quiero una foto de un modelo de no bolinería que le inspire!

La sonrisa se esfumó de su rostro. Ahora, el hombre de negocios la miraba desde su pedestal.

—Y si no, ¿qué? —replicó él, desafiándola con la mirada.

Los demás no se perdían detalle y estaban pendientes de la reacción de Romane. La joven sabía que su credibilidad estaba en juego. Un grupo era como una mayonesa. Ligaba o no ligaba, y a veces bastaba un elemento perturbador para que todo se fuera al traste.

—Si no, simplemente quedará excluido del programa.

Parecía un partido del Roland-Garros. Todo el mundo esperaba ver quién se llevaría el punto.

Romane vio que Maximilien, contrariado, entornaba los ojos. Era evidente que estaba evaluando a toda prisa los pros y los contras.

—Es usted una dura negociadora.

—Solo lo necesario.

—Muy bien. Lo que mande, jefa.

Había adoptado un tono irónico. El grupo se echó a reír. «No te saldrás con la tuya», se dijo Romane para sus adentros. Por el momento, Maximilien Vogue se había parapetado en su fortaleza y la puerta estaba sin duda cerrada por dentro con doble vuelta. Habría que arreglárselas para encontrar la llave, y conseguirlo a toda prisa, antes de que tuviera tiempo de renunciar. Una misión que entrañaría grandes dificultades. Romane desplegó una sonrisa que era pura fachada y contuvo con discreción un suspiro de inquietud como quien se traga un chicle.

Maximilien volvió a su sitio y ella no pudo evitar fijarse en la elegancia de su porte y el encanto de su desenvoltura. Luego reclamó silencio para poder continuar la sesión. Media hora más tarde, las paredes de la sala estaban cubiertas de aquellos modelos de no bolinería, una exposición temporal para inspirar al grupo nuevos valores que les sirvieran de guía. Romane les agradeció efusivamente la magnífica participación, que demostraba un nivel de motivación muy alentador.

—Todos ustedes tienen el poder de dedicarse día tras día a cultivar a su alrededor Bondad, Belleza y Bien —les aseguró la joven, a quien a veces le gustaba que sus consejos sonaran como eslóganes publicitarios. Si eso podía fijarlo en sus mentes...

Pero vio que Bruno fruncía el entrecejo.

—Romane, lo siento, pero si le soy franco, lo que dice no es para mí, no me siento en absoluto con alma de buen samaritano.

—De acuerdo, Bruno, hace bien en expresar lo que siente. Cuando hablo de Bondad, Belleza y Bien no lo hago en sentido literal. ¡Claro que no van a convertirse en el Abate Pierre! Dicho esto, de la misma manera que a una planta le ponemos un tutor para que crezca recta, se supone que esa noción de Bondad, Belleza y Bien les dará a ustedes una especie de línea directriz inspiradora para volver a alinear sus comportamientos, ¿comprende?

Bruno tomaba meticulosas notas. Sin duda, después las releería para analizar si lo que Romane había dicho merecía su aprobación. Pero en ese momento había que pasar al siguiente punto.

—Bien, el otro día hablamos de las diez plagas de la bolinería. Pero ¿cuáles empañan realmente sus comportamientos? En eso es en lo que me gustaría que reflexionaran mientras se observan a sí mismos. ¿En qué circunstancias aparecen esos rasgos de bolinería? ¿Hay elementos desencadenantes? Es interesante anotar todas esas cosas. Por eso les he preparado un bonito cuaderno que será su Bolasbook. Cada uno de ustedes tiene un ejemplar sobre la bandeja de su silla.

Los participantes cogieron el objeto de atractivo aspecto, con tapas negras protegidas por una película transparente, en cuya cubierta anterior ponía en letras doradas «Bolasbook». Romane se había tomado muy en serio el diseño y la realización de ese cuaderno y confiaba en que apreciaran el resultado.

—Es muy bonito —reconoció la espontánea Nathalie.

Romane bendijo en su interior a la joven responsable de comunicación. Los cumplidos no eran muy frecuentes entre las personas que padecían un exceso de bolinería, con frecuencia poco acostumbradas a dar muestras de reconocimiento. Pero Nathalie siguió hablando.

—Yo, en realidad, quisiera saber si no es más bien la bolinería de los demás lo que me induce a mí a tener comportamientos bolineros. Me explico... En mi antiguo trabajo...

Y se lanzó a contar con todo lujo de detalles anécdotas de reuniones en las que ella se mostraba activa y participativa, presentando infinidad de ideas, aportando al grupo una energía desbordante, para que al final acabaran echándola. No lo entendía. ¿Acaso no era una joya para un equipo? Siempre implicada al máximo, siempre dispuesta. Eso sí, cuando la trataban mal o eran injustos con ella, se acababa la amabilidad: ¡ojo por ojo, diente por diente! Entonces sacaba las uñas.

La joven no era consciente de su bolinería yoísta y de su abanico de comportamientos exasperantes para los demás:

tendencia a hablar demasiado alto, demasiado fuerte, a monopolizar la atención, a hacerse la interesante, a ponerse en primer plano. Romane clavó la mirada en los ojos chispeantes de Nathalie, que delataban una propensión a la agitación. Una personalidad de alto voltaje. *Atenciópata* y *energífaga*.

—Tiene razón, Nathalie. La bolinería llama a la bolinería. Pero, como usted solo puede cambiarse a usted misma, actuando sobre sus propios rasgos bolineros cambiará también su relación con los demás.

—¿Puede ser un poco más precisa? —pidió Bruno, impaciente ante la atención concedida al «caso Nathalie».

—Tomemos el ejemplo de Nathalie. Si, poco a poco, ella se da cuenta de que, en su caso, es importante dejar más espacio al otro en una relación, si llega a sentir los beneficios de mostrarse más abierta a escuchar e intercambiar, si comprende que «hacerse valer» no significa siempre «colocarse en primer plano», entonces la actitud de sus interlocutores cambiará también, ¿comprende?

Nathalie soltó un ruidoso suspiro.

—¿Y cómo se consigue todo eso?

—Siguiendo este programa hasta el final. Confiando en mí.

—Exacto, ¿y qué va a pedirnos en concreto que hagamos? —se inquietó Maximilien, revolviéndose en su silla.

Romane se estremeció al cruzar la mirada con la suya, unos ojos bonitos, pero que no dejaban ni un resquicio a la indulgencia. Percibió en su pregunta todo el peso de sus expectativas, que no soportarían verse frustradas.

La joven puso con discreción una mano sobre su plexo

solar para apaciguar la tensión que sentía crecer en esa zona y respiró hondo. Acto seguido obsequió a Maximilien con la sonrisa que había preparado especialmente para circunstancias de ese tipo y que tenía la virtud de desarmar a sus interlocutores.

—Maximilien, tiene usted razón. Empecemos sin más dilación con una primera técnica esencial para que consigan ajustar sus comportamientos: ¡cambiar de «frecuencia interior»! Me explico: del mismo modo que elegimos una frecuencia en la radio, van a aprender a establecer otro estado interior impregnado de paz, comprensión y tolerancia. Y ya verán; desprenderán ondas que vibrarán en esas frecuencias y que, sin proponérselo apenas, transformarán todas sus relaciones. Si desprenden agresividad, atraerán agresividad. Pero si desprenden amor, atraerán amor. Moraleja: ¡conviértanse en lo que quieren atraer hacia ustedes!

Las palabras de Romane tuvieron cierto impacto en los participantes.

—Por lo demás, voy a demostrarles hasta qué punto les interesa permanecer atentos a las ondas que desprenden. Acompáñenme, voy a enseñarles algo sorprendente.

Romane sintió que había logrado desconcertar a su público. El grupo la siguió por los pasillos del Centro hasta una habitación llamada Zen Room. En la entrada, a la derecha de la puerta, el indicador luminoso estaba en verde. La joven se volvió hacia el grupo.

—Cuando la luz es roja —explicó—, significa que la sala está ocupada y no hay que entrar bajo ningún concepto. Pero ahora sí podemos entrar.

La puerta se abrió y apareció una maravillosa sala, sorprendente e intrigante. La pared del fondo había sido transformada en una fuente zen y unos focos difundían suaves colores cambiantes que se desvanecían uno tras otro. En la pared se alineaban unas fotografías numeradas.

—Están impresas sobre aluminio dibond —señaló Maximilien, como buen experto.

A Romane le sorprendió ese inesperado nivel de conocimiento, pero se abstuvo de felicitarlo. Maximilien ya tenía suficiente confianza en sí mismo. Observaba las imágenes, espléndidos cristales de agua fotografiados sin duda con un potente objetivo macro, y parecía saborear la riqueza de sus formas y la impresionante diversidad de sus líneas. «Por lo menos es sensible a la Belleza», pensó Romane. Bajo las imágenes había escritas palabras o frases como «Amor y gratitud», «Alegría» o «Yo puedo hacerlo».

En otra pared, una librería de diseño audaz, translúcida y redonda, ofrecía a las miradas una extraña y cautivadora creación artística: unos tubos llenos de agua sobre los que habían pegado palabras escritas en negro: «Paz», «Compasión», «Alegría», «Gracias». La obra, realizada por un sistema de retroiluminación, era visualmente impactante y a la vez apaciguaba la mente. Sin embargo, Romane notaba que el grupo no sabía cómo interpretar aquella extraña exposición.

—Bien, estamos en nuestra Zen Room. Es posible que se pregunten qué significado dar a todo esto, pero mis explicaciones les iluminarán enseguida.

—Más vale, desde luego —musitó Bruno.

Romane fingió no haberlo oído y no abandonó su sonrisa de anfitriona.

—Para crear esta sala nos hemos inspirado en el extraordinario trabajo del señor Masaru Emoto.

Nadie conocía al señor Emoto, ni siquiera Maximilien.

—Masaru Emoto —prosiguió Romane— es un eminente profesor de medicina alternativa en la Universidad de Yokohama que ha conseguido elaborar con su equipo un método de observación de los cristales de agua congelados mediante la fotografía. Lo que ven aquí son reproducciones de sus obras. Pues bien, Masaru Emoto ha podido hacer visible nada menos que el impacto de las vibraciones en la estructura de los cristales de agua. ¡Pero también ha mostrado que el agua reacciona con una enorme sensibilidad a la energía emitida por palabras, imágenes, música e incluso pensamientos!

—¡Es increíble! —exclamó Nathalie, cuya voz resonó en toda la habitación.

Unos «chisss...» molestos acogieron el comentario.

—De todas formas, mucho antes que él, los trabajos de Albert Einstein y Thomas Edison ya habían evidenciado este punto: cuando el cerebro emite una frecuencia, la materia que hay a su alrededor se ve afectada. Enseguida comprenderán adónde quiero ir a parar. Observen los cristales de agua en las fotos que hay a su alrededor. Todos han sido expuestos a palabras positivas. Y forman maravillosos dibujos. Les enseñaré en los libros de Masaru Emoto el fenómeno inverso, es decir, cristales expuestos a palabras o pensamientos negativos, como «Odio», «No lo conseguiré», «Desesperación», «Agotamiento», «Estúpido», y se quedarán fascinados: en esos casos, los cristales adoptan formas desestructuradas, incompletas, feas.

—¿Y qué relación tiene con nosotros, los humanos, y con eso de la frecuencia interior de la que hablaba antes? —intervino Bruno, impaciente por comprender y visiblemente incómodo ante esa teoría que su mente cartesiana tenía dificultades para aceptar.

—La relación va a parecerle evidente: cuando sabemos que alrededor del setenta por ciento de nuestro planeta está cubierto de agua, que nuestro cuerpo adulto también es agua en más de un setenta por ciento, y que distinguimos el impacto de las vibraciones que se emiten sobre la estructura de las células que nos componen, ¡no hace falta que les haga un esquema! Por eso el trabajo de Masaru Emoto nos parece una hermosa invitación a tomar conciencia de la calidad de las palabras que emitimos, de las vibraciones que despedimos e incluso de nuestros pensamientos. Día tras día, procurando pronunciar palabras positivas y fomentando un estado de ánimo sereno y benévolo, no solo se transformarán en su interior, sino que cambiarán también la vida de las personas que les rodean.

—¿Y cómo se las ha arreglado ese tal Emoto para conseguir fotografiar unas moléculas de agua?

—Buena pregunta, Émilie. Lo que hace es exponer gotas de agua a palabras o sonidos, depositarlas luego en unas placas de Petri, esas cajitas redondas que utilizan en los laboratorios, y congelarlas a veinticinco grados bajo cero. —Romane se percató de que Maximilien estaba distraído y consultaba el móvil con discreción. Le molestó, pero continuó—: Tres horas más tarde, los cristales pueden ser observados a través del microscopio y fotografiados con rapidez, antes de que se fundan, en un laboratorio mantenido a cinco grados bajo cero. Extraordinario, ¿verdad, Maximilien?

El aludido se sobresaltó y, un poco apurado, asintió mientras se guardaba el teléfono en el bolsillo.

—¿Y para qué sirve esta habitación? —preguntó para disimular.

—Como su nombre indica, nuestra Zen Room es un lugar que ponemos a disposición de los participantes en el programa para que vengan a relajarse e iniciarse en los beneficios de la calma y la meditación. Para que nadie les moleste, basta con que pulsen ese botón —dijo Romane, señalándolo—. Fuera, el indicador rojo se encenderá.

—¡Vaya! ¡Un dispositivo muy práctico que invita a utilizar la Zen Room por razones mucho menos zen!

El sobrentendido de Maximilien hizo reír al grupo, pero en absoluto a Romane, a quien le habría gustado encontrar una réplica inteligente que lanzarle. A veces, por desgracia más a menudo de lo que desearía, la confusión hacía que se quedara cortada. Salió de la sala contrariada, pensando que en ese momento sus cristales de agua interiores debían de estar completamente empañados.

10

Unos días más tarde, para sorpresa de Romane, Émilie llegó al Centro mucho antes de la hora de inicio de la sesión. Sus ojeras y sus ojos un poco enrojecidos le hicieron presentir que algo no iba muy bien.

—Buenas tardes, Émilie, ¿cómo está? ¿Quería verme?

—Buenas tardes, Romane. Sí, me gustaría hablar un momento con usted, si tiene tiempo...

—Venga. Buscaremos una sala tranquila.

Émilie la siguió por los pasillos, un poco encorvada, como aplastada por el peso de una aflicción excesiva.

—Siéntese —dijo Romane con amabilidad.

Luego, poco a poco, con mucho tacto y pudor, la joven la animó a abrirse. El semblante de Émilie se descomponía mientras dejaba caer su máscara de mujer fuerte, y Romane vio que le temblaban los labios, como si estuviera a punto de echarse a llorar.

—Acabo de recibir una llamada del inspector Denis Bernard. Han encontrado a Thomas, mi hijo...

—¡Ah, excelente noticia! —exclamó Romane, sin entender la cara de funeral de Émilie.

—Se refugió en casa de su tío y lleva dos meses allí escondido, ¡dos meses! ¿Se da cuenta?

—Mmm, comprendo... Pero, ahora que sabe dónde está, las cosas se arreglarán.

El rostro de Émilie se animó de golpe.

—¡No va a arreglarse nada! ¡No lo entiende! ¡Se niega en redondo a volver a casa! Ni siquiera quiere hablar conmigo.

El llanto amenazaba con estallar.

—Llore si lo necesita.

—¡Llorar no hará volver a mi hijo!

—Pero le aligerará el corazón, y eso ya es mucho.

Émilie se permitió por fin derramar unas lágrimas, alentada por la amabilidad de Romane, que le puso una mano sobre el antebrazo para mostrarle su apoyo.

—¡Toda la culpa es mía! ¡Yo quería un porvenir brillante para él! Le he obligado a seguir el mismo camino que yo, a cursar estudios prestigiosos, y no he sabido ver su verdadera naturaleza...

—¿Y cuál es su verdadera naturaleza?

—Quiere ser... ¡cocinero! ¿Se da cuenta del escándalo que eso provocaría en la familia?

—¿Y qué hay de escandaloso en eso?

—Se nota que no conoce a nuestro clan...

—Si lo que está en juego es el equilibrio de su hijo, estoy segura de que a la larga todo el mundo se hará a la idea.

—No lo sé, lo dudo.

—En estos momentos dudaría usted de cualquier cosa —le aseguró Romane con una sonrisa afable.

78

—¿Y cómo quiere que no dude, después de haber recibido esto?

Émilie dio un brusco manotazo al papel que tenía en la mano y se lo tendió a Romane para que lo leyera. Era una carta de Thomas.

Mamá:

No voy a volver. No puedo seguir soportando que intentes dirigir mi vida, que me impongas elecciones que no son mías. No somos iguales. ¿Por qué quieres obligarme a que me parezca a ti? ¿Cuándo vas a dejar de una vez por todas de querer controlarlo todo y, en especial, de controlarme a mí? ¡No tienes ni idea de cómo soy y de lo que me hará feliz! Se acabó, mamá. He tomado las riendas de mi vida. No dejaré que la arruines para satisfacer tu pequeño ego burgués. Quieres moldearme a tu imagen y semejanza. ¡Pero yo nunca he querido ser así! ¡Quiero ser libre!

No te preocupes, estoy bien. Tengo todo lo que necesito. No volveré a casa. Espero que lo comprendas. Y si no lo comprendes, me da igual. Adiós.

Thomas

Romane levantó la cabeza hacia el semblante lívido de Émilie y comprendió su angustia.

—¿Por qué me impone esto? A mí, que siempre lo he hecho todo por su bien.

Ese era justo el problema con la bolinería «por tu bien». Las personas que la padecen adoptan casi siempre comportamientos que, bajo una apariencia de buenas intenciones, las conducen a imponer su visión, a utilizar su influencia para que prevalezca su punto de vista, considerado como el único válido. Y ¿cómo protegerse de personas que quieren todo lo bueno para ti? Juran actuar en tu interés, convencidos de estar en lo cierto, y hacen lo que haya que hacer para que te adaptes a sus expectativas. A riesgo de pretender conseguir la cuadratura del círculo, sin darse cuenta de que, a la postre, querer a toda costa el bien de alguien acaba por causar más daño.

Sin duda, Émilie empezaba a ser consciente de eso y las palabras de su hijo le habrían roto el corazón.

—Tranquilícese, Émilie. Su hijo habla movido por la ira. Debe escuchar su angustia detrás de la brutalidad de las palabras. Cuando llegamos al punto de no saber cómo decir las cosas, la agresividad suele ser nuestro único medio para comunicarnos.

—Pero, entonces, ¿qué va a ser de nosotros?

—Debe darle tiempo al tiempo. Va a seguir con el programa, lo más tranquila que pueda, y eso le permitirá comprender mejor el porqué y el cómo. Y confíe en mí, ya verá como las cosas vuelven a su sitio.

Romane sintió que sus palabras daban en el blanco. Émilie había recobrado un poco la calma y la joven vio en sus ojos el brillo de la determinación: a buen seguro que esa madre lucharía para reconquistar la confianza de su hijo. Ella solo esperaba que no encontrara demasiados obstáculos en el camino.

11

Romane aparcó rápidamente y memorizó de un vistazo el número de su plaza. Sacó del maletero una mochila cargada de material y se dirigió con presteza a la salida del aparcamiento. Había citado al grupo en un lugar al que le tenía un cariño especial: la Ciudad de las Ciencias, en el parque de la Villette, en la periferia de París. Le gustaba la vocación de ese sitio: hacer accesible a todos, cualquiera que fuese su bagaje, el descubrimiento de la cultura científica y técnica.

Estaba contenta con el programa que había preparado para los participantes. Los vio reunidos en la entrada. ¿Estaban todos? Escrutó las caras. Buscaba una en especial. Los latidos de pronto acelerados de su corazón le dieron la respuesta. Apretó más fuerte la mochila contra su pecho para infundirse valor.

—Hola a todos —saludó alegre, consiguiendo que su invisible nerviosismo pasara inadvertido—. ¿Están bien? ¿Preparados para otra sesión?

—¿Adónde vamos? —preguntó Bruno con cierta desconfianza.

—¡Sorpresa! ¡Vengan conmigo!

—¡Hasta el fin del mundo! —respondió Maximilien, entre burlón y seductor.

¿Eran imaginaciones suyas, o intentaba representar su número de conquistador? «¡A otro perro con ese hueso!» Ella estaba inmunizada contra los ojitos bolineros... O casi. En una época de su vida, antes de casarse con Peter Gardener, había sido un auténtico imán para los hombres aquejados de bolinería. Si había uno en cien metros a la redonda, era para ella. Conocía todos sus pequeños rasgos bolineros y los veía venir de lejos. Era como tener dos caras: había decidido dedicar su vida a la desbolinación conductual, pero, de manera invariable, acababa sintiéndose atraída por perfiles bolineros. Cualquiera diría que le gustaba la rugosidad de su carácter y la agudeza de su temperamento.

Cuando acabó por plegarse a la razón y se casó con un hombre como Peter Gardener, totalmente desprovisto de bolinería, delicado, amable y paciente, pronto empezó a aburrirse mortalmente y a marchitarse en la relación. Y, sin embargo, Peter encarnaba al hombre ideal. Pero él no la hacía vibrar. El corazón tiene sus razones. Se lo había reprochado con insistencia y en ocasiones todavía se preguntaba si no habría dejado escapar a la pareja perfecta.

Pero ¿por qué la asaltaban esas reflexiones justo cuando caminaba al lado de Maximilien? Una ojeada en su dirección le dio la respuesta: un magnetismo semejante no podía dejarla indiferente. Sin embargo, Maximilien Vogue la exasperaba desde el principio. Debería desear mantenerse a distancia de él y, en cambio, sentía una fuerte atracción que le resultaba difícil ignorar.

Le costaba explicarse esa paradoja. Algo la empujaba sin remedio a medirse con él, a intentar acorralarlo. ¿Para ganar la partida, tal vez? Pero ¿qué partida? Romane pensó que sería mucho más prudente escuchar la señal de alarma que sonaba en su cabeza: «Cuidado, peligro, mantener las distancias, o si no...». Conocía de sobra el riesgo de interesarse demasiado por un perfil bolinero. Almas sensibles, abstenerse. O, como medida alternativa, proveerse de una buena armadura. Así que Romane se acercó a Maximilien con un escudo virtual y la indiferencia que requería el caso, para volver a la carga en relación con el ejercicio de los mentores. No iba a dejar que se saliera por la tangente.

—¿Cómo va el asunto de los mentores? Supongo que se ha acordado de traerlos.

—Sí. Bueno, aquí no. No iba a cargar con ellos durante toda la visita.

«Siempre tiene respuesta para todo, ¿eh?» Romane disimulaba mal su irritación. No había ninguna razón para que Maximilien no hiciera lo mismo que los demás; para ella era una cuestión de honor que cumpliera con aquello a lo que se había comprometido. Sería él quien se plegara. Ella no cedería.

Así que le lanzó un ultimátum:

—Maximilien, hablo muy en serio: el próximo día debe traerme sin falta ese trabajo, ¿de acuerdo? De lo contrario...

—Me expulsará, lo sé.

Sonreía de un modo capaz de desarmar a cualquiera.

¿Cómo podía la misma persona exasperarte y cautivarte a la vez? Romane era consciente de estar sometiéndose ella misma a una gran presión para hacer que Maximilien Vogue respetara la disciplina. No tenía ninguna intención de permitirle participar en el programa a su manera, como se le antojara. Debía conseguir vencer sus reticencias y que abandonara sus provocaciones. Esos comportamientos caprichosos eran palos que él mismo ponía en las ruedas de su evolución, que ya se había convertido en un reto personal para Romane. No fracasaría, pensó mientras seguía caminando junto a él.

Empezaban a crearse vínculos entre los participantes. Contra todo pronóstico, Émilie y Patrick, pese a pertenecer a diferentes clases sociales, habían simpatizado. La aristócrata Émilie y Patrick, simple empleado de la administración, encontraban afinidades en sus respectivos sufrimientos. Ambos habían visto marcharse a un ser querido para huir de su comportamiento. Patrick y Émilie se sinceraban en voz baja, en el tono quedo de las confesiones púdicas: él, sobre su mujer; ella, sobre su hijo.

A Bruno le resultaba difícil colar una frase frente a la locuaz Nathalie, inagotable en su cháchara sobre los pequeños dramas de la vida en una oficina y de lo mucho que había sufrido allí. Bruno soportaba aquella conversación, que debía de recordarle lo que vivía día tras día con su equipo de mujeres. «Pero ¿es que no paran nunca de quejarse?», parecía decir su semblante crispado.

Romane los observaba y tomaba nota en su cabeza de todo lo que tendría que transmitirles para que su forma de ser y de percibir las cosas evolucionara.

Y así, acompañada de ese curioso grupo, llegó a la segunda planta, la del planetario.

—¿Qué hacemos aquí? —masculló Bruno, de bastante mal humor.

—Van a ver una película sobre los misterios del universo —anunció Romane—. Y después los invitaré a participar en un taller temático. Vamos, entren, tomen asiento.

La sala estaba ya muy llena y tuvieron que sentarse juntos en la única fila que quedaba libre. Romane fue entre bastidores a saludar a su amigo, el proyeccionista y animador científico. Cuando regresó a la sala, solo quedaba un asiento disponible. Al lado de Maximilien Vogue.

Al intentar colocar a sus pies la enorme mochila, Romane tiró torpemente al suelo el abrigo y la bufanda de Maximilien. Se embarulló y se acaloró de pronto cuando se inclinó para ayudarlo a recoger sus cosas.

—Lo siento... —farfulló.

—No se preocupe.

Mientras volvía a colocar las prendas, las manos de Maximilien rozaron las de Romane. La joven se estremeció. Nunca habría pensado que un abrigo pudiera contener tanta electricidad. Se hundió en su asiento sin volver a mirarlo y se dejó envolver por la oscuridad del planetario, procurando crear un vacío intersideral entre sus dos butacas.

La película dio comienzo y, ante sus ojos, el universo empezó a mostrar algunas de sus caras. Pese a la infinidad de veces que había ido, la exhibición siempre la deslumbraba. La magia de aquella pantalla en forma de bóveda era maravillosa. Ante tal espectáculo, ella recuperaba su alma infantil y sus ojos brillaban como los de una niña. Bien arrellanada en la butaca, saboreaba la presentación.

El científico explicaba que en la galaxia podía haber entre cien y doscientos mil millones de estrellas, y el universo podía tener potencialmente unos cien mil millones de galaxias. ¿No era vertiginoso? Hacía que te sintieras muy pequeño. Esa era precisamente la experiencia que Romane quería que los miembros de su grupo vivieran: sumergirse en el abismo y sentir una sacudida que los ayudara a reconsiderar su lugar en el mundo. ¿Producirían aquellas fascinantes imágenes en trescientos sesenta grados el impacto deseado?

Con todo, las miradas furtivas que Maximilien le lanzó a lo largo de toda la sesión le pusieron los nervios de punta y Romane soltó un suspiro de alivio cuando la luz se encendió. Zafarrancho de combate de bufandas y gorros, pequeño tumulto para salir, estiramientos de extremidades entumecidas, primeros cambios de impresiones. A todas luces, al grupo le había gustado la inmersión galáctica.

Romane les indicó el emplazamiento de la sala que habían puesto a su disposición para el taller y propuso encontrarse allí veinte minutos más tarde, después de un descanso para tomar café. Nadie se hizo de rogar.

12

Maximilien acompañó al grupo a la planta -1, donde se encontraba la cafetería. Se moría de ganas de tomar un café. La película, para ser sinceros, no le había entusiasmado; en cambio, la proximidad de Romane le había resultado bastante divertida. La había notado... ¡agitada! También a él le había costado concentrarse en la proyección. Una vez a oscuras, el desfile de planetas le había dejado frío en comparación con el cruzado y descruzado de piernas de Romane, que no había parado de moverse. En realidad, más que interesarse por su lugar en el universo, cosa que sin duda habría abierto paso a fastidiosas preguntas existenciales, le había parecido mucho más entretenido intentar imaginar qué clase de ropa interior llevaba Romane bajo la falda, un poco más corta de lo que sería apropiado en ese contexto profesional. Y cuando sus manos se rozaron, habría jurado percibir cierta turbación. ¿Qué sentimiento le inspiraba a Romane? ¿La exasperaba o la cautivaba? No habría sabido decirlo. Pero eso le daba atractivo a un programa sobre el que seguía teniendo sus reservas.

En la barra de la cafetería, el grupo se abalanzó en

tromba sobre la pobre camarera y pidieron todos a la vez. Las inclinaciones bolineras de sus compañeros eran innegables: hablaban en voz muy alta, gesticulaban, dudaban y cambiaban de opinión. Maximilien le lanzó una mirada de desaprobación a Patrick, que había pedido tres napolitanas de chocolate, lo que sin duda no le haría ningún bien a su figura. Su barriga delataba una falta de voluntad y disciplina que a Maximilien le horrorizaba. ¿Cómo podía alguien abandonarse hasta ese extremo?

—Hay apetito, por lo que veo... —no pudo evitar espetarle.

El encogimiento de hombros de Patrick equivalía a un «y a ti qué te importa» claro y rotundo.

—Hay que alimentarse, ¡yo no soy uno de esos figurines que salen en las revistas! Por cierto, ¿dónde se ha metido su pingüino?

—¿Mi qué?

—Su pingüino, su hombre para todo, ese que lo sigue a todas partes —rio Patrick.

—Muy gracioso.

«Este tipo es patético.»

—Oiga, ¿no es muy duro llevar todo el tiempo a una niñera pegada a la espalda? —Patrick soltó una carcajada y le dio una palmada en el hombro a Maximilien—. ¡Es broooooooma! —añadió, antes de alejarse hincándole el diente a una napolitana.

«¡Menudo nivel!», pensó Maximilien.

—Un café doble, por favor —pidió cuando le llegó el turno.

La chica, que parecía nueva en el puesto, mostraba un

estrés de nivel diez. Maximilien, sin querer, aportó su granito de arena:

—No, azúcar blanco no. Stevia, dos dosis. Y el café que sea largo, por favor —ordenó con su natural sentido de la autoridad—. Falta la cucharita.

Los demás dieron sus órdenes con el mismo aplomo. Como esperaba, la camarera se aturulló ante semejante acumulación de bolinería. Se equivocaba en los pedidos y tardaba siglos en preparar cada uno de ellos.

—¡Pero qué lenta es! —resopló Bruno—. Para usted, que también es un directivo, esto no debe de ser nada nuevo —continuó en tono confidencial, inclinándose hacia Maximilien—. En el trabajo, al primer tropiezo, las mujeres ya no dan pie con bola, ¿verdad? Y luego les entra la depre, se te ponen a llorar por cualquier cosa y a la que te descuidas piden la baja. ¿Y quién paga el pato? El jefe, como siempre. ¿A usted le hacen eso también?

Maximilien se quedó perplejo. «De lo más agradable, su visión de la mujer.» ¿Qué responder a eso?

—Pues no. La verdad es que en mi caso no sucede eso, pero supongo que puede pasar ¡Ah, mire, su pedido ya está!

Más valía cortar por lo sano esa conversación, que podría llevarlo a un terreno resbaladizo. ¿Qué sentido tenía intentar convencer a alguien como él? No era asunto suyo.

—¡Vamos! ¡Hay que darse prisa si no queremos llegar tarde!

Maximilien dio un respingo. Le horrorizaba que le hablaran en ese tono. Era evidente que Émilie la Señorona se había autoproclamado guardiana del tiempo y estaba empeñada en congregar a las tropas como una joven guía de los scouts. «Si nos libramos de que nos coloque en fila de a dos, podemos considerarnos afortunados.»

Así que los cinco se dirigieron a toda prisa hacia la sala de reuniones.

Romane había dejado la puerta abierta. Al entrar, descubrieron que había aprovechado su ausencia para preparar el taller con tranquilidad. Sonrió cuando Nathalie le dio en nombre del grupo un té y una pasta.

Maximilien se disponía a sentarse cuando Patrick le birló la silla delante de sus narices, soltándole un «¿Me permite?» que se lo permitía todo. Estaba claro que no se soportaban. La idea de tener que gestionar las ondas negativas de Patrick el Tripón hizo suspirar a Maximilien, que se sentó en el otro lado de la sala y comenzó a observar el material dispuesto sobre la mesa: palitos de madera, bolas de poliestireno de todos los tamaños, tubos de pegamento, rotuladores... En la primera sesión, la resolución del enigma los había devuelto al colegio de primaria, y ahora regresarían al jardín de infancia para hacer trabajos manuales. La cosa iba de mal en peor.

Ante la mirada interrogativa de los participantes, Romane tomó la palabra.

—Hoy he querido traerles aquí para que vieran esa proyección simbólica sobre su lugar en el universo. En relación con su actitud personal, esa inmersión me ha parecido interesante. Me explico: cuando uno ha desarrollado ciertos rasgos bolineros, tiene tendencia a centrarse en sí mismo, a creerse el centro del mundo. La película que han visto en el planetario les invita a no olvidar nuestra pequeñez: somos ínfimos puntitos que se agitan en lo infinitamente grande y que, en definitiva, no son mucho más que polvo de estrellas. Eso ayuda a recuperar la humildad, ¿no es cierto?

Los miembros del grupo interiorizaban sus palabras en silencio. ¿Pensaba ponerlos de rodillas para que sintiesen lo que era la humildad? «Es muy capaz», se dijo Maximilien con una pizca de sarcasmo.

Alguien llamó a la puerta.

—Sí, pase.

—¿Señora Gardener? Aquí tiene la bola del mundo que ha pedido.

—Ah, muy bien, gracias.

El empleado dejó el objeto encima de la mesa y se marchó sin decir nada.

Romane hizo girar el globo terráqueo con su mano larga y fina, antes de tomar de nuevo la palabra con un tono de voz radiofónico, pensado sin duda para atraer mejor su interés.

—El mundo. Su mundo. No es el mismo que el de su vecino. Deben tomar conciencia de que cada uno percibe el mundo desde su punto de vista. Y creer que el punto de vista propio es el mejor causa muchos problemas de comunicación y entendimiento con los demás. Para ampliar su visión del mundo, deben cambiar de punto de vista, descentrarse, variar de lugar y de perspectiva. Pero, como paso previo, es importante que se representen su mundo. Eso es lo que les propongo hacer ahora, con este ejercicio que he llamado «Mi mundo en el mundo».

Romane se acercó a los pequeños objetos dispuestos sobre la mesa para explicar su uso.

—Se trata de utilizar estas bolas de poliestireno para hacer una maqueta que sea la representación simbólica de su universo personal. Por ejemplo, la bola más grande, en el centro, representándolos a ustedes, ya que de momento, en su sistema actual, están en el centro. Luego, como en un sistema solar, hay que colocar a otras personas como si fuesen planetas: más o menos grandes y más o menos alejadas de ustedes, según su importancia en su vida. Y escribir el nombre de esas personas en la bola de poliestireno correspondiente. Por último, tienen que unir los planetas como les parezca oportuno con los palitos de madera. Les doy una hora. ¡Sean creativos!

Los participantes, perplejos, se acercaron a la mesa en busca de material. Maximilien ni siquiera intentaba disimular su expresión claramente dubitativa. Unos y otros manipulaban las bolas de poliestireno, las miraban, las hacían girar, todavía indecisos sobre cómo iban a utilizarlas. Alguien soltó una carcajada en un rincón. Patrick no había podido evitar crear sobre la mesa, con dos bolas y un palito, un dibujo que no se prestaba a equívocos. El tamaño de su barriga no parecía proporcional al de su cerebro.

—Por favor, un poco de concentración, gracias. El ejercicio no es sencillo y exige bastante introspección. Incluso les aconsejo que hagan algunos esbozos previos en papel de las ideas que se les ocurran.

Romane repartió unas hojas blancas y unos lápices. El grupo acabó por meterse en el ejercicio, a juzgar por el silencio que acabó imponiéndose. Maximilien toqueteaba las bolas de poliestireno y prefería soñar despierto que buscar una idea. Levantó los ojos hacia Romane y la miró sorber con discreción el té y mordisquear el dulce. Se limpiaba las miguitas de la comisura de los labios cuando se dio cuenta de que la observaba. Frunció el ceño y se apresuró a envolver el resto del cruasán en su papel, ante la mirada divertida de Maximilien. Luego empezó a dar una vuelta alrededor de la mesa, deteniéndose junto a cada uno de los participantes. Explicó que el ejercicio era mucho menos anodino de lo que parecía y sacaba a la luz las disfunciones, las incoherencias y los desequilibrios relacionales de un plan de vida, lo que podía provocar ciertas reacciones emocionales más o menos fuertes.

Maximilien no sentía nada especial y le asombraba ver que a otros participantes los invadía la emoción. ¿Cómo era posible dejarse llevar así, sin ningún pudor, delante de unos desconocidos? Empezando por Émilie la Señorona. Había colocado una bola con el nombre de su hijo, Thomas, prácticamente pegada a la suya. Sin distancia. Sin aire. Émilie debía de estar tomando conciencia de que había hecho lo imposible para conservar el control sobre su hijo. Levantaba los ojos empañados hacia Romane en busca de apoyo. «¿No es un poco penosa?», juzgó Maximilien.

—Está muy bien, Émilie —la animó Romane—. No dude en anotar también todas las emociones que la invaden. ¡Bravo, continúe!

«¡Qué empalago! —pensó Maximilien—. ¡Parece que estemos en el país de los Osos Amorosos!»

Romane se acercó a continuación a Patrick, que había creado casi el mismo esquema que Émilie, con su mujer situada en el centro de su universo. Sus dos hijos gravitaban mucho más lejos y eran mucho más pequeños. Tomar conciencia de ese modo de la extrema importancia que tenía para él su esposa parecía conmoverlo muchísimo. Así que Patrick el Tripón tenía su corazoncito... No le costaba imaginar la pregunta que le taladraba la mente a ese hombre: ¿cómo había podido tratar tan mal a una persona a la que quería tanto? Por supuesto, ahora se reía menos que hacía un momento.

Romane fue después a mirar la composición de Bruno Mister Robot, que recordaba a un universo autárquico: una enorme bola central que lo representaba a él y, mucho más lejos, una decena de bolitas anónimas, sin duda las mujeres de su equipo, cuyos nombres no había considerado necesario escribir.

—¿Qué pasa, Bruno? No ha escrito ningún nombre.

Mister Robot se encogió de hombros.

—No vale la pena, son gente de la oficina, en realidad no cuentan en mi vida.

—Pero tendrá familia, ¿no? Padres, por ejemplo.

—Han muerto.

Frío. Maximilien escuchaba la conversación, que le interesaba más que devanarse los sesos con su maqueta.

—¿Y amigos?

—No tengo tiempo.

—¿De verdad que no hay nadie? —insistía Romane.

Al cabo de largos minutos apareció otra bola en la constelación. Astrée, explicó, una tía a la que no había visto desde hacía lustros, y que siempre le preparaba dulces cuando iba a su casa de pequeño, mientras su madre desaparecía durante horas interminables para hacer cosas que no consideraba oportuno compartir con él.

—No sé por qué la he descuidado tanto —confesó Bruno a media voz—. Siempre fue muy amable conmigo.

«¡Vamos a echarnos a llorar de un momento a otro!», pensó Maximilien, entre guasón y conmovido.

—La tía Astrée es un poco su magdalena de Proust. Le trae a la memoria el olor de la infancia y el sabor de la despreocupación. Recuerdos con trocitos de felicidad dentro. ¡Es fantástico, Bruno! ¡Explote eso! ¡Continúe por ahí, va por muy buen camino! —lo animó Romane.

La expresión del rostro de Bruno se transformó. Menos crispada, más sosegada. Pese a su escepticismo, Maximilien tuvo que reconocer que Romane sabía arreglárselas muy bien y se preguntó cómo iba a manejar la situación con la siguiente participante.

La composición de Nathalie se parecía mucho a la de Bruno: una gran bola central y algunas bolitas anónimas alrededor. Con un nudo en la garganta, Nathalie ofreció una explicación. De un modo que Maximilien consideró muy impúdico, confesó que sin duda había dejado poco espacio a los demás en su universo. No estaba casada ni tenía hijos. Había mantenido a distancia a su círculo familiar. Se había preocupado muy poco de sus compañeros de trabajo. Había ido perdiendo por el camino a los amigos, que le reprochaban su bolinería yoísta. Su forma de querer acaparar siempre la atención acababa por resultar asfixiante y no dejaba sitio para los demás. En cuanto a su vida sentimental, no podía ser más catastrófica. Con su físico, al principio gustaba, por supuesto. Pero después su carácter demasiado fuerte, sus sentimientos invasivos y su comportamiento excesivo asustaban a los hombres. «Siempre tiene que ser todo para ti», le habían reprochado con frecuencia. Así que, poco a poco, había hecho el vacío a su alrededor.

«Ese esquema me resulta familiar», pensó Maximilien. Pero, por el momento, no tenía ganas de dejarse sorprender por un efecto espejo. Nathalie había recibido de lleno el impacto del ejercicio y ahora que tomaba conciencia de todas esas cosas la bola de poliestireno parecía haberse alojado en su garganta. Romane le puso una mano sobre el hombro en señal de apoyo y le habló con mucha dulzura. ¿Haría lo mismo con él, ahora que había llegado su turno? En vista de los pocos esfuerzos que había realizado, lo dudaba mucho.

Romane observaba su composición sin comprender.

—Pero ¿qué es...? Maximilien, ¿qué es eso? Parece... ¡una brocheta!

El hombre de negocios había atravesado varias bolas de poliestireno con un mismo palito de madera.

—No se me ocurría nada —respondió con aplomo y cierta mala fe.

Maximilien estaba seguro de que Romane echaba chispas en su interior y de que estaba haciendo acopio de toda su profesionalidad para no estallar delante de él. Con esa ira contenida, la encontró adorable. No obstante, se crispó al oír el sonido áspero de su voz.

—Viniendo de usted, me parece muy sorprendente.

El tono seco disimulaba mal su irritación y su decepción.

—¿Ah, sí? ¿Debo tomarme eso como un cumplido? —susurró él.

Le encantaba jugar con ella. Romane puso los brazos en jarras, al parecer dispuesta a echarle un rapapolvo, pero al final recuperó el control de sí misma. Movió las caderas para adoptar una postura todavía más femenina y entornó los ojos como un felino. Estaba lista para replicar. «¡Increíble! —se dijo Maximilien—. ¿Va a retarme a un pulso?»

—¡Lástima! Y yo que estaba segura de que iba a ser capaz de sorprenderme... —Se inclinó hacia él y añadió a media voz—: En mi programa, los que no entran en el juego casi siempre acaban perdiendo. Y es curioso, pero no le imaginaba a usted como un perdedor.

¿Cómo? Maximilien no podía creer que se atreviera a hablarle así. ¿Intentaba hacerle caer en su propia trampa? En cualquier caso, su audacia no le desagradaba en absoluto, aunque no le hacía gracia sentirse herido en su amor propio.

—Le dejo para que pueda ponerse a trabajar —dijo Romane, alejándose con indolencia.

Maximilien la siguió con la mirada, irritado por el gusto de estar irritado.

Todos habían sacado el móvil para fotografiar su trabajo.

—Felicidades. Sé que no siempre es fácil darse cuenta de cómo es nuestro mundo, el lugar que ocupamos en él y el que concedemos a los demás. ¡Pero merece la pena! Este ejercicio era una primera etapa en su toma de conciencia. Ahora les propongo ir todavía más lejos con el experimento del Cambio de Sillón.

«¡Por favor!, ¿con qué va a salirnos ahora?», se preguntó Maximilien, inquieto.

—¿De qué? —la interrumpió Patrick, que al parecer odiaba enfrentarse a lo que no conocía.

—¡Del Cambio de Sillón! Es una idea muy simple. Se trata de pasar un día metido en la piel de una persona de su entorno, para comprender mejor su punto de vista y lo que ha podido vivir por culpa de sus excesos de bolinería. Un panorama muy beneficioso para su andadura personal.

Un silencio se abatió sobre los desconcertados asistentes. Maximilien fingía no prestar atención y continuaba distraído con su composición de poliestireno. Romane lo llamó al orden y acabó por levantar la cabeza.

—Bien, ¿quién se anima?

Los participantes se miraron con recelo; ninguno parecía estar impaciente por prestarse a ese incómodo cambio de piel. La mirada de Romane los desafiaba. Émilie fue la primera en presentarse voluntaria. Estaba dispuesta a todo para demostrarle a su hijo que podía cambiar. El juego de los egos hizo lo demás: otros participantes levantaron la mano para dejar claro que a ellos tampoco les daba miedo luchar. Los únicos que no se presentaron voluntarios fueron Bruno y Maximilien.

Romane los miró, esperando sin duda un cambio por su parte. Mister Robot permanecía instalado en una actitud refractaria. Incluso la fulminaba con la mirada. Eso auguraba una tumultuosa confrontación de un momento a otro con Romane. Los ojos de la joven buscaron entonces los de Maximilien. Tres parpadeos. El hombre de negocios no se reconoció. ¿Era él quien levantaba la mano como una serpiente subyugada por su encantador? ¿Qué había podido impulsarlo a presentarse voluntario para un juego de rol que parecía de lo más idiota? Cualquiera diría que Romane había herido su orgullo masculino. No quería que ella creyera que se escabullía, que tenía miedo o algo por el estilo.

El aire de satisfacción de Romane le exasperó. Había algo en aquella situación que se le escapaba, y eso no le gustaba. Romane se pasó la hora siguiente explicando cómo iban a desarrollarse las operaciones. Puso sobre la mesa un material que parecía sacado de un juego de espionaje: una cámara en miniatura con micrófono integrado.

«¿De dónde ha sacado todo eso? ¿De una película de serie B?»

—Para informar con más exactitud sobre su experimento, les propongo que filmen la jornada con este material que pongo a su disposición. Así, después podremos trabajar mejor juntos.

Los miembros del grupo no parecían tenerlas todas consigo.

—¿Y con quién haremos el Cambio de Sillón? —preguntó Nathalie.

—Pueden hacerlo con personas de su entorno, que acepten participar, por supuesto, o con cómplices del Centro Con Dos Bolas dispuestos a entrar en el juego. Lo decidiremos juntos.

La inquietud hacía refunfuñar a los participantes. Solo Nathalie parecía contenta y, a su pesar, fanfarroneó:

—¡A mí me encanta este tipo de ejercicios! Yo siempre he sido muy buena actriz.

«¡Miss Yo, Yo y Yo ataca de nuevo!», estuvo tentado de decir Maximilien. En cuanto al resto del grupo, le lanzaron una mirada asesina a Nathalie, que debió de darse cuenta de que había vuelto a olvidarse de marcar la casilla de la humildad. Luego empezaron a llover preguntas que sonaban como reproches.

—¡No se preocupen! Por una vez, no intenten controlarlo todo y déjense llevar por el experimento. Limítense a ser observadores de lo que van a vivir y sentir.

Concluida la sesión, cada uno recogió sus cosas sin dejar traslucir demasiado sus temores. Bolinería obliga. Uno a uno, los miembros del grupo saludaron a Romane antes de marcharse, salvo Bruno, que pasó por delante de ella sin mirarla, en una actitud cargada de energía negativa. Maximilien, que estaba justo detrás, sorprendió el suspiro de Romane. «Estoy seguro de que le cuesta tratar con los temperamentos agresivos.» Él, que se pasaba la vida lidiando con personalidades difíciles en sus negocios, se consideraba un maestro en la materia. «Soy yo quien podría darle lecciones», pensó con satisfacción. Abstraída en sus pensamientos, Romane no le oyó acercarse y se sobresaltó.

—Ah, Maximilien... ¿Qué tal? ¿Se siente bien con el hecho de participar en el experimento?

—Supongo que sí.

—¿Y la maqueta? ¿Ya está? ¿Ha terminado algo?

—Bueno, la acabo de empezar.

—¿Quiere que la miremos juntos cinco minutos?

—Por desgracia, no tengo tiempo...

La joven pareció decepcionada. ¡Pero no iba él ahora a mostrar demasiado interés!

—Como quiera. Hasta pronto, entonces. Nos pondremos en contacto con usted para establecer los detalles del Cambio de Sillón.

—De acuerdo. Hasta pronto, Romane.

Antes de marcharse, Maximilien le lanzó una miradita pícara, muy al estilo *What else?*, que fracasó con estrépito. Era evidente que Romane Gardener había extendido su pantalla anti George-Clownerías.

El chófer lo esperaba en la esquina.

Se sintió aliviado cuando entró en el coche. Dimitri lo llevó al despacho, donde pensaba ocuparse de varios asuntos urgentes. Una vez más, el empresario salía mucho menos sereno de lo que esperaba de aquellas sesiones con Romane Gardener. Al principio solo había visto en ella a la mujer guapa, atractiva, a la que habría cortejado con gusto, como a todas las demás. Pero en estos momentos era preciso reconocer que veía otra cosa en ella. Todavía no sabría decir qué. La manera que tenía de suscitar en ellos, personas sometidas a una sobredosis de bolinería, las mejores formas para que tomaran conciencia. Una tierna tenacidad. Una voluntad condescendiente. Asombroso. En eso era insuperable. Los caparazones de los demás miembros del grupo se estaban resquebrajando bastante deprisa. A Maximilien le había sorprendido descubrir a algunos al borde de las lágrimas durante el ejercicio con las bolas de poliestireno.

«No hay peligro de que yo llegue a un estado parecido», pensó. Se había acostumbrado desde muy pequeño a un sistema muy distinto. En casa de los Vogue la amabilidad no tenía cabida. La imagen de su padre se impuso un instante. Ese hombre siempre había alentado la fuerza y la firmeza. Era de los que consideraban más eficaz la disciplina que los ánimos. No se forjaban hombres con amabilidad. Un buen sistema de presión y la dosis necesaria de castigo, eso es lo que daba resultados. Y el éxito actual de su hijo validaba su esquema, pensó con una pizca de amargura. ¿Cuántas veces se había sentido influido negativamente por el estado de ánimo de su padre? ¿Hasta qué punto se había visto contaminado? La llegada de un mensaje lo distrajo de esos pensamientos. Era Julie. Otra vez. Lo asaltó una sombra de sentimiento de culpa: se le había vuelto a olvidar contestarle.

Max, ¿dónde estás? Me siento realmente por los suelos... Te necesito. ¡Llámame! Ju.

Maximilien percibía su zozobra, pero le molestaba que no supiera cuidar mejor de sí misma. ¿No comprendía la carga de trabajo que debía asumir? No soportaba los reproches que leía entre líneas. «¡No puedo hacerme cargo de todo!» Le aplastaba el peso de todas sus responsabilidades y hubiera querido pulsar un instante, solo un instante, la tecla de «pausa». Que alguien se ocupara de él, en vez de ser siempre él a quien todo el mundo recurría. Soltó un suspiro de cansancio.

—¿Algún problema, señor Vogue? —preguntó el chófer, preocupado.

—No, Dimitri, no pasa nada. Gracias.

No tenía intención de hacer partícipe de su estado de ánimo al conductor. Se dispuso a contestarle a Julie. Pero ¿qué iba a decirle?

Ju, voy a estar superocupado los próximos días. Pero te prometo que nos veremos pronto. Te conozco muy bien, no te faltan recursos, así que, ¡arriba ese ánimo! La próxima vez te llevo a cenar a un sitio fantástico, te lo juro.

Maximilien estaba a punto de enviar el mensaje cuando sonó el teléfono. Era Clémence, su asistente, para darle una mala noticia. El negocio inglés iba mal. El cliente no estaba contento con el último pedido. Debía intervenir lo antes posible para solucionarlo.

—Voy para allá.

Colgó, preocupado por los problemas que se perfilaban en el horizonte, y se guardó sin pensar el móvil en el bolsillo de la americana.

13

Romane se alegraba de estar por fin en casa. La tarde la había dejado agotada. Se implicaba mucho en el programa de desbolinación conductual. Sabía que su padre le diría que se tomaba las cosas demasiado a pecho, y tendría razón. Se preparó una agradable cena ligera como recompensa y se acomodó en el sofá para disfrutar de ese rato de descanso.

En general, la fundadora del Centro de Reeducación Antibolinería estaba contenta con los avances de los miembros del grupo. Veía manifestarse los primeros esfuerzos positivos en la mayoría de ellos. Con la salvedad de Maximilien y Bruno. Dio un bocado a la tostada con mermelada de naranja amarga mientras pensaba en Maximilien: con él era imposible saber a qué atenerse. ¿Cuándo empezaría a tomarse el programa en serio? Su impertinencia ante los ejercicios le ponía los nervios de punta. Cuando se había acercado a su composición de poliestireno, después de que todo el mundo se hubiera marchado, se había quedado perpleja: ¿por qué había cortado en dos la gran bola central? Las dos mitades estaban unidas por un palito de madera, pero alejadas la una de la otra. Qué extraña representación. Se preguntaba qué significaba aquello y se sentía frustrada por ser incapaz de sacar nada en claro de su creación.

Debía rendirse a la evidencia: había convertido su caso en una cuestión personal, estaba empeñada en llevar a cabo su misión con éxito para conseguir que cambiara, no soportaba la idea de fracasar. Era muy consciente de que forzar las cosas podía resultar improductivo y de que, ante todo, era necesario que se produjera el clic en el sujeto. Pese a ello, apretaba los puños, decidida a conseguir su propósito a toda costa.

Algunos de sus detractores le habían reprochado en ocasiones esa tendencia bolinera, y Romane sabía que le quedaba un largo camino por recorrer antes de quedar totalmente desbolinada. Pero era más fuerte que ella. Se sentiría humillada si no alcanzaba los objetivos que se había fijado con Maximilien Vogue. ¿Ataque de ego? Sin duda. Aunque no era la única razón. Había percibido en él una especie de fisura que le intrigaba y la incitaba a ahondar, a averiguar lo que se ocultaba detrás de su caparazón de hombre de negocios perfecto, siempre bajo control. ¡Haría saltar sus cerrojos interiores como que se llamaba Romane Gardener!

Ese excitante reto profesional quizá le impidiera pensar en otro aspecto del asunto: la atracción magnética que ese hombre ejercía sobre ella. ¿Su eterna fascinación por los temperamentos bolineros iba a seguir jugándole malas pasadas? Debía mantener las distancias, comportarse sobre todo como la profesional que era. Además, en los últimos meses, después del divorcio, había logrado encontrar cierto equilibrio y serenidad, y no tenía ganas de que nadie viniera a perturbar esa calma. ¡Sabe Dios si un hombre como Maximilien Vogue podría sembrar cizaña en su espíritu! No había duda de que representaba un peligro y, sin saberlo, podría abrir la caja de Pandora de unas emociones más que perturbadoras. Se estremeció solo de pensarlo. Bebió un sorbo de té e hizo una mueca: se le había olvidado retirar la bolsita. Se levantó para ir a la cocina y añadir un poco de agua hirviendo.

El caso de Bruno irrumpió entonces en un rincón de su cabeza. Parecía furioso cuando salieron de la sala de la Ciudad de las Ciencias. Romane no podía permitirse dejar que una situación tensa se prolongara, ni que la insatisfacción se instalara en uno de los participantes. No tenía escapatoria: debía llamarlo. Tuvo que hacer acopio de valor, ya que le horrorizaban las confrontaciones. La señal telefónica sonó cuatro veces antes de que Bruno descolgara.

Un iceberg habría sido más cálido. Romane lo invitó a que le contara cuál era el problema. Y debió de conseguir que se sintiera muy cómodo, porque aprovechó la ocasión para dar salida a su enfado como un torrente de fango. No se mordió la lengua.

¡Era inadmisible poner a la gente en semejantes aprietos! ¿Cómo quedaba él ahora ante los demás? ¡Por su culpa, lo tomarían por un rajado! Tenía que entenderlo: él no podía permitirse pasar un día en la piel de una de sus colaboradoras, ¡no tenía ganas de perder la credibilidad! Si cometiera el error de hacer eso, su equipo de mujeres no le obedecería nunca más. ¡Un gestor debía mantenerse en su papel e imponerse como era debido para hacerse respetar! ¡Punto!

Romane apartó el auricular para atenuar la potencia de los gritos. No podía cargar contra él: sin duda desconocía la diferencia entre la ira sana y legítima, expresada sin agresividad, y la ira usada como medio de desfogue, que no resuelve nada y únicamente engendra una escalada de violencia.

Para mantener la calma y no dejarse invadir por esa oleada de ondas negativas, Romane respiró hondo e invirtió dos segundos en enviar a su mente una imagen de tranquilidad: ella misma, tumbada en una hamaca bajo un gran árbol bañado por una luz que proyectaba sobre su cuerpo un caleidoscopio de reflejos verde clorofila, envuelta por la suavidad del aire y cautivada por la belleza hipnótica de un cielo azul puro. Se sintió mejor al instante.

—¿Me oye, Romane? —vociferaba Bruno.

—Sí, sí, le oigo.

No le costaba imaginar cómo se manifestaría en la oficina la bolinería hierática de Bruno. Había hablado con su superior directo, que era quien pagaba su participación en el programa. Bruno era apreciado por la dirección porque ofrecía excelentes resultados. Muy serio, muy trabajador, nunca contaba las horas. Pero debía aflojar con el personal. Con todas esas historias de riesgos psicosociales... La dirección no quería problemas.

Para Romane, el caso de Bruno estaba más claro que el agua: soltero y sin hijos, dedicaba toda su energía a su carrera profesional y ni se le pasaba por la cabeza que quizá no a todo el mundo le apetecía hacer lo mismo. Hasta ahora, nunca se había esforzado en ponerse en el lugar de sus colaboradoras para intentar comprender su vida y sus obligaciones familiares: niños que llevar al colegio, visitas médicas, una carrera perpetua contra el reloj... Casi podía oír las acerbas indirectas que les soltaba cuando salían de la oficina un poco antes: «¿Se ha tomado media jornada de descanso?».

Romane también deseaba que Bruno tomara conciencia de las diferencias estructurales de personalidad entre un individuo y otro. Todo el mundo tenía buenas cualidades, pero también, sometido a estrés, «defectos de personalidad» característicos y menos agradables. Él, riguroso, organizado, metódico y eficiente, seguro que podía convertirse en un ser cortante, de una exigencia tiránica, castrador e iracundo.

Sin duda, juzgaba con demasiada frecuencia la manera de ser de sus colaboradoras, sin darse cuenta de que eran sus propios comportamientos los que provocaban en ellas reacciones negativas. Había además otra razón que debía de agrandar aún más la brecha entre ellos: no era receptivo a las personalidades diferentes, cuando justo eso constituía la riqueza de un grupo. Cegado por sus rasgos bolineros de perfeccionismo abusivo y de obsesión por los resultados, probablemente se pasaba el tiempo buscando errores, repasando lo que ellas habían hecho sin darles muestras de confianza, de reconocimiento o de ánimo. ¡Un auténtico asedio relacional! Y, a buen seguro, una desmoralización generalizada de las tropas. ¿Cómo hacerle comprender que la forma de decir las cosas contaba tanto como las cosas en sí, y que tener en cuenta la sensibilidad femenina constituía una apuesta primordial?

De ahí la importancia de implicar a Bruno en un Cambio de Sillón, ¡para que se diera cuenta de todo eso!

—Bruno, sé lo importante que es para usted desempeñar bien sus funciones de gerente. La dirección le aprecia mucho y reúne todas las cualidades para ser un excelente directivo.

—Gracias.

—Pero estará de acuerdo en que, en los últimos meses, las cosas no siempre han resultado fáciles con su equipo.

—Es verdad.

—¿No desea que la relación con sus colaboradoras mejore, sea más fluida y armoniosa?

—Sí, por supuesto.

—Entonces ¿está dispuesto a confiar en mí?

—Bueno, ¿por qué no? ¡Pero por lo del Cambio de Sillón no paso!

—¿Y si le propusiera una inmersión en otra empresa?

—¿Cómo?

—Estar un día como trabajador en prácticas en un equipo de mujeres que no lo conozcan.

—No sé... ¿Por qué no? Habrá que ver...

—Le dejo que lo piense con tranquilidad y nos llamamos mañana. ¿Qué le parece?

—De acuerdo, Romane.

—Buenas noches, Bruno.

—Romane...

—¿Sí?

—Bueno, perdone si antes he perdido un poco el control.

—No se preocupe, estoy acostumbrada. Pero muy pronto se dará cuenta de que se gana mucho más diciendo las cosas de otro modo.

—Creo que empiezo a entender. Gracias, y hasta mañana.

Colgó, aliviada por el resultado favorable de la conversación. Satisfecha, pero agotada, decidió prepararse un buen baño para eliminar las ondas de estrés que contaminaban su mente y dar descanso a su cuerpo extenuado. Por esa noche, dejaría en el guardarropa su capa de desbolinadora y firmaría con una R de... ¡relax!

14

Maximilien llegó a la oficina temprano y de un humor de perros: había dormido mal. Ese experimento del Cambio de Sillón le rondó por la cabeza buena parte de la noche y le impidió conciliar el sueño. No veía con muy buenos ojos esa inversión de papeles con su asistente, Clémence, y la intuición le decía que aquello no traería nada bueno. El ascensor se abrió en su planta y el hombre de negocios se dirigió a paso rápido a su despacho. Dejó indolente la cartera en el suelo y se sentó en su amplio sillón al tiempo que encendía el ordenador en un gesto casi reflejo. Alguien llamó a la puerta. Era Clémence. Madrugadora, ella también.

—Buenos días, señor Vogue.

—Ah, sí, buenos días, Clémence.

—Señor Vogue... ¿Qué hace aquí?

Maximilien la miró sin comprender.

—¿Cómo que qué hago aquí? Es evidente, ¿no? Empiezo mi jornada de trabajo.

—Pero, señor Vogue, su lugar no está hoy aquí.

—¿Cómo que mi lugar no está...? ¿Qué?

Clémence le sonrió con aire satisfecho, señalándole con el dedo el despacho de al lado. Su despacho.

«Ah, sí. ¡Maldito Cambio de Sillón! Sonría, Clémence, no va a pasarle nada por esperar un poco.»

Maximilien dudó un instante en seguir el juego. Al fin y al cabo, ¿qué le impedía mandarlo todo a paseo de una vez por todas y poner de inmediato a su asistente en su sitio? La cuestión era que se había comprometido delante del grupo y su ego de hombre de honor lo obligaba. Así que se levantó de mala gana y echó a andar de espaldas hacia el despacho contiguo mientras Clémence tomaba posesión del suyo. Saltaba a la vista que la asistente estaba disfrutando. Cuando Maximilien se disponía a cruzar el umbral, lo llamó:

—Espere, se ha dejado esto.

Le ofrecía el material que le había facilitado Romane para inmortalizar aquella jornada maldita: la cámara con micrófono incorporado. Maximilien lo cogió con rabia y salió de la habitación. Rebelde, metió el cacharro en un cajón en cuanto estuvo fuera de la vista de Clémence. No llegaría hasta ahí. Jamás.

Se sentó en la sillita de Clémence, mucho más incómoda que la suya, y encendió el ordenador. Quizá desde ese terminal pudiera trabajar en algunos de los expedientes alojados en el servidor. Esa idea lo tranquilizó un poco. Sin embargo, en cuanto empezó a teclear lo sobresaltó un timbre estridente. ¡Un ruido semejante podía provocar un ataque al corazón! ¿Qué demonios era eso? La voz de Clémence, imperiosa, salió del pequeño dispositivo negro que servía de interfono.

—¿Maximilien? ¿Puede traerme un café, por favor? ¡Ahora!

«¿Cómo?» ¡Que alguien le pellizcara! Lo habían tele-transportado a la cuarta dimensión. Estaba alucinando, y lo peor era que ni siquiera sabía qué botón tenía que pulsar para contestarle que fuera ella misma al infierno a buscar-se su café.

La voz sonó de nuevo, más autoritaria todavía.

—¿Maximilien? Botón naranja para contestarme. Es-pero el café, gracias.

Opción A: mandar a paseo a Clémence sin más rodeos ni contemplaciones. Opción B: guardarse de momento el orgullo en el bolsillo y ser fiel a su compromiso hoy, sin perjuicio de poner las cosas en su sitio al día siguiente sin falta. La B ganó en el último momento. Maximilien pulsó el botón naranja.

—Muy bien, Clééémence.

Pronunció su nombre como se declara la guerra a al-guien. El interfono sonó de nuevo.

—¡Señorita Mercier!

¡Pero bueno! ¡Qué descaro el de esa mujer! ¿Le estaba prohibiendo que la llamara por su nombre de pila? Con qué desenvoltura jugaba a eso del Cambio de Sillón. Quizá lo estuviera llevando demasiado lejos.

—¿Qué pasa con ese café? ¿Llega o no? Ah, y tráigame también un cruasán, gracias.

El tono seco, imperativo, hizo que al desconcertado Ma-ximilien le pitaran los oídos. ¿Él, haciendo de lacayo? ¡Le hervía la sangre! Además, ¿dónde demonios iba a encon-trar todo eso?

Salió del despacho dispuesto a preguntar a las recepcionistas.

—Buenos días... ¿Dónde puedo conseguir un café y un cruasán?

Ellas lo miraron como si acabara de aterrizar procedente de Marte, pero aun así le respondieron con amabilidad. Aunque las habían informado de aquel estrafalario experimento, no iban a dejar que su jefe se hundiera demasiado.

—Sí, señor Vogue. Para el café puede ir a la sala de descanso, allí hay una máquina. Para el cruasán tendrá que salir. Hay una panadería en la esquina, seguro que la conoce.

¡Por supuesto que no la conocía! ¿Cuándo demonios había entrado él en una panadería para comprar algo? Siempre iba otro en su lugar.

Decidió darle prioridad al cruasán. Le parecía más racional en ese orden, porque la bebida debía llegar caliente. Salió a la calle y empezó a buscar la dichosa panadería. En la esquina, había dicho la recepcionista. Vale, pero ¿de qué calle? Un poco desorientado, se decidió a preguntar a un viandante. ¡Cuánto tiempo perdido! Por descontado, cuando llegó a la maldita panadería había una cola digna de las épocas del racionamiento. ¿Es que nadie trabajaba en aquel país? ¿Qué hacía toda esa gente queriendo llenarse la panza a esas horas? Por fin le tocó a él.

—Un cruasán, por favor.

—Son noventa céntimos —dijo la panadera con voz neutra.

Maximilien sacó su tarjeta Golden Prestige y se la ofreció sujetándola con indolencia entre el índice y el pulgar. La panadera puso ojos de asombro y añadió en tono de fastidio:

—Con tarjeta solo a partir de diez euros.

¡Increíble! ¡Esos pequeños comercios seguían viviendo en la Edad de Piedra! Molesto por el contratiempo, rebuscó en su billetero otro medio de pago. Las personas que hacían cola detrás de él empezaban a mirarlo mal. Pero, por más que hurgaba, no aparecía ninguna moneda. ¡Ah, salvado! Tenía un billete. De cincuenta euros. La panadera no ocultó tampoco ahora su fastidio:

—¿No tiene monedas?

Maximilien le lanzó su mirada de Robespierre de los días malos.

—No, ni una. ¿Algún problema? —respondió en tono cortante.

La panadera se encogió de hombros con cara de tomarlo por un caso perdido, lo que aumentó todavía más la exasperación de Maximilien. Le devolvió un billete de veinte euros, dos de diez, uno de cinco, cuarenta monedas de diez céntimos y cinco de dos. Mezquina venganza. La cartera, que pesaba ahora un quintal, deformó el bolsillo de atrás de sus magníficos pantalones Versace. Todo por un miserable cruasán. ¡Y solo había realizado la mitad de la misión!

Encontrar la sala de descanso fue una odisea, porque jamás había puesto los pies allí. Cuando por fin dio con ella, después de haber preguntado dos veces el camino para llegar recorriendo los meandros de la empresa, le impresionó la tristeza del lugar. ¿Cuánto tiempo hacía que no pintaban las paredes? Unas cuantas sillas deterioradas por el uso y una mesa cubierta de manchas completaban la decoración. En la papelera, abierta, se amontonaban vasos de plástico todavía medio llenos y restos de comida, quizá desde hacía días.

En cuanto al panorama que se vislumbraba alrededor de la máquina de café, aquello era la Hiroshima del arábica. Salpicaduras por todas partes, como si la máquina, desajustada, hubiera vomitado sus expresos. Tanta mugre contrastaba llamativamente con el resto de las instalaciones, que rivalizaban en lujo y belleza. ¿Por qué no le había hablado nadie del problema de la sala de descanso?

En fin, debía centrarse en su objetivo: el café para su asistente. ¡Menuda farsa! Manipuló la cápsula de café como si se tratara de un rompecabezas. La introdujo en la ranura y, cabreado, presionó el botón. La máquina emitió un ruido inquietante, profirió un grito ronco que partía el alma y, por último, lanzó unas gotas abrasadoras en todas direcciones, salvo dentro del vaso. Maximilien se asustó y decidió, un poco avergonzado, ir a pedir ayuda a una de las recepcionistas. Por supuesto, Clémence eligió ese momento para salir de su despacho, furiosa.

—¿Qué, ya está? ¡Hace muchísimo rato que espero! ¿Qué hace?

Maximilien se oyó responder:

—Ya está casi... ¡Ahora mismo voy!

Percibió en la mirada de las recepcionistas una total estupefacción ante semejante docilidad. No sería fácil volver a poner las cosas en su sitio al día siguiente. Con todo, una de ellas se prestó a ayudarlo con el café. Resultó que había metido la cápsula al revés. La joven tuvo dificultades para reparar su error y se puso las manos perdidas. Maximilien se sintió confuso: ¡jamás habría pensado que fuera tan difícil hacer un café!

Por fin consiguió lo que Clémence había pedido y llamó a la puerta de su despacho para entregárselo. Cuando entró, le sorprendieron sus aires de reina madre. Su asistente debería dedicarse al teatro, tenía grandes dotes interpretativas. Clémence no se dignó dirigirle una mirada. ¿Acaso lo tomaba por su perro?

—Déjelo ahí.

—Sí, señorita Mercier.

«No puede ser, estoy soñando.» Se disponía a volver a su despacho cuando Clémence lo llamó.

—Ha tardado mucho —dijo, en un tono cargado de reproches—. Seguro que ha habido un montón de llamadas mientras no estaba. Escuche deprisa los mensajes y conteste de inmediato. Manténgame al corriente de las urgencias. Puede disponer...

Maximilien alucinaba como si hubiera tomado éxtasis adulterado. *Very bad trip*. Fuera de combate, no se le ocurrió nada que contestar y regresó a su puesto de asistente.

En efecto, habían llegado catorce mensajes durante su ausencia. Maximilien se pasó las horas siguientes alternando llamadas telefónicas y tareas administrativas, como un Stajánov oficinista. Clémence lo interrumpió cuatro veces. ¿Cómo conseguía ella hacerlo todo a la vez? A la una y media, exhausto y espantado, pensó que podría salir por fin a comer. Pero eso era no contar con el celo de Clémence, que le asignó tres tareas urgentes suplementarias. Adiós pausa para comer.

—Hasta luego. Volveré hacia las cuatro, he reservado en La Dama de Picas.

¿Cómo? ¿En ese famoso restaurante? ¿Mientras él se quedaba en ayunas para ocuparse de los expedientes urgentes? Así que quería jugar a eso, ¿eh? Pues que se preparara, porque al día siguiente él sería el Rey de Picas.

A las tres, una colaboradora se apiadó de él y le llevó un sándwich, una manzana y una botella de agua.

El bocadillo solo sabía a plástico. Debía de llevar mucho tiempo en el frigorífico, porque el pan estaba reseco. Maximilien dio un solo bocado a la manzana, harinosa e insípida.

Clémence volvió a las cuatro y media. ¡Puestos a entrar en el juego, ella no hacía las cosas a medias! ¿Debía felicitarla o estrangularla? Había convocado una reunión a las cinco y obligó a Maximilien a servir zumos de fruta a todos sus colaboradores, que se estaban divirtiendo mucho con la situación. Un largo momento de soledad.

Maximilien, que se movía con torpeza, volcó un vaso sobre la mesa y manchó un expediente. Primero tuvo que limpiar la mesa, para lo cual utilizó casi un rollo entero de papel absorbente, y reparó en que nadie movía un dedo para ayudarle; parecía que todos estaban disfrutando de la fiesta. Pero es sabido que el día siguiente de la fiesta siempre desilusiona... Después tuvo que volver a imprimir a toda prisa el documento manchado. Por supuesto, la impresora se declaró en huelga por sorpresa y se negó a dar la más mínima señal de actividad. ¡Qué estrés! Una vez más,

Maximilien se preguntó sobre la excepcional resistencia de Clémence a la implosión cotidiana.

La mascarada duró hasta las ocho de la tarde, momento en que decidió abandonar su papel.

Clémence, imperturbable, ocupaba su sillón de presidenta y directora general de la empresa. ¿Qué esperaba? ¿Un diploma? Debió de percibir su irritación, ya que recuperó de forma espontánea su actitud habitual de subordinada.

—¿Todo bien, señor Vogue? —preguntó con amabilidad—. Ya sabe que he hecho todo esto por colaborar en el experimento, porque usted me lo pidió.

—Claro, Clémence, no le reprocho nada. Lo que pasa es que toda esta historia era una mala idea, una malísima idea.

—En cualquier caso, que pase una buena noche, señor Vogue.

—¡Seguro que será mejor que el día!

Clémence lo siguió con la mirada mientras se acercaba a los ascensores. ¿Por qué tenía su asistente esa expresión desengañada e infeliz? ¿Qué esperaba de aquel estúpido experimento? Con los nervios destrozados, Maximilien se apresuró a salir del edificio. En la puerta lo esperaba su chófer. Se arrellanó en el cómodo asiento, feliz de meterse de nuevo en su piel de jefe privilegiado.

15

Romane tenía en su poder todas las películas filmadas durante el Cambio de Sillón excepto la de Maximilien Vogue. Después de aquel experimento, este último no había dado señales de vida. Se sintió muy contrariada. Le dejó varios mensajes, hablados y escritos, que no recibieron respuesta alguna. La contrariedad se transformó entonces en inquietud. Pero tenía la obligación de poner su energía al servicio de los demás miembros del grupo. ¡No iba a penalizarlos por culpa de un solo elemento perturbador!

El Centro de Reeducación Antibolinería contaba con una sala de audiovisuales en la que pudo ver las grabaciones. Tomó concienzudas notas: no estaba viendo un espectáculo, sino que se trataba de una sesión de trabajo. Debía ser capaz de organizar una puesta en común constructiva y concreta.

Muchas de las imágenes la conmovieron. Y algunas también le hicieron reír. Pero al final de la proyección el sentimiento dominante fue el orgullo. Orgullo por ellos, pues, pese a la inmensa dificultad del ejercicio, habían aceptado entrar en el juego. Romane, impaciente por transmitirles sus impresiones, les había propuesto una video-conferencia esa misma tarde. Eso le daría también la oportunidad de recibir sus reacciones en caliente.

A las siete en punto, todos estaban conectados. Al grupo le sorprendió la ausencia de Maximilien. Romane tuvo que improvisar.

—Le ha sido imposible.

Cambió de tema con naturalidad para disimular lo violenta que se sentía, poniendo en el tono de voz un entusiasmo que no era del todo real.

—Bueno, ¿cómo ha ido el experimento del Cambio de Sillón? ¿Cómo han vivido la inversión de papeles?

Todos los miembros del grupo tomaron la palabra a la vez y Romane tuvo que ejercer de moderadora.

—¿Bruno?

El aludido carraspeó para aclararse las ideas y sacó pecho:

—Francamente, contra toda expectativa, ha sido un experimento enriquecedor.

Romane no daba crédito a lo que oía.

—Me pasé el día con Mia —prosiguió Bruno—, desde primera hora de la mañana hasta última de la tarde, y solo puedo decir una cosa: me quito el sombrero ante ella. Al final de la jornada, yo estaba destrozado, mientras que ella seguía ocupándose de un montón de tareas sin rechistar. Me ha dejado impresionado.

—¿Y en la oficina?

—La verdad es que descubrí lo que es trabajar en un espacio compartido y me pregunté cómo conseguía el equipo concentrarse para hacer lo más elemental en semejantes condiciones. En un momento de la jornada, Mia fue convocada por su superior, y yo también tuve que ir. Le cayó una bronca por un error que había cometido y...

—¿Y qué sintió usted?

—La verdad es que lo pasé mal. Porque la culpa no había sido de ella en realidad; lo que ocurrió fue por un problema de comunicación y de circulación de la información dentro del equipo.

En su interior, Romane estaba pasándolo en grande. Notaba que Bruno había abierto los ojos en muchas cosas y se felicitaba por ello.

—¿Qué conclusiones saca de esta experiencia?

—Creo que no volveré a abordar jamás del mismo modo mi función de gerente y que va a haber montones de cambios.

Romane daba saltos de alegría por dentro.

—Gracias por su valioso testimonio, Bruno. ¿Y los demás?

Patrick tomó la palabra.

—Yo también me he quedado pasmado, como Bruno, al descubrir el día a día de Bénédicte, que debe de parecerse mucho al de mi mujer. No pensaba que fuese tan duro lidiar con tantas cosas: los niños, la intendencia, y además hacer desde casa que una pequeña empresa funcione. ¡Francamente, es casi sobrehumano! Yo no soy capaz de hacer bien más de una cosa a la vez.

—¿Y de qué ha tomado conciencia en relación con su mujer?

—Pues... de todas las veces que he sido injusto con ella. No la he valorado bastante, ni la he animado. No me daba cuenta de lo dura que es su tarea. Pensaba que era sencillo quedarse en casa y dedicar un ratito de vez en cuando a la empresa. La pinchaba a menudo con eso. En el fondo, no me la tomaba en serio.

—Mmm... Gracias, Patrick.

Llegó el turno de Nathalie.

—Yo pasé un día horrible con un señor pesadísimo que solo habló de sí mismo. No me escuchó ni un segundo, no pude decir ni media. ¡Todo giraba en torno a él, era espantoso! Y en el restaurante, qué vergüenza: lo hacía todo de forma exagerada para atraer la atención, hablaba y reía tan fuerte que los de las mesas de alrededor se volvían hacia nosotros lanzándonos miradas de desaprobación.

—¿Y qué le ha aportado el experimento, Nathalie?

—Si eso significa que yo tengo tendencia a ser así, ¡me hago el harakiri ya mismo!

—No se preocupe, cargamos las tintas para que el experimento resultara más pedagógico.

—Eso espero —suspiró la joven—. En cualquier caso, fue muy fuerte. Sentí lo odiosas que resultan las personas que se escuchan hablar a sí mismas y pasan de los demás. Creo que esto va a hacerme reflexionar mucho.

—¡Bravo, Nathalie! Gracias.

En cuanto a Émilie, que había pasado el día como pinche en la cocina de un gran chef para comprender la pasión de su hijo, estaba encantada con el experimento y consideraba también que había dado un gran paso.

Mientras escuchaba al grupo e interactuaba con él, Romane no podía evitar lanzar miraditas de reojo al móvil y comprobar cada cinco minutos si había llegado un mensaje de Maximilien. Pero no. Seguía sin recibir nada.

Continuó después hablando de la finalidad del experimento, que supuestamente debía llevarlos a cuestionarse sobre su propio egocentrismo. Contra toda expectativa, aquello provocó una reacción exagerada en Émilie.

—¡Lo siento, Romane —saltó, ofendida—, pero en mi caso no se puede hablar de egocentrismo! ¡En todo este asunto, yo no he pensado en mí! ¡Pensaba en mi hijo, en su futuro! ¡Todo lo que he hecho ha sido para ayudarlo! Lo único que siempre he querido es su bien.

Romane quiso ser cordial y le contestó con serenidad:

—¡Por supuesto que lo único que quería es su bien! Pero, a veces, ayudar no ayuda como uno cree, y llegamos a perjudicar cuando pretendemos beneficiar. Lo que debe cuestionarse es el hecho de querer cosas en el lugar de otro. Usted proyectaba en su hijo su visión del mundo y sus deseos sin ponerse en su lugar. Acuérdese del ejercicio de los planetas: es preciso desplazar el universo propio del centro y acoger los puntos de vista que difieren del nuestro. Vivir y dejar vivir.

—¡Pero, así y todo, el papel de los padres es guiar! ¡Si les hiciéramos caso a los jóvenes, se conformarían siempre con el mínimo! Se alimentarían de comida rápida y golosinas, y harían novillos cada dos por tres.

—Durante un tiempo, quizá. Claro que hay que guiar y establecer un marco. Pero, a la vez, podemos también dar lecciones de confianza. Haciendo siempre las cosas por ellos privamos a los niños de sus recursos personales y su confianza en sí mismos. En ocasiones, ni siquiera saben que son capaces de hacer cosas solos.

La falta de réplica de Émilie demostró que las palabras de Romane habían dado en el blanco. El tiempo pasaba. No había que saturar a los participantes y Romane pensó que había llegado el momento de poner fin a la sesión. En ese preciso instante sonó el aviso de una notificación. El mensaje tan esperado.

Tenemos que hablar.

¡Estaba claro que Maximilien no se andaba por las ramas! Y el «Tenemos que hablar» casi nunca auguraba nada bueno. Se estremeció, pero consiguió dominarse para terminar la reunión virtual.

—Bien, muchas gracias a todos por esta puesta en común hecha en caliente. Tendremos ocasión de volver a hablar sobre el asunto el viernes en el Centro. Hasta entonces, no olviden anotar todas sus impresiones en el Bolasbook. ¡Buenas noches!

—¡Buenas noches, Romane! —respondieron todos a coro.

Cortó la comunicación y cogió el móvil para contestar a Maximilien.

R: ¿Quiere hablar por teléfono?
M: No. Prefiero que nos veamos.
R: ¿Cuándo?
M: ¿Mañana? En la cafetería que está en la esquina del Centro. ¿A las cuatro le va bien?

Eso es lo que se llamaba ser un directivo. Romane aceptó. Temía aquel cara a cara, pero no podía sustraerse a él.

«No puedo pasarme la noche angustiada pensando en esto.»

Así que, una vez en casa, encendió una vela, se sentó con las piernas cruzadas sobre su cojín fetiche e intentó dejarse llevar por una suave ensoñación meditativa. Pero no hubo manera. Pese a todos sus esfuerzos, su mente la transportaba irremediablemente hacia Maximilien y el cielo de sus pensamientos se oscurecía con nubes grises de inquietud.

16

Al día siguiente, Romane llegó con un poco de antelación a la cafetería situada a dos pasos de las instalaciones del Centro. Estaba nerviosa, la cita no le generaba buenas vibraciones y entró a regañadientes en el establecimiento. El local tenía mala pinta, y la del camarero no era mejor. La joven eligió una mesa con banco en un rincón y, antes de sentarse, retiró las migas dejadas allí por los clientes de mediodía y que sin duda nadie más que ella se tomaría la molestia de limpiar.

El señor Cara de Palo le sirvió un descafeinado fuerte y concentrado cuya amargura le arrancó una mueca de asco. Abrió el sobre de azúcar, echó unos granos en el plato y empezó a cogerlos con el índice, saboreando el pequeño placer de hacer crujir los dulces cristales al presionarlos con el dedo y llevárselo después a la boca con indolencia para chuparlo. Maximilien eligió ese momento para presentarse delante de ella. Romane se sobresaltó.

—Hola, Maximilien. Siéntese, por favor.

—Gracias.

Escrutó sus ojos para intentar sondear las intenciones

del hombre de negocios pero, por desgracia, le resultaron impenetrables. Decidió no andarse por las ramas e ir directa al meollo de la cuestión.

—Por lo que deduzco, no ha vivido muy bien el experimento del Cambio de Sillón, ¿es así?

—Eso es lo mínimo que se puede decir, en efecto. Me ha resultado una experiencia muy... desagradable. Y, sinceramente, me ha convertido en un escéptico respecto al método.

Pum. Ya lo había soltado. Cuestionaba su enfoque. Iba a hacérselas pasar canutas. Romane encajó el golpe e intentó no dejar traslucir su decepción.

—Comprendo, pero ¿por qué no me explica un poco mejor cómo se desarrolló la jornada, para que yo entienda lo que le ha molestado tanto?

El hombre de negocios le lanzó una mirada dura que le produjo escalofríos.

—No estoy molesto, Romane. Lo que pasa es que no soy partidario del procedimiento. Con franqueza, no le he visto ningún interés a encontrarme en un absurdo mundo al revés, con mi asistente dándome órdenes.

Romane palideció ante aquella crítica abierta a sus métodos. A su pesar, se notaba cada vez más molesta y le costaba ocultar su turbación. Rompió la servilleta de papel olvidada sobre la mesa hasta reducirla a confetis.

—¡Explíqueme por qué!

No soportaba el ligero temblor en su voz, que podía delatar su decepción.

—Pues porque no reconocía a Clémence. Me las hizo pasar moradas y se puso insoportable. Cualquiera habría dicho que le producía un placer malévolo someterme a toda clase de pequeñas humillaciones. ¡Era intolerable!

—¿Qué clase de humillaciones?

Romane quería acorralarlo. Maximilien estaba a punto de perder los nervios, los ojos le brillaban de ira contenida.

—Puede imaginárselas perfectamente, ¿no? Hablarme como a un perro, imponer sus caprichos, tenerme ocupado llevando cafés y haciendo fotocopias, ¡peor que si fuera un empleado en prácticas recién llegado! ¡Jamás me he sentido así!

Romane lo dejó desahogarse y optó por adoptar una expresión fingida de cordialidad y comprensión para quedar bien.

—¡Y deje de mirarme así! ¡Parece una enfermera junto a la cabecera de un paciente! ¡No estoy enfermo! Soy un hombre de negocios con enormes responsabilidades y no tengo tiempo que perder con este tipo de... de...

—¿De gilipolleces? ¿Es eso lo que piensa?

Maximilien debió de darse cuenta de que la estaba ofendiendo y trató de explicarse con más calma.

—Mire, Romane, debe ponerse un poco en mi lugar...

«¡Este tío tiene sentido del humor!»

—Desde que hicimos el experimento, mi asistente ha empezado a adoptar comportamientos inaceptables. Se piensa que ahora puede oponerse a mis órdenes. Comprendo el objetivo teórico del ejercicio, pero, seamos francos, ¡en la vida real, un jefe siempre es un jefe y una asistente debe permanecer en su lugar! ¿Adónde vamos a ir a parar si se mosquea porque le pido que me traiga un café?

Romane bullía por dentro. ¡Ese era justo el tipo de rasgo bolinero que no podía soportar! A su pesar, las palabras de Maximilien la trasladaban veinte años atrás, a la época en que su padre exhibía un repertorio completo de bolinería. Todavía hoy sentía en su cuerpo las sacudidas de rebeldía que los comportamientos de Jean-Philippe le producían cada vez que sobrepasaba los límites, y que fueron los causantes de su hiperreactividad a cualquier forma de injusticia, mala fe y abuso de poder.

Intentó entrar en razón en su interior, decirse que la reacción de Maximilien solo era producto de las resistencias normales en esa fase del programa, que era preciso mostrarse acogedora con él y no rechazarlo. Y consiguió, a costa de un gran esfuerzo, contestarle con la mayor calma posible.

—No hay que confundir las cosas. Claro que debe mantener su papel de jefe, de persona que manda, que dirige, pero también es preciso que aprenda a concederle a su asistente el derecho a ponerle límites. Si le pide un café en un momento en el que no tiene tareas urgentes que hacer, ¿por qué no va a llevárselo? En caso contrario, debe usted aceptar que tiene que arreglárselas solo.

—Ya veo. Está de su parte.

Respirar. Resistirse al deseo de arremeter contra él.

—¡No! ¡No hay que plantearlo en esos términos! El objetivo era hacerle sensible a la diferencia entre dirigir en un ambiente de concordia y dirigir de manera autocrática y tiránica.

—¡No hay que exagerar!

Esta vez consiguió sacar de sus casillas a Romane, que ya no pudo evitar defenderse con furia.

—¡No es ninguna exageración! Usted, que tan amante es de la idea de optimizar el trabajo, debería interesarse en las formas de motivar mediante la comprensión en lugar de encerrarse en unas actitudes arcaicas, típicas de un patrono neandertal.

—No olvide que he sido criado con el biberón de la intransigencia y las relaciones de fuerza. He recibido una educación que me inculcó la idea de que desarrollar afectividad en el trabajo puede ser peligroso, o percibido como una debilidad. La experiencia demuestra que los empleados enseguida abusan de la benevolencia e incluso tienen propensión a volverse holgazanes con un gerente demasiado permisivo.

—No se trata en absoluto de ser demasiado permisivo —respondió Romane casi gritando—. Se trata de ser justo y firme, manteniéndose al mismo tiempo receptivo. Animar y estimular, dar muestras de agradecimiento y ofrecer perspectivas. Esa es la vía del medio de la dirección de empresas. Ni más ni menos.

Algunos clientes volvían la cabeza hacia ellos, atraídos por las voces y ávidos de asistir a lo que creían que era una discusión de pareja. Romane los fulminó con la mirada. ¡Madre mía! Era consciente de que estaba furiosa y perdía un poco el control. ¿Por qué quería convencerlo a toda costa? Sabía de sobra que no servía de nada tener razón con Maximilien, en la fase en la que se encontraba no atendería a razones. Era demasiado pronto. De buena gana se habría echado a llorar.

—Veo que ha empollado sobre el tema —replicó Maximilien.

Ahora se ponía cínico.

—¡Y no poco! —añadió ella.

Pasó un ángel. O más bien un demonio, porque el ambiente estaba endiabladamente cargado. Romane vio a Maximilien inspirar hondo y, a continuación, clavar la mirada en la de ella. La joven se estremeció.

—Todo esto es muy interesante, pero... Sea como sea, he decidido...

—¿Qué, Maximilien?

Romane tenía las manos húmedas y le asustaba lo que iba a escuchar.

—Dejar el programa.

«¿Qué?» El anuncio surtió el mismo efecto que una bomba dentro de su cabeza. El corazón empezó a latirle más deprisa. «¡No es posible!», pensó.

—¿Está seguro? —balbució.

—Del todo. Debería sentirse aliviada, ¿no?

—¿Y por qué debería?

—No soy un regalo para su programa.

—Eso es lo que usted cree. Estoy acostumbrada a actitudes de resistencia como la suya, pero se lo digo con toda claridad: es una verdadera lástima que lo deje ahora. Usted no se da cuenta, pero estaba haciendo lo más duro. A partir de ahora, progresaría muy deprisa y constataría por sí solo resultados tangibles.

Intentaba moderar el temblor de la voz. «¡No, por favor, nada de dejar que note mi contrariedad! ¡Él no!» Debía mantener la dignidad. Él no contestaba.

Maximilien apoyó un codo en la mesa y la cabeza en la mano. La miraba con una expresión extraña, con los ojos un poco entornados, como si quisiera enfocar mejor. Romane notó que la recorría un estremecimiento e hizo ademán de ponerse la chaqueta para romper aquel contacto visual perturbador.

—Bien, creo que ya está todo dicho.

Él abrió la boca para añadir algo, pero cambió de parecer. Romane se tragó su decepción. Maximilien le hizo una seña al camarero para que le cobrara.

—Yo pago lo mío.

—¿Por un café? No lo dirá en serio...

—Sí, por un café —insistió Romane.

—Oiga, ¿no tiene usted también ciertas tendencias bolineras?

Ella le lanzó una mirada asesina. Maximilien quiso ayudarla a ponerse el abrigo, pero ella se lo impidió con un gesto irritado.

Se encontraron cara a cara en la acera, sin saber qué más decir.

—Bueno, pues nada, hasta la vista.

Pese a la discusión, Maximilien quería comportarse con cortesía y le tendió la mano. Romane dudó un instante si estrechársela o no. Pero no hacerlo era confesar a las claras su desengaño, así que le ofreció la suya tratando de adoptar un aire de indiferencia.

—Sí, hasta la vista.

El contacto de sus manos fue electrizante. Maximilien mantuvo apretada la suya unos segundos más de la cuenta. Romane sintió pasar una emoción. Pero ¿cuál? Sin duda la decepción y la rabia de no haber sido capaz de convencerlo, de haber fracasado en su misión.

Se dirigió a paso lento al Centro. Él echó a andar en la dirección contraria. La joven hizo una apuesta idiota consigo misma: iba a volverse, y si él se volvía también, eso significaría que había esperanzas de que pronto cambiara de opinión.

Romane se volvió. Maximilien se alejaba a paso rápido, al parecer sin la menor sombra de arrepentimiento.

17

La vida de Maximilien reanudó su curso. ¡Qué alivio no tener que volver a ir a esas sesiones! Por fin podría concentrarse en sus expedientes y recuperar el tiempo perdido. En los días que siguieron al café con Romane estuvo inmerso en el trabajo hasta el último minuto del día. Llegaba a la oficina al mismo tiempo que los basureros a las calles todavía desiertas y se marchaba el último, cuando llegaban equipos nocturnos del personal de limpieza. Tenía diez brazos, veinte manos, y sus colaboradores llegaron a preguntarse alguna vez si no tendría el don de la ubicuidad. Siempre se le había reconocido una resistencia al cansancio fuera de lo común, algo de lo que Maximilien se sentía orgulloso, y contaba con dirigir a sus equipos al mismo ritmo, aunque a veces, en un destello de lucidez, percibía que no todo el mundo estaba hecho de la misma pasta que él.

Sin embargo, su papel de líder consistía en impulsar a sus tropas más allá de su zona de confort, ¿no? La excelencia no se alcanzaba avanzando a ritmo de crucero.

Una mañana, mientras leía prensa diaria para mantenerse informado de la evolución del mercado internacional, encontró una entrevista con Romane sobre su famoso programa. Habían pasado dos semanas. No pudo evitar que le diera un vuelco el corazón. Se levantó para acercarse al gran ventanal y dejarse absorber por la vista. Pensaba en ella. ¿Resultaría extraño si llamaba a alguien cuyas sesiones de formación había abandonado? Sí, claro que sí. Lástima, no volverían a verse. Algo en el carácter de la joven le había llamado la atención: esa mezcla de dulzura y firmeza, de benevolencia y liderazgo... Unas ambivalencias intrigantes. Cautivadoras también. No andaba él escaso de encuentros femeninos, desde luego. Enjambres de mujeres revoloteaban a su alrededor, pero muy pocas estaban dotadas de esa sinceridad y esa fuerza en la personalidad sin resultar por ello arrolladoras ni dominantes.

Maximilien había notado en el temperamento de Romane «pequeños toques bolineros»: esa forma que tenía de ser apasionada, de no renunciar a nada. Pese a todo, detrás de ese carácter fuerte que demostraba poseer, también había percibido una parte de fragilidad, una sensibilidad que ella intentaba ocultar. Y eso le había parecido conmovedor. No obstante, debía rendirse a la evidencia: ¡un hombre como él con una mujer como ella no funcionaría jamás! Más valía pensar en otra cosa. Podría llamar, por ejemplo, a la joven modelo eslava que había conocido en la inauguración de una exposición la semana anterior. Se disponía a enviarle un mensaje cuando vio que había recibido uno de voz. Era Julie.

Arremetía contra él con rabia y desesperación, reprochándole una vez más que no le hubiera devuelto la llamada la última vez y la dejase tirada como si fuera un calcetín viejo. Fue entonces cuando se dio cuenta de que no llegó a enviar el mensaje del otro día. Ay, ay, ay... Tendría que aclararle el error cuando tuviera un momento libre. No resultaba fácil dar ese tipo de explicaciones en el despacho, con tantos oídos indiscretos alrededor. Sí, la llamaría esa misma noche, en cuanto llegara a casa. Preocupado, se sobresaltó cuando Clémence entró en su despacho.

—Podría llamar —le reprochó en tono seco.

—Lo he hecho, pero no debe de haberme oído.

Maximilien era consciente de que le estaba haciendo pagar su mal humor y suavizó un poco su actitud.

—¿Qué quiere?

—El expediente McKen, para empezar a meter prisa a los proveedores.

—Tenga, está justo aquí.

—Señor Vogue...

—¿Qué?

—¿Es verdad que ha dejado Con Dos Bolas?

¿Es que el mundo entero había decidido tocarle las narices con eso?

—Puede ser.

—Pues es una lástima —masculló bajito Clémence.

—¿Cómo? —saltó Maximilien, que temía haber oído bien.

—No, nada, señor Vogue.

—En tal caso, puede retirarse, Clémence.

Ante su humor de perros, su asistente no se hizo de rogar. Mejor. Tenía ganas de estar solo. Se frotó la parte superior de la espalda. Llevaba dos días con una contractura muscular muy desagradable a la altura de los trapecios.

¡Tendría que aguantarse, porque no tenía tiempo de ir a un fisioterapeuta para que le diera un masaje! Abrió el cajón donde guardaba una caja de Doliprane y se tomó un comprimido. ¡Ojalá existiera un paracetamol para la depresión de los hombres de negocios! Un tanto abatido, volvió a concentrarse en el trabajo y no pisó de nuevo tierra firme hasta que cayó la noche.

18

Después de la conversación en la cafetería, Romane había cerrado definitivamente el caso Vogue. «Asunto archivado», se complacía en repetir. No había conseguido convencerlo, ¿y qué? No tenía nada que reprocharse. Había hecho cuanto estaba en su mano. Todo el mundo tenía tropiezos. La joven intentaba convencerse entre compromiso y compromiso de su agenda. El programa seguía su curso y los demás miembros del grupo la necesitaban. Pese a todo, no le resultaba fácil y buscaba en vano algo que le diera impulso.

¡Cómo le habría gustado acompañar a Maximilien en su cambio de mentalidad! ¡Habría sido todo un éxito! Se daba cuenta de que había convertido aquello en un reto personal. ¿Un poco más personal de lo debido? Sin duda. ¿Y qué? ¿Estaba prohibido ser humano?

Irritada por esos pensamientos, metió un paraguas en el bolso —para acabarlo de arreglar, anunciaban un tiempo desastroso— y se apresuró a salir: había quedado con el grupo en la puerta de Versalles para visitar la exposición sobre el *Titanic*. Tenía en mente la idea de incitarlos a reflexionar. Llegó con cinco minutos de retraso y pidió disculpas al pequeño grupo, que no se lo tuvo en cuenta. Con todo, Romane percibió la desaprobación de Bruno en su mirada fría y sus labios fruncidos, intransigente con la falta de puntualidad.

—¿Y Maximilien? ¿No viene? —preguntó entonces la atractiva Nathalie.

Romane inspiró hondo y dijo, simulando indiferencia:

—No, ya no vendrá más.

—¿Qué? ¿Ha dejado el programa?

—Son cosas que pasan.

Nathalie parecía decepcionada, lo que que no la sorprendió en exceso. Había advertido el gran interés con que la joven miraba al atractivo hombre de negocios, quien tampoco se había privado de entrar en su jueguecito de seducción. ¿Acaso no había hecho lo mismo con Romane? Irritada, invitó al grupo a seguirla.

—El *Titanic*, como saben, es el ejemplo de un drama causado por la bolinería. Por eso me ha parecido interesante traerlos aquí. Los promotores del proyecto se dejaron cegar por su voluntad de poder y continuaron adelante con su capricho en contra de lo que aconsejaba el sentido común y la seguridad. Cuando noten que su bolinería se despierta, imaginen a un niño caprichoso y mal educado que intenta tomar el poder y se pasa el tiempo deseando cosas con demasiada intensidad. Patalea, grita, lo quiere todo ya, en el acto. «Quiero más dinero», «quiero un barco más grande», «quiero un coche más grande»... Con frecuencia, desea con la misma intensidad «no querer»: «No quiero sufrir», «no quiero estar solo»... ¡Ese deseo irreprimible es la causa de muchísimos sufrimientos! Esa bolinería, con rasgos de niño cabezota y caprichoso, espera resultados y somete a la persona a una continua presión que resulta nefasta y conduce a comportamientos negativos.

Por primera vez desde hacía mucho tiempo, a Romane no le satisfizo lo que se oía decir a sí misma. Se sentía extraña, como si pisara en falso. Hablaba de esa bolinería que llevaba a desear con demasiada intensidad. Pero ¿no había deseado ella con demasiado fervor transformar a Maximilien?

Nathalie empezó a encadenar un comentario tras otro. Bruno, a hilar fino para entender bien. Y como guinda del pastel, Patrick y Émilie charlaban entre ellos sin prestarle atención. La paciente Romane se dejó invadir por la exasperación y cortó por lo sano.

—Dejen que las ideas vayan abriéndose camino, no vamos a tener tiempo de responder a todas las preguntas aquí. Propongo que avancemos.

Su entonación delataba su nerviosismo. Romane se reprochó ese comportamiento no muy profesional, pero aquel día sus emociones no le obedecían. Intentó liberarse de la contrariedad que le producía todo el asunto de Maximilien y dejar de pensar en él. Fue en vano.

Pese a todo, guio a los participantes de sala en sala hasta la última, donde habían reconstruido la proa del barco para que todo el mundo pudiera fotografiarse reproduciendo la famosa escena de la película de James Cameron.

—Supongo que todos conocen la frase de Leonardo DiCaprio, *I'm the king of the world* —dijo Romane—. Yo les pregunto: ¿Qué podría hacer que, en el futuro, ustedes se sintieran los reyes del mundo? Hace unas semanas quizá me habrían respondido que el poder, el dinero... Pero ¿y hoy? ¿Qué concepción tienen hoy de la felicidad verdadera? —No esperaba respuestas inmediatas, así que continuó en un tono que deseaba ser ligero—: ¡Ahora, los que quieran una foto, pueden posar!

Todo el mundo quería una, por supuesto. Los primeros fueron Émilie y Patrick, en la mítica postura de la escena de la película de culto. Les siguieron Bruno y Nathalie, que hicieron lo mismo, aunque él añadió que aquello le parecía un cliché. La única que se mantuvo al margen fue Romane. No estaba de humor para esas cosas. Por un instante pensó en lo que habría pasado si Maximilien hubiera estado allí, si hubiera podido rebobinar la cinta hasta un momento anterior a la discusión. ¿Habrían posado juntos para la foto, ella con los brazos abiertos como Kate Winslet y él pegado a ella, respirando sobre su nuca y con las manos en su cintura?

Se detuvo de golpe. «¡Ya está bien, Romane!» Debía controlarse. Pero lo cierto es que se enfadaba ella sola, maldecía a Maximilien por haber sido tan orgulloso, por haber dejado que su bolinería se impusiera. Ahora se veía condenada a no perdonárselo, cuando al mismo tiempo empezaba a albergar hacia él unos sentimientos que era preciso acallar a toda costa. «Lo que pasa es que últimamente he salido muy poco —se dijo para tratar de justificar aquella atracción indeseada—. Tengo que distraerme.»

Vio a los otros dirigirse a la tienda en busca de sus fotos. En el grupo empezaban a tejerse vínculos palpables, y eso era bueno.

Romane acompañó a los participantes hasta la salida, donde se separaron. Por primera vez desde hacía mucho tiempo, se alegraba de que la sesión hubiera terminado; estaba impaciente por llegar a casa y pensar cinco minutos en algo que no fuera el trabajo. Por el camino, quedó atrapada en un exasperante atasco y se sorprendió despotricando contra el mundo entero. En un desvío, mientras un vehículo un poco más lento de lo deseable cortaba el paso e impedía aligerar el embotellamiento, empezó a tocar el claxon como una loca y a soltar improperios. Con el corazón palpitante, se sintió aliviada al poder detenerse en el siguiente semáforo para recuperar el control de sí misma. Observó su cara en el retrovisor: estaba sofocada. ¡Dios mío! ¡Qué horrible acceso de bolinería de carretera!

¿Cómo podía ser que, después de tantos años de trabajo, ella, la experta en estos temas, cediera aún a semejantes pulsiones de agresividad? ¿Era posible que los conocimientos adquiridos con tanto esfuerzo para caminar hacia la sabiduría se limitaran a unas nociones teóricas que se desmoronaban al ponerlas en práctica? Por un instante, el miedo se adueñó de ella. No, imposible, eso no podía ser. No obstante, una malévola vocecita interior decidió hurgar en la herida: ¿no era su orgullo lo que la había llevado a querer cambiar a Maximilien a toda costa, impidiéndole presentir que el ejercicio del Cambio de Sillón lo sacaría de sus casillas? Nerviosa, arrancó en tromba e intentó apartar de su mente aquellos pensamientos molestos. Necesitaba olvidarse de todo durante cinco minutos. Cuando llegó a casa, puso el móvil a cargar y se dio cuenta de que tenía un mensaje que no había visto.

¡Hola, Romane, soy Sandrine! Esta noche vamos a ir a un concierto de pop-rock en el distrito dieciocho, ¿te apuntas? ¡Besos!

La invitación llegaba en el momento oportuno para ayudarla a pensar en otra cosa.

19

Maximilien apartó con una mano el mechón de pelo caoba para besar sin trabas el cuello que se ofrecía a él, mientras con la mano libre intentaba desabrochar el sujetador de tul negro con bonitos bordados. Hacía apenas diez minutos que le había servido una copa de champán a la atractiva joven, copa que seguía esperando en la mesa de centro del salón. Las prendas que cubrían su lujoso sofá formaban ahora una sedosa alfombra, perfecta para acoger sus retozos.

Maximilien estaba mentalmente satisfecho de la conquista y trataba de disfrutar del momento. Entonces ¿por qué demonios no conseguía que la situación le resultara placentera? La chica tenía un cuerpo espléndido, ¿qué más necesitaba? Redobló sus esfuerzos de concentración para conseguir no pensar en nada, pero el timbre del teléfono turbó la intimidad del momento. «¿Qué pasa ahora?» Decidió no responder, pero, pese a todo, oyó que el contestador se ponía en marcha.

«Buenas noches. Llamo del hospital Saint-Joseph, en París. ¿Puede ponerse en contacto con nosotros lo antes posible? Soy Laetitia. Gracias.»

¿Qué demonios estaba pasando?

—Perdona —se excusó Maximilien, confuso—. Creo que será mejor que escuche eso.

Medio desnudo, se acercó al aparato y reprodujo el mensaje, intrigado. Apuntó a toda prisa el número en un bloc de notas.

—Voy a llamar, será cosa de un minuto. Toma un poco de champán, si te apetece.

La chica hizo un gesto contrariado y se cubrió con la camisa de Maximilien. Cogió la copa de la mesa de centro y empezó a beber, nada incómoda por el hecho de dejar la prenda abierta sobre sus pechos desnudos. Maximilien desvió la mirada. El teléfono sonó cinco veces antes de que al otro lado de la línea alguien descolgara.

—Laetitia, hospital Saint-Joseph, buenas noches.

—Buenas noches, me ha dejado un mensaje hace un momento.

—Ah, sí, gracias por llamar tan pronto. Su número es el que figura como ICE (*In Case of Emergency*, En caso de emergencia) en el móvil de la paciente que ha ingresado en este hospital hace una hora.

—Ah... —Sintió una angustia sorda—. ¿Qué ocurre? —preguntó, temblando.

—¿Conoce a una tal Julie?

Maximilien se descompuso por dentro.

—Sí, desde luego —respondió con voz sobrecogida.

—Ha intentado suicidarse...

—¿Cómo?

Creyó desmoronarse.

—Ha ingerido un tubo de somníferos.

«¡Dios mío!»

—¿Es usted de la familia?

—¡Sí! Es... es mi hermana gemela.

—¿Cómo se llama?

—Maximilien Vogue.

Su voz estaba ahora rota por la emoción.

—Venga. Le espero en el mostrador de admisiones de urgencias para explicarle la situación.

20

La tal Laetitia colgó antes de que hubiese podido obtener más detalles. Maximilien, aturdido, se sacudió para reaccionar y despidió a toda prisa a la chica, que no parecía entender en absoluto lo que pasaba. Le daba igual. Lo importante era llegar cuanto antes al hospital. Estaba demasiado nervioso para conducir, así que pidió un taxi. Los veinte minutos que pasó en el vehículo le resultaron los más largos de su vida. Tuvo tiempo de repasar la película entera de las últimas semanas, todas las veces que su hermana había intentado verlo, sus llamadas de angustia que no recibieron respuesta porque estaba ocupado en a saber qué...

Por fin llegó al centro hospitalario. Curiosa palabra, porque cuando uno llegaba de noche, el lugar no tenía nada de hospitalario. El ambiente siniestro le provocó un escalofrío. En el mostrador de admisiones no había nadie. El vestíbulo estaba vacío. Por un instante temió no encontrar el sitio al que habían llevado a Julie. Por suerte, se cruzó con una señora que parecía formar parte del personal sanitario.

—¿El mostrador de admisiones de urgencias?

—Al fondo del pasillo, a la izquierda. Luego coja el ascensor hasta el primer sótano —respondió ella con amabilidad, aunque sin encontrar fuerzas para sonreírle.

—¡Muchas gracias!

—De nada —respondió la mujer calzada con Crocs, esos extraños zapatos de plástico de llamativos colores que causaron furor durante una temporada, y se dirigió hacia el exterior arrastrando los pies mientras sacaba un paquete de cigarrillos light.

Maximilien avanzó por el pasillo y entró en el ascensor, solo con los latidos sordos de su corazón y las manos húmedas.

Por fin encontró la zona de urgencias. Había muchos pacientes esperando, pero él pasó por delante de todo el mundo para abordar a la persona de admisiones encargada de distribuir los casos a medida que llegaban. Esta frunció el entrecejo, dispuesta a reprenderlo secamente.

—Espere su turno, por favor.

Pero Maximilien se impuso sin vacilar ni un segundo.

—No vengo para que me atiendan a mí. Me han llamado hace una hora. Vengo por mi hermana, quiero saber cómo está, por favor.

No era frecuente en él emplear un tono tan suplicante.

—En ese caso... ¿Quién se ha puesto en contacto con usted?

—Laetitia.

—Espere un momento. Voy a intentar localizarla.

La vio cruzar unas breves palabras y colgar. Ninguna emoción particular perturbaba su rostro. Parecía lo bastante experimentada como para mantenerse a distancia de todo lo que pudiera suceder allí. Seguramente era lo más saludable para no correr el riesgo de perder la chaveta en un lugar como ese. Más valía impermeabilizar la sensibilidad.

—Pase a la sala de espera. Laetitia irá a buscarlo.

Contrariado y muerto de preocupación, no tuvo más remedio que sentarse en una de las sillas de plástico de la sala de espera, entre una madre con su bebé sollozante en brazos y un señor que se presionaba una herida en la cara con una gasa. Maximilien tenía la impresión de estar en la cuarta dimensión, y el violento contraste entre el inicio de su velada y lo que vivía en ese momento le impresionó.

Los minutos pasaban y nadie iba a informarle. Se moría de impaciencia y una rabia sorda le corría por las venas. Se levantó de un salto y se acercó de nuevo al mostrador, dominando con dificultad los nervios. La enfermera de admisiones lo miró con una frialdad implacable y le contestó articulando despacio las palabras:

—Debe es-pe-rar, ¿está claro? En cuanto Laetitia esté disponible, vendrá a buscarlo.

—¡Pero esto es increíble! ¡Hacer esperar así a los familiares! ¡Lo único que quiero es que me informen, nada más!

La mujer, imperturbable, dio unos golpecitos con la punta del bolígrafo en el pequeño cartel pegado con cinta adhesiva sobre el mostrador:

TODA AGRESIÓN, FÍSICA O VERBAL,
AL PERSONAL HOSPITALARIO PUEDE SER OBJETO
DE PERSECUCIÓN JUDICIAL EN VIRTUD DE
DOS ARTÍCULOS DEL CÓDIGO PENAL.

—Siéntese —ordenó.

Maximilien se resignó a obedecer, carcomido por la ira y la inquietud.

Quince minutos y diecisiete segundos más tarde, la tal Laetitia apareció en la sala de espera.

—Señor Vogue... —llamó, sin dirigirse a nadie en concreto.

Maximilien se levantó de un salto.

—¡Soy yo!

—Acompáñeme, por favor.

No se hizo de rogar y la siguió por unos pasillos donde, al otro lado de las puertas entreabiertas, podía verse a pacientes tendidos en camillas. Por fin llegaron a un box de paredes acristaladas, a través de las cuales Maximilien distinguió a su hermana, tumbada e inmóvil. Una chica que aguardaba allí se volvió hacia ellos. Se preguntó quién sería. La doctora le informó en el acto.

—Esta es la joven que ha encontrado a su hermana. Comparten piso, ¿no lo sabía? ¡Menos mal que estaba allí!

Maximilien le tendió la mano a la chica, que no respondió a su gesto y lo miró con severidad.

—¿Es usted Maximilien?

—Sí, ¿por qué?

—No, por nada.

¿Por qué lo miraba mal? Daba igual. No era el momento de hacerse ese tipo de preguntas. Se desentendió de la chica y se volvió hacia la doctora en busca de información.

—Le hemos hecho un lavado de estómago. Saldrá de esta, por lo menos físicamente.

Le costó tragar saliva.

—Ahora duerme. No se puede hacer gran cosa por el momento. Si quiere, puede volver mañana por la mañana y hablaremos del futuro. Deberíamos contemplar la posibilidad de ingresarla en una clínica.

—¿Puedo entrar a verla? ¿Me oirá si le hablo?

—Quién sabe. Puede que sí. Pase, pero solo un momento. Hay que dejarla descansar.

—Bueno, yo ya me voy, mañana tengo que madrugar —anunció la compañera de piso.

—¡Espere! —le pidió Maximilien, pasando por alto el desagradable primer contacto.

—¿Qué?

—Quería agradecerle lo que ha hecho por mi hermana. De verdad.

—No hay de qué. Todo el mundo habría hecho lo mismo en mi lugar.

—No, es admirable. Quisiera agradecérselo... Ni siquiera sé cómo se llama.

—Pénélope. No, no tiene que hacer nada. ¡Bueno, sí! Quizá una cosa...

—¿Qué?

—En lo sucesivo, intente estar disponible para ella.

Pam. La bofetada. Maximilien la encajó en silencio. Apuntó el teléfono de Pénélope y prometió darle noticias de Julie.

Entró en el box y se acercó a la cara de su hermana. Le acarició el pelo y le susurró palabras tiernas y tranquilizadoras.

—Estoy aquí, hermanita. Todo irá bien ahora.

Después de asegurarse de que estaba a salvo de cualquier mirada, se abandonó a un llanto lento y silencioso. Con la noche por testigo, formuló una promesa solemne:

—Julie, nunca más te dejaré caer, nunca más, ¡te lo juro!

Apretó un momento más la mano de su hermana gemela entre las suyas antes de decidirse a salir. Sus pasos resonaron al ritmo de los bips ansiosos de las funciones vitales.

21

Al día siguiente, Maximilien se levantó como si le hubiera pasado un tren por encima. Hacía mucho tiempo que no pasaba una noche tan horrenda. Las franjas de sueño debían de haber sido tan finas como el papel de fumar. Se había despertado varias veces sobresaltado, con sudores fríos, esperando que todo fuera una pesadilla antes de volver a la triste realidad: aquello había sucedido de verdad.

Había planeado levantarse temprano para ir lo antes posible a ver a Julie. Se preparó un café a toda prisa, puso demasiado y tuvo que beberse el infame líquido negro, acre y fuerte apretando los dientes. No pudo ingerir nada más, no tenía hambre.

Cuando llegó al hospital, le anunciaron que Julie estaba despierta. Maximilien se dirigió a su habitación y vio a su hermana a través del cristal, sentada en un lado de la cama, con la mirada perdida clavada en la pared, las piernas balanceándose despacio en el vacío y la espalda encorvada, como si llevara sobre los hombros el peso de todas las penas del mundo. Asomó la cabeza por la puerta entornada.

—¿Julie?

Ninguna reacción. Maximilien llamó a la puerta para manifestar mejor su presencia e hizo otro intento.

—¿Julie? Soy yo...

Entonces se volvió hacia su hermano. Era como si lo mirara sin verlo. Se fijó en su tez macilenta y en sus profundas ojeras. Le dio un vuelco el corazón. Pero eso no fue nada al lado de lo que sintió al oír murmurar a su hermana:

—Vete...

Unas simples palabras, pero implacables. Julie se volvió; clavó de nuevo los ojos en la pared y sus piernas reanudaron el balanceo. La conversación había terminado.

Tan tocado como si lo hubiese alcanzado una bala, Maximilien fue tambaleándose hasta el despacho de los internos, donde Laetitia tecleaba en un ordenador, ocupada con unos historiales.

Llamó a la puerta abierta para atraer su atención y por fin ella levantó los ojos.

—Ah, ¿es usted? ¿Ha visto a Julie?

—Ella... no quiere verme.

La interna suspiró y le dirigió una sonrisa comprensiva que él agradeció.

—Ese tipo de reacción es frecuente después de un choque como el que ella ha sufrido. No se desanime. ¿Su hermana tiene motivos para estar resentida con usted?

—No he podido atenderla como habría deseado en las últimas semanas.

—Ah. Se hace lo que se puede, ¿no? Verá, en estos casos no hay que subestimar lo que la depresión provoca en las reacciones.

—Sí, comprendo...

—No la tendremos aquí más de cuarenta y ocho horas. Después, creo que es necesario que pase una temporada en una buena clínica. Darle tiempo para que se recupere. ¡Y, sobre todo, estar pendiente de ella!

—Yo me ocuparé de eso —contestó Maximilien con voz sobrecogida.

—Tome, le he apuntado los datos de la clínica Eau Rousse. Conozco al equipo que la dirige. Son excelentes.

Maximilien cogió el papel. Las palabras danzaban ante sus ojos. ¿Cómo habían podido llegar a ese punto?

—Aunque no quiera verme, vendré todos los días. Si surge cualquier cosa, no dude en llamarme, tanto de día como de noche.

—Entendido.

Maximilien le dio efusivamente las gracias a Laetitia, que había hecho un trabajo formidable con su hermana, y se despidió.

Cuando salió, la luz del sol casi le hizo daño en los ojos. ¿O quizá eran las lágrimas de la noche anterior, que le habían hipersensibilizado los párpados? Deambuló por las calles, adusto, incapaz de pensar con claridad tras los recientes acontecimientos. Un hámster enloquecido corría dentro de su cabeza, haciendo girar la pequeña rueda de la culpabilidad. ¡Solo con que hubiera estado disponible para ella, que hubiera sacado tiempo para escucharla, tranquilizarla, aconsejarla tal vez! ¡Debería haber sido capaz de percibir mejor las cosas, de verlas venir, antes de llegar a semejantes extremos!

Pero su evidente bolinería de poder había extendido una pantalla entre él y sus emociones, de tal manera que ya no recibía ciertas señales de alerta. Había construido un caparazón tan perfecto que sin duda estaba mejor protegido, pero también aislado de los demás. Y así era como había pasado junto a la verdadera zozobra de su hermana. Ahora caminaba sin rumbo por las calles y se cruzaba con los transeúntes, indiferentes a su pesadumbre. Solo era una tristeza anónima. ¿Cuánto tiempo estuvo así? No habría sabido decirlo.

El rostro de Romane apareció entonces en su mente y un pensamiento se abrió paso: llamarla, hablar con ella. Era una experta en bolinería y sabía lo que fallaba en él. Quizá pudiera ayudarlo, o por lo menos comprenderlo, juzgarlo con menos dureza que los demás. Necesitaba una especie de absolución. Después de seis timbrazos, saltó el contestador.

Para su desgracia, Romane no estaba disponible. A no ser que no hubiera querido contestar. No se atrevió a dejar un mensaje. Estaba claro que el cielo no estaba de su parte. Echó de nuevo a andar sin rumbo y, por primera vez en su vida, se sintió perdido y desesperadamente solo.

22

¡Hacía mucho que Romane no dormía tan bien! Al final el cansancio se había impuesto a las tensiones nerviosas acumuladas en los últimos días. Le había pedido con amabilidad a su cerebro derecho que dibujara calabozos para encerrar en ellos el asunto Maximilien y conceder a sus pensamientos un descanso bien merecido. Así que, con un humor alegre, se preparó un café con unas tostadas de pan de cereales, una especialidad de su panadero artesano, el mejor del barrio. Pensó en el programa del día y las diferentes citas que la esperaban mientras degustaba su sabroso desayuno.

Había aceptado, de acuerdo con los participantes, hacer de mediadora entre ellos y las personas con las que chocaban para informar a estas con absoluta neutralidad de los progresos realizados gracias al programa. Empezaría por ir a ver a Thomas, el hijo de Émilie, que había encontrado trabajo como aprendiz de cocinero. Después visitaría a la exmujer de Patrick. Esperaba que su intervención diera frutos encaminados a facilitar una reconciliación.

Romane suspiró. Sabía que no iba a ser una tarea fácil.

Como siempre, por otra parte. ¡Pero ese aspecto de las cosas era lo que le resultaba tan atractivo! Quería hacer todo lo posible para que los participantes tuvieran el máximo de posibilidades de finalizar con éxito el programa de transformación. Aun a costa de correr ciertos riesgos. Pero se lo merecían, ¿no?

Les había cogido cariño. ¿Acaso no tenían el valor de intentar cambiar, cuando muchos otros se encogían de hombros y rechazaban el menor cuestionamiento? Aun así, de vez en cuando Maximilien salía de los calabozos para aflorar a su memoria. Él había renunciado demasiado pronto. Había sido decisión suya, y no se podía obligar a nadie. Con todo, algo no dejaba de atormentarla: había conocido personalidades con inclinaciones bolineras y sabía reconocer a los que nunca cambiarían, pero intuía que Maximilien habría podido hacerlo. Era cierto que acumulaba no pocos rasgos negativos pero tenía un buen fondo. ¡Lo habría jurado! Habría aprendido tanto de sí mismo en este programa... «Deja de amargarte con este asunto. Mira hacia delante, Romane», se dijo mientras giraba la llave de contacto del coche.

Después de media hora de camino, con música de fondo para dejar la mente en blanco, llegó al lugar de trabajo de Thomas. El chico había aceptado quedar con ella y estaba dispuesto a invertir su tiempo de descanso en hablar del asunto. Eso ya era buena señal. Cuando Romane se presentó, él fue muy directo: tenían diez minutos. Ella sacó entonces su tableta para mostrarle imágenes de su madre haciendo de pinche de cocina en el experimento del Cambio de Sillón para intentar comprender la pasión y el futuro oficio de su hijo. A Thomas se le empañaron los ojos.

—Está haciendo verdaderos esfuerzos, ¿sabes? —El adolescente se pasó una manga por la nariz, bajando la cabeza para ocultar su emoción—. Lo está pasando muy mal, no voy a engañarte. Te quiere más que a nada en el mundo y creo que ha comprendido de verdad sus errores del pasado. Bastaría un gesto por tu parte para que te abriera los brazos y te acogiera de nuevo en casa.

—¡No estoy preparado! —replicó Thomas, enfurruñado.

Romane sabía que no había que forzarlo. Era preciso tener paciencia para que se hiciera a la idea.

—Lo entiendo. Pero, aunque todavía no estés preparado para volver a casa, sería todo un detalle que le enviaras un mensaje o, mejor aún, que la llamaras por teléfono. Un pequeño gesto.

Thomas lanzó otra mirada de reojo a la imagen congelada de su madre haciendo de pinche de cocina y movió la cabeza para decir que sí, que lo haría.

Romane sonrió por dentro. Era un maravilloso comienzo. No podía esperar más por el momento. Le dio las gracias y, antes de marcharse, le preguntó:

—Oye, me ha parecido entender que tienes muy buenas dotes para la cocina. ¿Te interesaría participar en un casting para el programa *Chefs del futuro*?

A Thomas se le iluminaron los ojos, pero se encogió de hombros para manifestar un «no sé» de adolescente desanimado.

Romane le dio una tarjeta de visita.

—Envíame un mensaje para decirme lo que hayas decidido. Conozco al productor, podría incluirte en el casting. Gracias por haberme dedicado este rato, Thomas. ¡Hasta pronto!

El chico le hizo un gesto de despedida con la mano mientras ella se alejaba en dirección al coche.

Romane se sentó al volante y se puso en marcha hacia su siguiente destino. La exmujer de Patrick le dispensó un efusivo recibimiento. «Una naturaleza alegre», se dijo Romane. Patrick había sido muy afortunado por tener a una joya como ella a su lado. Para llevar al límite a una persona tan afable y conciliadora, tenía que haber ido muy lejos. Janine le ofreció un delicioso tentempié: un aromático té verde acompañado de unas magdalenas que ella misma había hecho pensando en su visita. Vivía en una casa diminuta, del tamaño justo para ella y sus hijos, pero decorada con gusto y muy limpia y ordenada.

Sin embargo, la máscara sonriente se resquebrajó en un segundo en cuanto empezaron a abordar la cuestión de Patrick. Janine tenía toneladas de sacos acumulados, de cosas no dichas, de frustraciones, un auténtico contenedor de sentimientos amorosos decepcionados que necesitaba descargar.

Con el paso del tiempo, Janine se había vuelto transparente para su marido, le había herido su falta de interés total hacia la actividad que ella intentaba desarrollar, además de ocuparse de los niños y de todo lo demás, y esa manera vejatoria que tenía de hacerle sentir que no ganaba suficiente, como si su tienda online sirviera a duras penas para sacar un poco de dinero para los gastos cotidianos.

Poco a poco fue perdiendo también la motivación para

seducirlo y ser agradable con él. Y al final había acabado por olvidarse un poco de sí misma y descuidarse. ¡Tenía tan poco tiempo para dedicarse a su bienestar y su belleza! Las discusiones se convirtieron entonces en moneda corriente. Hasta la gota que colmó el vaso. En la boda de un primo lejano, durante el convite, con un par de copas de más, Patrick se comportó como un verdadero patán y llegó a flirtear delante de sus narices con una jovencita que llevaba un vestido tan corto como su inteligencia. Aquella humillación fue el detonante.

Romane observaba el rostro de aquella mujer herida que, sin saberlo, con sus confidencias, trazaba un retrato robot de la bolinería conyugal. Acabó por poner una mano sobre la suya en señal de empatía.

—Ha tenido que ser muy doloroso —la compadeció Romane.

—¿Qué debería de haber hecho? —se preguntó Janine, tensa.

—Existen excelentes técnicas para contrarrestar esos comportamientos y evitar esos dolorosos desequilibrios.

—Ya es demasiado tarde.

—Nunca es demasiado tarde, Janine. ¿Por qué no viene a uno de nuestros cursos de autodefensa antibolinería? Podría resultarle interesante.

—Sí, ¿por qué no?

—En cualquier caso, quería contarle el camino que ha recorrido Patrick desde que empezó el programa. ¡No lo reconocería! Su marcha fue una verdadera sacudida para él. Pocas veces he visto a alguien tan implicado. Mire lo que está dispuesto a hacer por usted.

Romane le enseñó la breve película de Patrick prestándose al juego de Cambio de Sillón, ayudando a los hijos de Mia a vestirse, participando en las tareas domésticas, empaquetando los pedidos para los clientes de Mia, una empresaria autónoma como ella.

Romane no dijo nada más. Sembradas las semillas, había que dejar al tiempo hacer su labor. Decidió despedirse. Las dos mujeres se estrecharon afectuosamente la mano.

—¿Pensará lo del curso de autodefensa? Hay uno el jueves a las diez de la mañana.

—De acuerdo. Gracias, Romane.

Su móvil empezó a sonar mientras conducía hacia el Centro de Reeducación. Echó un vistazo de reojo para ver de quién se trataba. ¿Maximilien Vogue? ¡Estuvo a punto de dar un bandazo con el coche! Los latidos de su corazón llegaron a ciento treinta. Suficiente para que lo detectaran los radares de emociones fuertes. Iba al volante, de modo que no podía responder a la llamada, así que, intrigada y ansiosa, se resignó a dejar sonar el teléfono.

La vocecita de la razón se expresó sin rodeos: «¡Si es algo importante, dejará un mensaje!». Pero su cerebro límbico, sede de las emociones, le ordenó pese a todo aparcar un momento para escuchar el buzón de voz. Decepción: ningún mensaje. «Pues él verá», se dijo con más determinación de la que sentía en realidad. Desde luego, no iba a llamarlo sin saber lo que quería. La joven, agitada, se puso de nuevo en marcha.

23

Romane trabajó tres horas seguidas con su padre en el Centro. Encargaron que les llevaran sushi para comer algo sin perder tiempo. Apreciaba esos ratos que pasaba con él, le emocionaba la complicidad muda que había entre ambos. Codo con codo en la sala de montaje de vídeo, habían visto fragmentos de películas a fin de hacer una selección. Romane estaba preparando otro taller para el grupo y necesitaba el punto de vista de su padre para que le ayudara a afianzar el concepto. Mientras veían uno de esos fragmentos, el móvil de Romane vibró dentro de su bolso. La joven abrió la cremallera y echó un vistazo a la pantalla. ¿Otra vez Maximilien? Era la segunda vez en el mismo día que la llamaba. Jean-Philippe la miró de reojo. Eso era lo único que seguía molestándole a Romane: la injerencia de su padre en su vida. Quería saberlo siempre todo y ella se sentía a veces obligada a contarle incluso lo que habría preferido guardarse para sí misma.

—Número desconocido, no contesto —comentó con ligereza para ocultar su turbación por recibir otra llamada de Maximilien.

Mentira por omisión. Eso era pecado venial, ¿no? La

vibración no cesaba y la joven refunfuñó. ¿Ese hombre había rechazado sin miramientos su programa y ahora pretendía que lo dejara todo para contestarle? ¡Ni hablar! Fuera lo que fuese lo que tenía que decirle, podía esperar. Su dedo pulsó el botón rojo para cortar la llamada.

Su padre la estrechó con cariño entre sus brazos cuando se despidieron, pasadas las diez de la noche.

—¡Adiós, cariño! Envíame un mensaje para decirme que has llegado bien, ¿vale?

—¡Papá! —protestó sin mucha energía Romane.

Jean-Philippe no podía evitar mostrarse sobreprotector, pero ella no oponía resistencia. Después de todo, ¿qué tenía eso de malo? No obstante, algunas veces era consciente de que le dejaba ocupar demasiado espacio en su vida y de que la fusión entre ellos tendía a marcar en exceso su relación. Temía su reacción cuando ella rehiciera su vida, que el inevitable distanciamiento le hiciera sufrir. Esa idea le entristecía, por lo que no tenía prisa porque llegara ese día.

Una vez en casa, la joven dejó las llaves en la bandeja de la entrada y se desnudó para darse la ducha caliente con la que llevaba horas soñando.

Sentir el agua corriendo sobre su cuerpo y liberarse de las tensiones. Dejar que el chorro caliente cayera sobre su nuca en un delicioso masaje. Cuando cerró el grifo, el cuarto estaba lleno de vaho. Se puso el albornoz y se envolvió la cabeza con una toalla después de frotarse el pelo con energía. Con este atuendo de reina de Saba improvisada, fue a la cocina, puso agua a calentar para prepararse una infusión y volvió al salón para encender la tele.

«¡Ay, el mensaje para mi padre!», pensó. Sacó el móvil

del bolso y vio una llamada perdida. ¡Otra vez Maximilien Vogue! A Romane se le aceleró de nuevo el corazón. ¿Qué querría? Dejó volar la imaginación. ¿Disculparse? ¿Lamentaba su decisión de abandonar el programa? No entendía esa insistencia en llamarla, y además tan tarde. ¡Las once y cuarto! Al menos esta vez había dejado un mensaje.

Al principio no reconoció la voz, vibrante y entrecortada. Después le impresionó el timbre emocionado, casi desesperado. ¿Qué le pasaba? La joven envió rápidamente un mensaje de buenas noches a su padre, se sirvió una infusión, se secó el pelo, y por último se arrellanó en el sofá y decidió llamar a Maximilien. Cuatro timbrazos y seguía sin descolgar. Estaba a punto de desistir cuando una voz cavernosa respondió. Romane se estremeció.

—¿Sí?

—¿Maximilien?

—¿Sí?

—Soy... soy yo, Romane. Romane Gardener.

Se produjo una larga pausa. Pensó que había llamado en un mal momento.

—Puede que sea demasiado tarde para llamarle...

—¡No, no, no! —exclamó Maximilien con rotundidad—. ¡Gracias! Mil gracias por llamarme. Me alegro... muchísimo de oírla.

—Pero ¿qué ocurre? He visto que me ha llamado varias veces.

—Sí, es... es verdad. Perdone que la haya molestado. Es muy importante para mí en estos momentos hablar con usted.

Nunca lo había oído tan balbuceante y poco seguro de sí mismo.

—Maximilien, empiezo a preocuparme. ¿Qué le pasa?

—Se... se trata de Julie.

¡Esta sí que era buena! ¡Menuda cara, llamarla para hablarle de otra mujer! La mano de Romane se crispó sobre el aparato.

—Ah...

—Es... mi hermana gemela.

¿Cómo? ¿Su hermana gemela? Romane respiró, un poco aliviada.

—¿Qué ha ocurrido?

Maximilien se lo contó todo. Ella lo escuchó sin interrumpirlo, animándolo solo con alguna palabra de vez en cuando y, sin querer, se sintió cautivada por el timbre ronco y grave de su voz en el otro extremo de la línea. De pronto él se calló. Lo oía sorber por la nariz.

—¿Maximilien? ¿Está llorando?

—¡No, claro que no!

En otras circunstancias, Romane habría sonreído por ese acceso de ego. Las doce y veinte. Llevaban ya un buen rato hablando. Aun así, quedaban preguntas en el aire.

—Maximilien, ¿por qué me ha llamado a mí? ¿No tiene amigos, familia?

—No lo sé. Quería escucharla. Y también decirle cuánto siento haber dejado el programa como lo hice. Estoy arrepentido. Creo... creo que lo necesito.

Un hombre como él haciendo una confesión como esa. Romane saboreaba el efecto.

—Romane...

—¿Sí?

—¿Me readmitiría en el programa?

Mmm... Ahora sí que estaba disfrutando. Pero no quería ceder demasiado pronto.

—No es el momento para hablar de eso.

—Por favor, Romane.

¡Demonios! ¡Insistía! Y ¿cómo se las arreglaba para tener una voz tan hipnótica? ¿Qué se le podía negar a una voz semejante?

—Ya veremos, ¿de acuerdo? Tengo que pensarlo.

—Romane...

—¿Sí?

—¿Le importaría quedarse un rato más conmigo?

¿Qué podía decir? Romane hizo el gesto maquinal de ajustarse el albornoz contra el cuerpo desnudo.

—De acuerdo —susurró—. ¡Aunque no mucho rato! —se creyó obligada a añadir para que las cosas quedaran bien claras.

—Es muy amable por su parte.

En fin... Romane era consciente de que su actitud no estaba motivada solo por la amabilidad, pero prefería que él pensara eso. Maximilien siguió hablándole de su hermana. De cuando eran pequeños. Su increíble complicidad. Sus locuras de juventud. Su estrecha relación hasta que tomaron caminos distintos en la universidad.

Después le tocó a Romane hablar de su «padre de antes». Conforme avanzaba la conversación, notaba que la voz de Maximilien recuperaba cierta calidez. Había sido tan frío... No se decidían a colgar. Los minutos se transformaban en horas y ellos permanecían fuera del tiempo, como envueltos en la irrealidad, pasando juntos aquella peculiar noche.

Al cabo de un rato, Romane se fue al dormitorio para tumbarse en la cama. Acurrucada bajo el edredón, había colocado el teléfono debajo de su oreja. Con los ojos entornados, escuchaba las palabras de Maximilien, tan cercanas que parecía que él estuviera allí, tendido a su lado. Qué sensación más extraña...

—¿Sigue ahí? —preguntó él, inquieto.

—Sí.

—¿Duerme?

—Casi.

—Voy a dejarla...

Pero no parecía tener muchas ganas de hacerlo.

—Mmm... Si quiere, Maximilien, puedo seguir al aparato mientras se duerme.

—¿Haría eso?

—Sí.

—Romane...

—¡Chisss...! ¡Ahora hay que dormir!

—No, nada. Simplemente, gracias.

Romane sonrió mientras apagaba la luz.

Cuando se despertó a la mañana siguiente, se preguntó por qué tenía el teléfono entre el pelo. Al oír la característica señal entrecortada, le vino a la memoria lo sucedido. Maximilien y ella se habían dormido al ritmo de sus respiraciones mezcladas. El recuerdo de aquella extraña noche recorrió sus neuronas y, desperezándose, se preguntó si era algo bueno o malo.

Apoyó un pie en el suelo. El derecho. Recurriendo en su provecho a la superstición popular, Romane decidió que era una buena señal.

24

Maximilien había llegado a Con Dos Bolas pensando que al cabo de cinco minutos volvería a ver a Romane, quien lo había citado media hora antes de la siguiente sesión con el resto del grupo. Le dijo que era para tener tiempo de «aclarar las cosas». Había notado un tono muy distinto cuando lo había llamado al día siguiente de la noche pasada al teléfono. Un tono firme y decidido, como si hubiera puesto de nuevo cierta distancia entre ellos. No podía explicar por qué, pero eso le desorientaba. La pasada noche se había sentido muy cerca de ella y, pese a las circunstancias caóticas de los últimos días, no había podido evitar que le emocionara la aparición de ese vínculo que los unía. A menos que hubiera dejado volar demasiado la imaginación y que su cerebro cansado y estresado estuviese jugándole una mala pasada.

Fantine fue a abrirle con una amplia y acogedora sonrisa. «Encantadora», pensó Maximilien. Pero la llegada de Romane eclipsó de inmediato a la joven colaboradora.

—Maximilien.

—¡Romane!

Se estrecharon la mano ceremoniosamente sin quitarse la vista de encima. Él intentaba encontrar en su mirada algo de la intimidad que se había creado la otra noche, pero nada de eso se traslucía. La ventana entreabierta de Romane Gardener había vuelto a cerrarse y las cortinas estaban corridas. La joven le pidió que la acompañara y lo condujo a una minúscula sala de reuniones que él no conocía. Lo invitó a sentarse y le ofreció un vaso de agua. ¡Maximilien tenía la impresión de estar en una entrevista de trabajo! Reprimió una sonrisa; no se le escapaba el lado gracioso de la situación. Rechazó el vaso de agua y Romane se sentó para iniciar la conversación. Como buena profesional, resumió la situación a la perfección.

—Entonces, después de haber decidido dejar el programa de desbolinación conductual, ahora ha decido reincorporarse a él, a raíz del desdichado momento que está atravesando con su hermana gemela, ¿es así?

—Sí, exacto.

«Señora juez», habría añadido, si la expresión seria de Romane no le hubiera frenado en seco. Pero no era momento para bromas e intuía que ella se tomaba aquella conversación muy en serio.

—¿Se da cuenta de que su actitud durante las primeras semanas en el Centro no aboga en absoluto a favor de su readmisión?

Maximilien se preguntó si debía bajar los ojos y agachar la cabeza. No tenía la costumbre de adoptar la postura del arrepentido. La experiencia resultaba extraña, pero no carecía de interés.

—Soy muy consciente de ello y, de ahora en adelante,

estoy dispuesto a implicarme por completo en el programa.

Se sorprendió sintiendo la autenticidad de aquellas palabras mientras las pronunciaba. El episodio de Julie influía mucho en ello, pero no era lo único. Algo lo motivaba también a cambiar la forma en que Romane lo miraba. Ella pareció satisfecha de su respuesta, aunque no por eso se ablandó.

—Bien. Por mi parte, estoy dispuesta a darle una segunda oportunidad, pero, seamos claros...

—¿Sí?

—Nada de salirse por la tangente, porque no lo consentiré. Al primer indicio de mala fe, lo echo definitivamente. ¿De acuerdo?

Hacía mucho que una mujer no le hablaba en ese tono. Maximilien se oyó asentir sin oponer resistencia y de nuevo fue el primer sorprendido.

—Le hago un inmenso favor readmitiéndolo en el programa.

—Me doy cuenta.

—Va a tener que hacer méritos para recuperar mi confianza.

Maximilien se inclinó hacia Romane para que pudiera ver su determinación más de cerca.

—Puede contar conmigo.

La frase actuó como una fórmula de encantamiento en la principal interesada. Romane le sonrió y le tendió la mano para sellar su acuerdo tácito. Maximilien fingió no dar ninguna importancia al contacto electrizante y se levantó con brusquedad. Romane lo imitó. Él la superaba en altura y observó el brillo jubiloso en sus ojos: estaba saboreando su victoria. Sin embargo, por su tono, comprendió que iba a tener que arremangarse: era el momento de trabajar y de nada más.

—Nos vemos dentro de cinco minutos en la sala grande con los demás. ¡En marcha!

«¡A sus órdenes, jefa!», pensó Maximilien, divertido al ver en otro el mismo grado de energía y voluntad que tenía él. Romane Gardener giró sobre sus talones, no sin antes lanzarle una mirada provocadora que parecía decir «Demuéstrame lo que eres capaz de hacer». Lo picó en su amor propio con ese desafío.

25

Romane estaba muy orgullosa del modo en que había llevado la conversación con Maximilien. Sin embargo, se sentía aliviada de que no hubiera podido leerle el pensamiento: no se habría llevado una decepción. La verdad es que había ido derritiéndose a lo largo del cara a cara y que le costó un gran esfuerzo mantener el aplomo.

Antes de reunirse con el grupo y comenzar la sesión, pasó por la cocina para beber un gran vaso de agua y disfrutar de dos minutos de tranquilidad. Luego fue hasta la sala con paso decidido. Maximilien había vuelto a ocupar su sitio entre los demás, que no dejaban de acribillarlo a preguntas para saber lo que había pasado. Romane pidió silencio.

—Como pueden ver, Maximilien está de nuevo con nosotros para seguir el programa.

Todas las miradas estaban clavadas en él, en especial la de Nathalie, a quien su regreso parecía alegrar particularmente. «¡Concéntrate, Romane!»

—En cuanto a los demás, gracias a todos por haber venido. Hoy les propongo empezar un nuevo proyecto, bastante ambicioso, para continuar desarrollando un estado mental diferente: volverse más hacia los otros, dar más de su persona, adoptar nuevos valores, como la amabilidad y la comprensión.

—¡Usted quiere convertirnos a todos en Madres Teresa! —saltó Bruno.

—Hay que trabajar un poco más —prosiguió Romane en el mismo tono—. Es verdad que hablar de amabilidad y comprensión puede sonar algo anticuado. Sin embargo, esos valores poseen en sí mismos un auténtico poder, enorme pero, por desgracia, aún muy desconocido.

Para volver al tema, Romane se acercó a la mesa y encendió el proyector de vídeo. Aparecieron imágenes de grupos y de personas abrazándose.

—¿Conocen estas manifestaciones de *free hugs*? Son grupos de personas que deciden regalar muestras de cariño a los transeúntes.

Todo el mundo asintió.

—Bien, pues lo que les pido es que piensen en una idea de proyecto asociativo que vaya en el mismo sentido. ¿Qué tipo de acción podrían organizar para preconizar entre el gran público los beneficios de la amabilidad, la comprensión, la tolerancia y el pensamiento positivo?

Los participantes se miraron perplejos. Romane les propuso entonces hacer una sesión de *brainstorming* para que las ideas surgieran sin censura. Le impresionó la implicación de Maximilien en el ejercicio. Cuando quería, sabía insuflar motivación a un grupo. La sesión resultó muy productiva: tenían una buena pista en la que solo debían ahondar un poco.

En los días siguientes, el grupo consiguió reunirse una vez fuera del Centro para seguir trabajando. Tenían todo preparado para presentar su proyecto. Romane se preguntaba cómo habrían captado el concepto. Maximilien se había encargado de la coordinación para repartir los papeles. En un caballete, había colocado un rectángulo de cartón cubierto con una tela negra para lograr un efecto más impactante. Fue Bruno quien hizo caer el velo para dar a conocer el nombre de la asociación y su identidad visual. Romane leyó con sincero interés: Asociación HappyLib'. Bruno dio las primeras explicaciones:

—Hemos querido movernos en la línea del sistema de alquiler público de bicicletas que existe en París, Vélib'. Nuestro deseo es facilitar el libre acceso a pensamientos de felicidad al máximo de personas.

—Para el logo, he optado por dibujar una paloma en pleno vuelo, cuyos contornos son palabras impresas como sonrisa, solidaridad, amabilidad, tolerancia... Y en el centro, por supuesto, un bonito corazón rosa —añadió Patrick, visiblemente orgulloso de su aportación.

Romane estaba extasiada. Saboreaba el instante en su fuero interno, sabedora de que una implicación así demostraba que los participantes se sentían de verdad a gusto con el método.

Nathalie había puesto todo su empeño en trabajar la argumentación con Maximilien. Ella, responsable de comunicación, y él, un hombre de negocios de altos vuelos, estaban acostumbrados a presentar conceptos. Estaba claro que se habían repartido las intervenciones.

—El punto de partida de nuestra reflexión —comenzó

Nathalie— ha sido señalar lo que nos parecía que fallaba en nuestra sociedad: ese exceso de consumismo, esa forma de hacerlo girar todo alrededor del dinero. Con el materialismo como pilar de la vida, la gente acaba por perder de vista ciertos valores beneficiosos.

La joven se volvió hacia Maximilien para dejar que continuara él. ¡Cuánta complicidad! «Un poco mosqueante...», pensó Romane.

—De ahí la idea de proponer a través de nuestra asociación HappyLib' lo que podríamos llamar *happenings* de calle, manifestaciones cien por cien benévolas, en las que repartiríamos billetes distintos a los que conocemos: no bancarios, sino billetes de sabiduría y buen humor, pensamientos-sonrisas, etc. El objetivo es, por supuesto, generalizar un nuevo estado mental que preconice el pensamiento positivo, el altruismo, la amabilidad y el amor en el sentido amplio del término.

No cabía duda: Maximilien sabía cautivar a un auditorio. Romane admiró su voz, que te trasladaba lejos, y su timbre armonioso. Todo el grupo parecía apoyarlo. A excepción de Patrick, que lo miraba un poco de soslayo. Era evidente que no soportaba que su compañero fuera el centro de atención.

—Y por último, el mensaje subyacente es transmitir que la «verdadera libertad» es saber dar, ofrecer a los demás lo mejor que tenemos, y no permanecer centrados en nosotros mismos, ansiando poseer cada vez más. La idea central es: «La llave de la felicidad está en lo que somos, no en lo que tenemos».

Romane no salía de su asombro. El grupo estaba pendiente de su reacción y ella no escatimó manifestaciones de entusiasmo.

—Me gusta mucho. ¡Bravo! ¡Han hecho todos un excelente trabajo! ¡Solo nos falta organizar el primer *happening*! Me encargaré de eso con mi equipo.

En los días que siguieron, Con Dos Bolas imprimió carteles que luego se pegaron sobre estructuras de cartón para «hombres sándwich», el procedimiento elegido por el grupo para atraer la atención de los transeúntes. También se imprimieron billetes falsos, es decir, auténticos billetes de sabiduría y pensamientos-sonrisas.

Aprovechando el momento favorable, Romane organizó una sesión sobre el arte de habitar la propia sonrisa. Dispuso en la sala tantos espejos como participantes, para que todos pudieran practicar. ¡La escena no tenía desperdicio!

Maximilien se esforzaba frente a su espejo. Sonreír. No sonreír. Sonreír. Romane pasó por detrás de él.

—¡No estoy seguro de que pueda conseguirlo! —se lamentó Maximilien.

—Pues claro que sí, está en el buen camino.

La joven se colocó detrás de él y le hizo ponerse una mano sobre el corazón.

—Ahí. Debe sentir desde el interior la emoción positiva y cálida de la bondad.

—No lo consigo... No sé cómo hacerlo.

—Puede pensar en un suceso que haya vivido, o que le haya conmovido, y que quizá suscitara en usted una emoción así.

—Mmm... Sí, recuerdo que en uno de mis viajes por Asia me sentí conmovido por una mujer que se había prestado a ayudar a un pobre hombre ofreciéndole compartir lo poco que ella misma tenía. Recuerdo la mirada del hombre y la intensidad del agradecimiento que brillaba en sus ojos. Fue muy hermoso verlo.

En su interior, Romane tenía ganas de aplaudir como una foca. ¡Sí! ¡Lo había entendido! Sin embargo, adoptó una actitud digna antes de contestar.

—¡Es justo eso, Maximilien! Evoque ese recuerdo todas las veces que sea necesario. Deje que esa emoción lo habite por completo. Y cuando sonría a la gente durante el *happening*, deles un poco de esa bondad mediante su sonrisa.

Maximilien se volvió hacia Romane y le ofreció una sonrisa que la dejó clavada en el sitio. Aprendía deprisa.

Turbada, la joven se alejó a toda prisa para acudir junto a los otros participantes.

Durante los días siguientes, la implicación del grupo se confirmó y a Romane le entraron ganas de dar difusión al proyecto. Avisó a la prensa para que cubrieran el acontecimiento y creó en las redes sociales una página que llegó a un elevado número de personas gracias a sus múltiples contactos. Por fin llegó el día D.

La sala de reuniones de Con Dos Bolas se había transformado en el cuartel general de los preparativos. Reinaba una increíble efervescencia y todo el mundo iba de un lado para otro. Llegó la hora de vestirse para la ocasión. Pero cuando Maximilien vio el traje que le habían reservado se rebeló abiertamente. ¡Jamás le obligarían a ponerse ese mono rosa fluorescente, por mucho que llevara el logo de HappyLib'!

Romane no pudo evitar pincharlo.

—Hace mal, ¡estaría muy gracioso por dentro!

Maximilien le lanzó una mirada asesina que puso de inmediato fin al debate.

—¡Qué poco lanzado! —murmuró Patrick, que nunca desaprovechaba una ocasión de meterse con su adversario.

Maximilien se encogió de hombros y se mantuvo en sus trece. Sería un hombre-sándwich con traje y corbata o no sería nada. Una cosa era esforzarse y otra muy distinta hacer el ridículo. Cien mulas no habrían sido más testarudas que él. Acabó por contagiar a los otros miembros masculinos del grupo, incluido Patrick, y al final solo las mujeres se pusieron el mono. Una vez solventada la cuestión del atuendo, el equipo estuvo listo para ponerse en camino.

El Centro había puesto a su disposición un minibús lo bastante grande como para transportar a todo el mundo. Dirección: Trocadero. No sabían si doblegarían a la férrea Torre Eiffel, pero esperaban poner una gota de optimismo en el océano de los estados de ánimo grises de los parisinos.

Jean-Philippe detuvo el minibús para que el grupo se apeara justo delante de la explanada y todos se colgaron rápidamente su cartel-sándwich. Romane filmaba la escena sin ocultar su satisfacción. Poco después llegaron varios periodistas y algunos fotógrafos. Los transeúntes, intrigados, se acercaban para ver de qué se trataba. Romane oyó a uno de ellos decir: «¿Qué se les ha ocurrido ahora vendernos?». Los miembros de la asociación HappyLib' comenzaron a distribuir con celo sus mensajes gratuitos: billetes falsos con valores auténticos, pensamientos-sonrisas y dulces palabras de sabiduría que provocaron asombro y entusiasmo.

Una cadena televisiva quiso entrevistarlos, pero Maximilien se mantuvo al margen. No podía permitirse que lo reconocieran en un reportaje como ese. Romane lo comprendió: era una celebridad del mundo económico. «Lo esencial es que está participando», pensó.

El hombre de negocios había aprovechado la situación para acercarse a ella y parecía querer concederse un rato de descanso en plan jocoso.

—Muy fuerte, su idea de asociación en la tercera fase. ¡Yo de hombre-sándwich! ¡Después de esto, cualquier cosa! ¿Tiene planeadas muchas más como esta?

Romane sonrió.

—Reconozca que le ha gustado.

—Eso sería mucho decir, pero es cierto que me ha parecido interesante. Y bastante divertido cosechar tanto capital de simpatía en tan poco tiempo. ¡Eso supone un cambio en mis costumbres!

—Solo depende de usted hacer que se repita más en su vida.

—Sí... Intuyo que con usted estoy en buenas manos para aprender.

Maximilien le lanzó una mirada cómplice que la emocionó, y a continuación se alejó para continuar la acción con los demás. Romane lo miró abordar a los transeúntes y repartir billetes de sabiduría, y admiró su soltura para entablar relaciones. ¡Qué labia! ¡Habría sido un buen vendedor ambulante de corbatas!

Una hora más tarde, el grupo de reunió para hacer balance: fajos de billetes falsos agotados y misión cumplida sin tropiezos. Ya podían regresar al Centro, así que todo el mundo subió en el minibús, conducido por Jean-Philippe. Conversaron animadamente y luego se hizo el silencio. No un silencio vacío, sino pleno. En sus mentes, todos saboreaban aquella experiencia rica en sensaciones nuevas, dichosos de haber proporcionado unos instantes de felicidad a esas personas aceleradas y estresadas de la capital.

Romane les echó un vistazo por el retrovisor y se alegró de ver en su rostro un pequeño cambio.

26

—¡Maldito coche! —masculló Maximilien, al volante del pequeño Fiat de alquiler.

Más acostumbrado a que lo llevaran o a utilizar coches automáticos, tenía dificultades con el sistema de embrague tradicional, que chirriaba cada vez que cambiaba de marcha. Por un instante se sintió tentado de maldecir a Romane por haberle impuesto esta nueva experiencia: renunciar al chófer durante un tiempo con el fin de trabajar con su supuesto «valor humildad».

El problema era que le resultaba cada vez más difícil odiarla por nada. Tenía que rendirse a la evidencia: esa mujer sorprendente, desconcertante e irritante, no lo dejaba indiferente. Maximilien intentaba justificarse: ¿acaso ese tipo de atracción no era moneda corriente entre alumno y profesor? Sin duda, pero aun así, él no podía permitírselo. No podía dejarse llevar. Incluso juzgaba con severidad pensar en ello, justo cuando su hermana estaba atravesando momentos sombríos, hundida en una depresión ante la cual él se sentía impotente.

Julie lo necesitaba. Y aunque por el momento se negaba a hablarle, estaba convencido de que con mucho amor y perseverancia acabaría por volver a abrirle sus puertas y perdonarlo por no haber sido capaz de estar ahí. Al menos eso esperaba. Estaba decidido a remover cielo y tierra para que Julie recuperara la alegría de vivir y le otorgara de nuevo su confianza, que él jamás volvería a traicionar.

De momento, seguía las indicaciones que figuraban en el sobre rosa que descansaba sobre el asiento del acompañante. Romane se lo había entregado el día anterior, diciéndole que se trataba de una misión e indicándole que no lo abriera hasta que estuviese solo. Por un instante, Maximilien se preguntó si el sobre se autodestruiría al cabo de diez segundos. Pero no ocurrió nada parecido. El mensaje era bastante breve: una dirección y unas palabras lacónicas: «Buen viaje al país de los sentidos. Porque cuidarse es un sentido en sí mismo».

Durante todo el trayecto, Maximilien fantaseó sobre lo que le esperaba en aquella misteriosa dirección. Romane le había dado otro sobre, en este caso azul, que no debía abrir hasta que el experimento hubiera terminado. Era una tentación abrirlo ya, claro. ¿Quién iba a enterarse? Pero consiguió contenerse, ya que prefería reservarse el efecto sorpresa.

Maximilien llegó a la dirección indicada y no le sorprendió encontrarse con un spa, donde fue recibido por la encargada, como dedujo enseguida.

—¿Es usted el señor Vogue? Bienvenido. Le esperábamos. Las chicas están preparando la sala de la cabina de flotación.

—¿De la qué? —preguntó Maximilien, dominado por la inquietud.

La sonrisa cordial de la encargada intentó abrirse paso hasta el cerebro de Maximilien, pero no surtió efecto alguno. No las tenía todas consigo.

—¿Conoce el principio?

«¡Evidentemente, no!», pensó Maximilien, exasperado.

Ella no se ofendió por su actitud arisca y le explicó con calma las virtudes de aquel concepto fa-bu-lo-so:

—Se trata de una experiencia única de aislamiento sensorial. —Al oír la palabra «aislamiento», Maximilien notó que se activaba en él una reacción claustrofóbica—. La cabina en la que va a meterse —continuó la mujer— está llena de agua cargada de sales de Epsom y mantenida a una temperatura ideal constante en línea con la de su cuerpo.

—¿Y qué pasará?

—Que flotará. El agua sostendrá literalmente su cuerpo —insistió ella, poseída por su propio discurso publicitario—. ¡Así es como todos sus músculos podrán relajarse! ¡Es un momento de relajación único, cuyos efectos beneficiosos en la gestión del estrés, la calidad del sueño, la capacidad de concentración y la creatividad están más que demostrados!

Maximilien le sonrió, confiando en detener su riada de palabras. De la zona de tratamientos salió una mujer, acompañada de una chica con bata blanca entallada que identificó como miembro del personal. La mujer, una cliente habitual, como proclamaba su esmerado aspecto, le lanzó una mirada glotona. ¡Un hombre tan apuesto, perdido en un instituto de belleza! ¡Pobrecito, quizá necesitaba que lo guiaran! Maximilien estuvo en un tris de salir por piernas, pero la encargada lo tenía acorralado y lo empujó a las entrañas de aquel templo del bienestar.

—Por aquí, por favor.

No tuvo más remedio que acompañarla. Por el camino, advirtió la presencia de estatuillas zen, budas a diestro y siniestro, velas perfumadas y espejos de estilo oriental.

Llegaron al cuarto donde lo aguardaba un curioso cacharro: ¡la cabina de flotación en todo su esplendor! Maximilien aún no sabía si sería una experiencia cósmica, pero, en cualquier caso, el artefacto tenía todo el aspecto de una nave espacial. La encargada pulsó un botón y la cabina se abrió: la parte superior se levantó como la cáscara de un crustáceo de acero blanco. En el interior, el agua se ofrecía como una perla. Una joya de pureza que invitaba a sumergirse. Era irresistible. Por primera vez desde su llegada, sintió deseos de abandonarse a la experiencia. La encargada se dirigió entonces hacia un telemando que estaba sobre una bonita mesa de caoba y empezó a cambiar los colores de la iluminación interior del habitáculo. El agua se teñía de azul, de verde o de amarillo anaranjado.

—¿Qué color prefiere?

—Azul estará muy bien, gracias.

—¡Aquí lo tiene! ¡Azul mar! ¡Evasión garantizada!

—Si usted lo dice...

A continuación, la mujer le dio las indicaciones pertinentes: ducha obligatoria antes y después, tapones en los oídos para evitar que la sal se depositara en el tímpano, bañador (facultativo), aplicación de vaselina en las posibles heriditas o irritaciones cutáneas (¡para prevenir quemaduras producidas por la sal!), botón para accionar la apertura y el cierre del habitáculo...

—Y aquí, un espray de agua y un guante esponja por si

186

se le metiera alguna gotita de agua salada en un ojo. Cuando la sesión haya terminado, la cabina se abrirá de forma automática. ¡Buena relajación!

—Muchas gracias.

Bien, ya estaba solo.

—¡Romane! ¿Dónde me ha metido? —suspiró mientras se quitaba la ropa para meterse en la ducha. Se enjabonó el torso con energía e hizo lo mismo con el pelo, y cuanto más corría el agua por su cara, más metido se sentía en la experiencia. Todo aquello era bastante inédito para él. ¿Desde cuándo no se concedía una hora para cuidarse o relajarse? ¡Hacía lustros!

Maximilien decidió meterse desnudo en la cabina. Un pie, luego el otro, hasta tumbarse todo lo largo que era. Deslizó el cojín flotante y se lo puso detrás de la nuca para estar más cómodo. Los tapones en los oídos lo aislaban de todos los ruidos exteriores y lo encerraban todavía más en una burbuja sensorial. Estaba preparado, así que pulsó el botón para cerrar por completo el habitáculo. El corazón le dio un ligero vuelco cuando la puerta emitió un ruido al girar sobre sus goznes, como si se cerrara un sarcófago. Bien, allí estaba, solo ante sí mismo, cara a cara con sus sensaciones. ¿Qué sentía?

Se dio cuenta de que no solía hacerse esa pregunta. ¿Tan al margen de su cuerpo vivía? Sintió una pizca de ansiedad fugaz por estar encerrado, pero el suave calor del agua y de la iluminación lo envolvió enseguida y acabó con sus tensiones.

Era increíble: ¡tenía la impresión de estar flotando de verdad! Sus extremidades no podían permanecer sumergidas, subían al momento. Liberado de la gravedad y de los estímulos exteriores, Maximilien comprendió que sería ante todo un viaje interior. Sus piés y su sexo flotaban como objetos que hubieran sido depositados en la superficie, ajenos a él. ¡Qué cosa tan curiosa!

Cerró los ojos para dejarse llevar. Al principio, algunos pensamientos atravesaban su mente como nubes que pasan por el cielo. Luego se volvieron cada vez más dispersos. ¿Era lo que se conoce como estado de conciencia modificado? Probablemente. Por un instante, Maximilien pensó que lo que sentía debía de acercarse al estado de quietud del medio intrauterino. ¡Sí, estaba amniotizado! Muy despacio, impulsó un movimiento lento y fluido hacia la pared y la empujó con un dedo para flotar hacia el otro lado. Sí, esto debía de parecerse a cuando estaba en el vientre de su madre.

Esos nueve meses de gestación fueron los únicos momentos verdaderamente maternales que ella le había ofrecido. Aquel pensamiento fue como una sombra en su dulce ensoñación. Empezó a tener demasiado calor y entreabrió el habitáculo para que entrara un poco de aire. Aspiró una bocanada como si fuese un trago fresco. Al cabo de unos instantes, bajó de nuevo la puerta, en el momento en que, por desgracia, una gota de condensación cayó sobre su cara y se deslizó despacio hacia el ojo. Suplicio chino de la gota, lenta tortura. ¿No se le metería sal en el ojo si intentaba secárselo con un dedo? Por suerte, la sensación se desvaneció. Al hombre de negocios empezó a hacérsele interminable el estar flotando solo. La meditación todavía no era su fuerte. Al final, a su pesar, Romane se introdujo en su ensoñación. Y el tiempo pasó mucho más deprisa.

Al salir, Maximilien no andaba, flotaba. Esperó a estar en la tranquilidad del minúsculo habitáculo del Fiat para abrir el sobre azul. Hechizado aún por la experiencia sensorial que acababa de vivir, no pudo evitar acercárselo a la nariz para oler el perfume de Romane. Le pareció identificar un poco de la fragancia que debía de ponerse en el cuello. Era una nota manuscrita. Descubrió una letra fina que permitía intuir, entre líneas, un carácter bien afianzado mezclado con una sensibilidad a flor de piel. Ese contraste le emocionaba.

> Querido Maximilien:
> Acaba de vivir una experiencia sensorial única. ¡Estoy impaciente por que me cuente sus impresiones!
> No hay nada comparable a esos «momentos azules», esos ratos privilegiados para cuidarse, suspender la carrera desenfrenada de las «cosas pendientes» para dedicarse a «ser». Dejar de ceder a la dictadura de la velocidad, hacer lo necesario para cultivar la calma y el bienestar interior, ¡todo eso es un maravilloso despliegue para acallar sus inclinaciones bolineras!
> Cuidarse a sí mismo es el mejor servicio que puede prestar a cuantos le rodean. Yo llamo a eso egoísmo ilustrado. ¡Sé que le resultará sugerente! Que pase un buen día y hasta muy pronto.
>
> ROMANE

Maximilien releyó varias veces la misiva. ¿Se había tomado la molestia de escribir a mano una carta para cada uno? Le entraron ganas de averiguarlo, pero después razonó: ¡pues claro que le había escrito a todo el mundo! Su trabajo era hacerles vivir «cosas únicas» y reconducirlos para que fueran por el buen camino. Debía dejar de montarse películas. Sin duda era su ego, demasiado inflado, lo que le incitaba a sentir que era especial para Romane. ¿Por qué siempre tenía que creerse digno de un trato de favor? Puso en marcha el pequeño Fiat, aceptando poco a poco la idea de que un coche también pudiera contribuir a ponerlo en su sitio. Quizá el Santo Grial de la desbolinación estuviera al final del camino.

27

Romane miraba por la ventana de la cocina. Un instante de quietud que se concedía a menudo para recargar las pilas. Le gustaba observar cómo el árbol de enfrente vivía al ritmo de las estaciones. Incluso sus ramas sin hojas la conmovían. El grafismo depurado de esa silueta que el invierno había desnudado, como si el imponente castaño centenario se atreviera por fin a admitir su parte de fragilidad sin sentirse herido en su estatus de árbol bolinero. La naturaleza iba siempre un paso por delante de lo humano.

La joven se preguntó por un instante cómo estarían yendo las experiencias filosófico-sensoriales de los participantes. Se había divertido eligiendo conceptos diferentes. El habitáculo de flotación para Maximilien, que tenía muchas dificultades para ir más despacio y ceder. La cabina de flotación también le pareció una buena idea para Émilie, con la intención de inducirla, simbólicamente, a mimarse a ella misma en lugar de a su hijo, a centrarse en ella para aprender a no estar siempre encima de él y de los demás.

En cuanto al resto de los participantes, Romane había optado por un increíble masaje a cuatro manos para Bruno, poco acostumbrado a bajar la guardia para dejarse llevar, y para Patrick, a fin de que recuperara el contacto con su cuerpo con sobrepeso, que tenía tendencia a descuidar. Por último, Nathalie había participado en una sesión colectiva de cantos sagrados tibetanos, con el objetivo de que sintiera, mediante el canto, el beneficio invisible de crear vínculos y escuchar a los demás en armonía.

Poner los pensamientos en «off» y los cinco sentidos en «on» era, según Romane, uno de los secretos para conectarse, en el día a día, a la alegría de vivir y la serenidad. Algo que le parecía muy importante en caso de bolinería probada. Porque alguien que dedicaba tiempo a estar bien en su propia piel, tranquilo y provisto de energías renovadas, ¿puede caer de nuevo en comportamientos bolineros? No, seguro que no.

Impulsar a los participantes a cuidar de ellos mismos era ya una excelente etapa. Ahora habría que empujarlos todavía más lejos: que fueran capaces de dejar de ser el centro de su propia atención para interesarse de verdad por el mundo que los rodeaba. Acerca de eso, Romane tenía ya una idea y sonrió pensando en las sorpresas que estaba preparándoles.

Llegó al Centro a primera hora de la tarde con el maletero del coche lleno de paquetes, después de haber pasado una mañana ajetreada escogiendo aquellos curiosos regalos para el grupo. Una vez que lo hubo colocado todo, el aspecto de la sala de reuniones era el que tendría el salón de una casa la mañana de Navidad. Sobreexcitada, se frotaba las manos y confiaba en sorprenderlos a todos. Pero el regalo más bonito llegó en carne y hueso a las tres de la tarde. Lo ocultó en otra sala.

Le divirtieron las miradas sorprendidas de los participantes cuando llegaron. Debían de preguntarse qué contenían aquellos misteriosos paquetes.

Hablando de paquetes, Maximilien se acercó a ella como quien no quiere la cosa y le tendió uno. Romane levantó una ceja con expresión intrigada y falsamente desenvuelta.

—Tome, le he traído un pequeño recuerdo del instituto de belleza.

¿Debía aceptarlo o rechazarlo? Él debió de percibir su confusión.

—Cójalo —dijo para que se sintiera cómoda—, es una tontería.

Ella abrió el paquetito y descubrió un bonito frasco de bruma de almohada con aceites esenciales de lavanda y mandarina. Acompañado de una nota: «Para perfumar sus sueños y darle las gracias por haberme readmitido en el programa. M. V.».

El detalle la emocionó, pero se abstuvo de manifestarlo. Debía mostrar una neutralidad total, o de lo contrario no podría desarrollar correctamente su papel de guía. Y con él no era cosa fácil. Así que tomó la palabra:

—¡Buenas tardes a todos! Antes de nada, quería informarles de las repercusiones de su proyecto HappyLib': ¡han sido excelentes! La prensa ha hablado mucho de ustedes y su intervención en la tele ha dado en el blanco. ¡Enhorabuena! Creo que con esta operación han dado un gran paso en el programa. Y aprovechando esta circunstancia, propongo que de ahora en adelante nos tuteemos, si están de acuerdo.

Todo el mundo asintió.

—Como veis, hoy os he reservado algunas sorpresas para animaros por los esfuerzos que estáis haciendo y celebrar vuestros progresos. Esto me brinda también la oportunidad de presentar el nuevo tema de trabajo. Hace poco habéis aprendido la importancia de cuidaros, de estar tranquilos y provistos de energía para evitar caer en las trampas de la bolinería.

Uno de los paquetes se movió, interrumpiendo el discurso de Romane. «Tengo que darme prisa...» Carraspeó para atraer la atención del grupo hacia ella.

—La próxima etapa es aprender a dejar de ser el centro de vuestra propia atención y mirar a los demás. El objetivo, simbólicamente, es... —Romane hizo una pausa para conseguir un impacto mayor— ¡convertirse en el sol en la vida de alguien!

Se daba cuenta de que nadie entendía muy bien adónde quería ir a parar. Debía explicarse mejor.

—Darse, dar amor, ocuparse de alguien o de algo, ese es uno de los secretos para permanecer conectados a lo esencial y no caer de nuevo en los rasgos negativos de la bolinería.

El grupo la escuchaba, pero las miradas se volvían sin cesar hacia los misteriosos paquetes.

—¡Parece que estáis impacientes por ver las sorpresas que os he preparado! Son, por supuesto, pequeños regalos simbólicos, solo para poneros en el camino. No voy a haceros esperar más tiempo.

Romane comenzó el reparto. Primero le dio un paquete estrecho y alto a Nathalie, que rompió el papel sin miramientos y descubrió unas espléndidas orquídeas. Parecía a la vez contenta y perpleja.

—Las orquídeas exigen cuidados y atención. Me ha parecido un buen primer paso para aprender a darse.

El grupo aplaudió, contento de que la sesión se convirtiera en una especie de recreo, mientras Bruno recibía el siguiente paquete: le había tocado en suerte un conejo enano. Romane había apostado fuerte: cuando se conocía al personaje, había que preguntarse sobre su capacidad para dejarse llevar y dar cariño y ternura a ese animalito. ¡Ese era el objetivo! Se alegró al ver que no se enfadaba. Más bien estaba intrigado y sorprendido.

No podía sospechar que, cuando Bruno era pequeño, su madre nunca le había permitido tener una mascota, fuera la que fuese, y que, sin saberlo, acababa de hacer realidad un sueño infantil.

Patrick, por su parte, recibió una encantadora pareja de inseparables, esos pajaritos que le ofrecerían todos los días la visión de un amor tierno e incondicional. Ojalá fuera algo que lo inspirara para hacer evolucionar su concepción de la vida de pareja.

Émilie y Maximilien seguían esperando su sorpresa, pero encima de la mesa no había más paquetes. A Romane le pareció advertir una vaga decepción en la mirada de Maximilien. ¿Pensaba tal vez que se había olvidado de él, o que, como acababa de reincorporarse, no merecía un regalo? Pero enseguida los sacó de dudas.

—Lo vuestro es un poco especial. Vuestros regalos esperan abajo. Venid conmigo.

El cortejo avanzó por los pasillos del Centro con Romane a la cabeza, Émilie y Maximilien detrás de ella y el resto del grupo cerrando la marcha. Se volvió hacia Émilie cuando llegaron a la Zen Room.

—¿Estás preparada?

—¡Thomas! —exclamó la mujer al abrirse la puerta.

Thomas estrechó a su madre entre sus brazos con cierta contención. No obstante, le susurró las palabras que ella tanto ansiaba oír:

—Vuelvo a casa, mamá, vuelvo a casa...

El grupo asistía, feliz, a aquel emocionante reencuentro. Dejaron a madre e hijo en la intimidad y Romane condujo a Maximilien, quien debía de preguntarse qué había pensado para él, hasta la puerta de la cocina.

—¿Es Julie? ¿Es ella? —preguntó vivamente.

Romane puso un dedo sobre sus labios.

—¿Preparado?

Abrió la puerta con un gesto teatral. En el interior no estaba Julie. No había nadie. Maximilien se volvió hacia Romane, buscando una respuesta en su mirada. Era evidente que no entendía nada. Con la barbilla, Romane le señaló el suelo. Maximilien bajó los ojos y descubrió una bolita de pelo sobre unas patas de felino, ocupada jugando con un cordel.

—¿Es... es una broma?

Ah. Su reacción no era exactamente de entusiasmo, estaba claro, pero era de esperar.

—¡No, no, en absoluto! —respondió Romane—. He pensado que sería excelente confiar a tus cuidados a este animalito indefenso, que dependerá de ti para crecer como es debido. Y también creo que Pelota será una excelente profesora para enseñarte a compartir ternura.

—¿Pelota?

—Sí, así es como se llama. ¡Mira qué graciosa es! —dijo, cogiendo a la adorable gatita en brazos.

Maximilien miraba al animalito como si fuera un extraterrestre.

—¡Vamos! ¡Cógela!

—¡No! No... no sabría cómo... —protestó él.

Demasiado tarde. Romane le había endosado a la gatita y el hombre de negocios parecía tan apurado como si tuviera entre las manos una granada con el pasador quitado. Los dos se miraron como extraños, calibrándose el uno al otro. Entonces, Pelota sobresaltó a Maximilien al hundir la naricita en su jersey para olerlo.

«Bueno, las presentaciones ya están hechas», pensó Romane.

Ante el desasosiego de Maximilien, lo tranquilizó asegurándole antes de que se fuera que si en el plazo de un mes la cosa no funcionaba, el criador estaba de acuerdo en que le devolviera el gato. Él encajó el golpe sin rechistar. Pero estaba más pálido.

«Pobre», se dijo Romane, sin saber si pensaba más en el gato o en el hombre. Cuando se marchó al volante del pequeño Fiat, con el maletero repleto de montones de trastos, por un instante sintió compasión por él. Le hizo un gesto de saludo con la mano al que él no respondió.

Ay, ay, ay... ¿Veía Maximilien su sorpresa como un regalo envenenado? Quizá. Pero, pese a ello, la determinación de Romane no decaería. Era muy importante que Maximilien viviera esta nueva experiencia. Así y todo, ¡lo que habría dado por ver los primeros pasos de Maximilien con Pelota! Sí, le habría gustado ser un ratoncito en su bolsillo. ¿Conseguiría esa pequeña bola de pelo ablandar un corazón tan duro de pelar, tocar su cuerda sensible, liberar su parte más tierna, sacar sus preocupaciones del centro de su atención?

«Hay que hacer un seguimiento del caso», pensó la joven de regreso a las dependencias del Centro de Reeducación Antibolinería.

28

Maximilien había intentado poner buena cara mientras Romane seguía en el campo visual del retrovisor, pero en cuanto desapareció empezó a maldecirla por activa y por pasiva. ¿Cómo había podido embarcarlo en algo así?

Ella y sus ideas peregrinas... Empezaba a pensar que su método estrafalario rayaba el límite más extremo. La experiencia de la cabina de flotación por lo menos había sido agradable, ¡pero aquello! Recordaría durante mucho tiempo ese recorrido épico por París, durante el cual la gatita no había parado de lloriquear. Espantosos maullidos que le habían enervado tanto como el chirrido de la tiza al rayar una pizarra.

Aparcó y decidió dejar de momento todos los trastos en el maletero y subir solo lo imprescindible: ¡la jaula de la fiera! Buscó las llaves mascullando entre dientes y entró en casa. Se deshizo de la jaula dejándola sin contemplaciones en medio del salón. El odioso animal continuaba destrozándole los oídos con sus maullidos de condenado a cadena perpetua. ¿Qué había que hacer para poner fin a ese suplicio? El cuerpo de Maximilien rechinaba de pies a cabeza. Él y su manojo de nervios fueron a buscar el resto de los paquetes que esperaban en el coche. Arenero, comederos, croquetas para los primeros meses, neceser y un libro de ciento veintiocho páginas: *Cómo ser feliz con tu gatito.* Una broma sin ninguna gracia.

Maximilien cerró la puerta de un puntapié, lo subió todo y lo dejó al lado de la jaula. Luego, exhausto, se tumbó en el suelo todo lo largo que era, boca arriba, sobre la alfombra persa. «Floto, floto...», intentó decirse para recuperar las sensaciones tranquilizadoras de la cabina de flotación. Era evidente que su paz interior hacía aguas. Y los maullidos no dejaban de llamarlo al orden. Acercó la cara al transportín y vio el hociquito a través de los barrotes.

«¡Vaya cara más rara!», pensó Maximilien, contemplando el morro en forma de corazón del animal, una característica típica de los gatos korat. La iluminación le daba reflejos azules al pelaje. ¡Un gato-pitufo! ¡Le habían endosado un gato-pitufo!

—¡Chisss! ¡Para de llorar ahora mismo! ¡Es una orden!

Al oír el vozarrón, la gatita se replegó en el fondo de la jaula. Los maullidos cesaron un momento y Maximilien interpretó aquello como una victoria. Pero unos segundos después volvieron a atronar otra vez.

¡Por todos los demonios! ¡Debía acabar con esos desgarradores maullidos! ¿Había que coger quizá al animal en brazos? Sí, sin duda tenía que decidirse a hacerlo. Ya no podía más, así que abrió la puerta de la jaula, no sin antes luchar un poco con el pestillo, que le pareció muy poco práctico. A continuación, metió sus grandes manos para agarrar al minúsculo animal, que temblaba. Se acercó la bolita al pecho, apretándola con torpeza, y la miró a los ojos para poner las cosas en claro:

—Tú no esperes milagros, ¿vale?

Llevó a la gatita a la cocina, arrastrando con la mano libre la bolsa de croquetas. ¿Qué cantidad había que darle? Se agachó para situarse a la altura de la bolsa e intentar leer lo que pretendían ser unas instrucciones. ¡Había que ser veterinario para comprender semejante galimatías! En fin... Cogió un enorme cuenco y lo llenó hasta el borde de croquetas. Así estaba seguro de que el bicho no se moriría de hambre. La gatita apoyó las patas traseras en el suelo y las de delante en el borde del cuenco, olfateó con timidez la comida y le hizo ascos sin disimulo.

—A ver, ¿qué pasa? ¿No son buenas mis croquetas?

Maximilien intentó agarrar a la gatita, que debió de creer que su amo quería jugar al atrápame si puedes y salió a toda velocidad de la cocina.

—¡Vuelve aquí, salchichón con patas!

A continuación inició un auténtico safari por el piso para echarle el guante a la gatita de Radiguet, que tenía el diablo en el cuerpo.

—¡Vuelve aquí ahora mismo o te vas a enterar! —ordenó Maximilien, furioso.

¡Jamás habría pensado que fuese tan difícil atrapar a un gato como a una gallina salvaje! Puso la casa patas arriba. La gatita parecía estar pasándoselo en grande. Dejó varias muestras de pipí en varios lugares, uno de ellos el bonito jersey de cachemira que Maximilien había dejado en su dormitorio. Al cabo de un rato de persecución, se dio por vencido. ¡Que se fuera al infierno, ese maldito bicho!

Harto, se dejó caer en el sofá y encendió el televisor. Diez minutos más tarde, algo subió de un salto y asomó la cabeza por debajo de uno de sus brazos. Maximilien dio un respingo.

—¡Eh! ¿Se puede saber qué quieres?

La bola de pelo se instaló sobre sus rodillas con la pretensión de acomodarse para pasar la noche. Maximilien no se atrevía a moverse. Sin embargo, tres cuartos de hora más tarde, su estómago empezó a protestar. No iba a tener más remedio que despertar a la bestia. Pero más valía idear antes una estrategia, ¡no era cuestión de revivir el infierno de un rato antes! Había que canalizar al animal. Primero: utilizar el transportín mientras se organizaba. Segundo: construir el habitáculo con las rejas que le habían dado. Maximilien ejecutó el plan, orgulloso de haber recuperado un poco de lucidez. Montar las rejas resultó más complicado de lo previsto; él y los trabajos manuales no se llevaban bien. Pelota parecía divertirse de lo lindo dentro de la jaula.

—¡Bueno, ya está bien!

Por fin consiguió acabar. Depositó a la gatita dentro del recinto y observó el resultado. No se le daba tan mal, después de todo. Dispuso el agua, las croquetas, la bandeja sanitaria y el trapo-peluche en el interior y se dijo que había cumplido con su deber. Pudo comer por fin un piscolabis improvisado, tras lo cual, extenuado, se fue a la cama. ¡Menuda velada! ¡Apasionante! Estaba ya cogiendo el sueño cuando oyó un maullido. ¡No, por favor! De mala gana, se levantó a ver al gato.

—¿Qué te pasa? ¡Chisss, no hagas ruido! ¡Aquí algunos intentamos dormir!

La gatita dejó de maullar al ver a Maximilien. Pero en cuanto se quedó sola de nuevo, empezó otra vez. «¡No me lo puedo creer! ¡No voy a levantarme cada cinco minutos!» A grandes males, grandes remedios: Maximilien abrió el cajón de la mesilla de noche y sacó una caja de tapones para los oídos. Se los metió lo más profundamente que pudo, metió la cabeza debajo de la almohada y acabó por dormirse, aunque tuvo un sueño agitado, poblado de gatos-vampiros.

Cuando se despertó, tardó unos segundos en recordar la situación, pero al ver la bola de pelo dormida a sus pies, le dio un vuelco el corazón.

—¿Qué haces tú aquí?

¿No la había encerrado en su recinto antes de meterse en la cama? Inquieto, Maximilien se levantó de un salto para ir a ver el salón. ¡Parecía un verdadero campo de batalla! «¡No!» Le habían regalado un gato yamakasi: no solo el animal había conseguido saltar por encima de las rejas de sesenta centímetros de alto —primera hazaña—, sino que, además, había debido de practicar toda clase de acrobacias en la habitación: tobogán sobre uñas detrás del sofá, trampolín gigante en el sofá de piel, torniquete infernal con la mantita de mohair... Y ahí, ¿qué había...? ¡No!

¡Maximilien descubrió los cordones de su mejor par de zapatos transformados en espaguetis premasticados! Furioso, maldijo tan fuerte que debieron de oírlo hasta en la planta baja.

Cuando volvió al dormitorio, Pelota ya no estaba allí. ¡Lo que faltaba! ¿Dónde se había metido ahora? Buscó por todas partes como un loco y notó que el corazón se le aceleraba a causa del estrés. Pasó el cuarto de hora más largo de su vida. Y entonces, gracias a un trozo de cola que sobresalía, ¡por fin la encontró! Descubrió a Pelota acurrucada en un estante alto. Se había refugiado entre Zweig y Camus.

Pese a estar bastante impresionado por los indiscutibles gustos literarios de la gatita, Maximilien la agarró por la piel del cuello para meterla de nuevo en el transportín. Cuando la puerta estuvo por fin bien cerrada, se dio cuenta de que temblaba un poco. Ese dichoso bicho iba a acabar con él, debía encontrar una solución. Pelota lo miraba con aire contrito.

—¡No agaches las orejas, no, que no vas a conseguir nada! En cuanto se me presente una oportunidad, me deshago de ti.

Y fue a darse una ducha mientras elaboraba un plan de salvación.

29

Maximilien se había puesto su mejor traje (el aspecto era importante). Dio unos rápidos golpes con los nudillos en la portería.

—¡Señora Rodriguèz!

La portera lo miró con ojos atónitos, esperando que tuviera un motivo que justificase la molestia. No sonreía nunca.

—¡Fantástico el jardín interior! Las flores son magníficas.

Los cumplidos resbalaban sobre ella como si cayeran por su espalda.

Incómodo por su fracaso, Maximilien carraspeó para disimular.

—Verá, señora Rodriguèz, arriba tengo una a-do-ra-ble gatita que he traído para hacerle un favor a un amigo, y resulta que tengo una reunión muy importante dentro de menos de una hora. ¿Sería usted tan amable de hacerme un favor a mí y...?

—Ah, no siga, señor Vogue, lamento interrumpirlo... No es que no quiera hacerle un favor, ¿eh?, pero es que soy alérgica a los gatos. No sabe cómo me pongo, ¡un infierno!

La portera unió el gesto a la palabra para describir los terribles síntomas que no dejaban de manifestarse cada vez que estaba cerca de un gato: picor de garganta, ojos enrojecidos, estornudos... El acabose.

Maximilien frenó en seco aquel torrente de palabras. Si no le solucionaba el problema, no iba a aguantar encima el parloteo de la portera.

Volvió a subir a su casa, contrariado y ya con retraso. No tenía elección: tendría que llevar a Pelota a la oficina. Un plan B maduró en su cabeza mientras conducía hacia la sede de Cosmetics & Co. Nada más llegar, dejó el transportín encima de la mesa de Clémence.

—Clémence, ¿puede encargarse de esto, por favor?

Su asistente le dispensaba siempre una mirada admirativa, rebosante del deseo de satisfacerlo. No fue así en esta ocasión. Maximilien se preguntó si no estaría pasándose un poco de la raya. Bueno, ¿y qué? De momento, era la única solución. Debía concentrarse a toda prisa para dirigir la reunión.

—Y... ¿qué hago? —preguntó Clémence en un tono frío y de fastidio.

—¡Tiene carta blanca! —se desentendió él.

El resto del día se desarrolló sin tropiezos. Al menos para él. Clémence irrumpió en su despacho dos veces. Una, porque Pelota le había arañado, y otra, porque la gatita se había hecho pipí sobre su bonita blusa de seda.

Pero cuando Clémence se presentó por tercera vez (Pelota había destrozado el cable de su cargador de móvil) fue para dirigirle un ultimátum. Dejó el transportín de la gatita encima de la mesa de Maximilien y dijo en un tono melodramático:

—Señor Vogue, me niego a trabajar en estas condiciones: o ella o yo. Si me pide que mañana continúe ocupándome de ella, dimito.

Era previsible: una declaración de guerra. Maximilien calmó a Clémence y se disculpó por haberle encargado aquella misión tan delicada. Al parecer, su asistente había aprovechado bien los consejos de Romane para «aprender a poner límites». Suspiró, harto de aquel asunto. En fin, ya encontraría otra solución. Estaba preguntándose cuál cuando llegó un mensaje a su móvil.

Era Romane.

Hoy debes estar dispuesto a trabajar tu parte femenina. Quedamos a las siete en el cine Le Brady, Boulevard de Strasbourg, 39, 75010 París. P.D.: ¡Prepara pañuelos! Hasta esta noche. Romane.

¡Lo que faltaba! Como si el día no hubiera sido ya bastante rocambolesco, aquello sería la guinda. ¿Trabajar su parte femenina? Ay, ay, ay... Maximilien se esperaba lo peor. Ya se imaginaba teniendo que caminar con tacones de aguja ante las miradas burlonas de los demás miembros del grupo. ¡No, no y no! ¡No lo soportaría!

Por un instante estuvo tentado de no ir. Luego alargó un brazo hacia la foto de Julie, a la derecha de la pantalla. La Julie sonriente de la época en la que estaba bien. No tenía derecho a dejar aquello a medias; era preciso que llegara hasta el final y cambiara. Se lo debía a su hermana. Y a

Romane también por su indulgencia, puesto que había aceptado readmitirlo en el grupo. Maximilien pensó en lo que decía John C. Maxwell: «Un hombre debe ser lo bastante grande para admitir sus errores, lo bastante inteligente para aprender de ellos y lo bastante fuerte para corregirlos».

Pero ¿qué iba a hacer con la gata?

30

Romane tenía un día cargadísimo. Estaba impaciente por acabar la jornada laboral y llegar al cine Brady para lo que sabía que iba a ser una experiencia intensa con el grupo. En ese momento se disponía a recibir con Fantine a otro grupo, en este caso para una sesión de autodefensa antibolinería. Cuando entró en la sala, todo el mundo estaba ya sentado. Le sorprendió y alegró descubrir la presencia de Janine, la esposa de Patrick.

Había cuatro mujeres más, pero también un hombre, quien explicó que padecía la bolinería de su jefa. A grandes rasgos, aquella mañana el problema de todos los participantes era no haber podido decir lo que hubieran querido a una persona que se había mostrado particularmente bolinera con ellos. A instancias de Romane, Fantine había montado allí una cocina improvisada con diferentes utensilios para la demostración. Algo estaba cociéndose ya en el fuego.

Los participantes, que la miraban atónitos, se preguntaban qué tenía en mente esa mujer. Romane se puso un delantal con el logo del Centro de Reeducación Antibolinería y un gorro de chef, lo que hizo sonreír a los asistentes. Después escribió con una bonita letra en la gran pizarra negra que tenía detrás: «Receta para atreverse a llamar al orden a una personalidad con rasgos bolineros».

—Queridos amigos —comenzó—, todos ustedes se han encontrado alguna vez en la situación de tener que soportar un comentario o un comportamiento bolinero, fuera de lugar, injusto o agresivo.

Todo el mundo asintió sin reservas.

—En esos casos, no me cuesta nada imaginar su reacción: se mosquean, se les acelera el corazón, abren los ojos como platos, incrédulos, y, al mismo tiempo, el miedo los atenaza, porque enfrentarse a la agresividad o la injusticia resulta muy desagradable. Y es posible que se sientan indefensos a la hora de plantar cara.

Romane había dado en el blanco. Prosiguió su demostración mientras se recolocaba el gorro, que se había desplazado un poco hacia un lado.

—Frente a semejante situación, solo hay tres maneras de vivir las cosas.

Romane señaló con un dedo la olla exprés que llevaba un buen rato sobre la placa y estaba en plena ebullición, cogió un tenedor y levantó la válvula de despresurización. Un potente chorro de vapor escapó, emitiendo un ruido estridente muy desagradable.

—Una de las reacciones posibles es la lucha, el enfado. Como esta olla exprés, ustedes están en plena ebullición, bajo presión. Pero ¡cuidado con las reacciones explosivas! Luego veremos cómo expresar sin peligro un enojo sano y proporcionado. No dejarse avasallar es una cosa. Entrar en el juego del «ojo por ojo, diente por diente» es otra.

Romane levantó entonces la tapa de una cazuela y dejó que el vapor le humedeciese la cara.

—La segunda manera de reaccionar es el estilo vapor —explicó la joven—. Eso es, simbólicamente, volatilizarse. En otras palabras, huir. En caso de violencia física o verbal, es indispensable para ponerse a salvo. O, por ejemplo —añadió, volviéndose hacia el hombre—, marcharse de una empresa si uno es víctima de hostigamiento moral es también la decisión correcta.

Romane sabía que había metido el dedo en la llaga. Más adelante le propondría un acompañamiento personalizado para ayudarlo en su caso específico.

—Y, por último, el tercer modo: la cocción a la papillote. —Romane se acercó a un recipiente donde un pescado se cocía muy despacio—. ¡Eso es inhibirse! ¡Lo peor! Sufren la afrenta sin decir nada, se guardan todas las emociones dentro, la ira, la frustración, y comienzan a aparecer síntomas de somatización cada vez más graves.

—Tengo la impresión de estar metida de lleno ahí —no pudo evitar decir una de las participantes.

Romane le dirigió una sonrisa llena de comprensión.

—Sí, pero ahora nada de inhibirse. Voy a enseñarles a dejar de temer la confrontación y a plantar cara a las personas manteniendo el control y la calma, sin miedo ni agresividad.

La joven se quitó el gorro y el delantal y se acercó a Janine.

—Janine, ¿está de acuerdo en participar en un pequeño juego de rol?

—Sí, por supuesto.

—Bien. Voy a revelarles mi técnica de las tres frases mágicas para plantar cara a cualquier persona con tranquilidad y firmeza. Janine, ¿recuerda algo que le molestara mucho en su vida de pareja y de lo que nunca se atrevió a hablar con su marido?

—Pues, por ejemplo, cuando se burlaba de mi actividad profesional y del poco dinero que ganaba. ¡Como si fuese una niña manejando la paga semanal! Yo no decía nada, pero por dentro...

Romane la interrumpió riendo.

—¡Sí, me imagino lo que tenía ganas de replicarle! Bien, frase mágica número uno: «Patrick, cuando en repetidas ocasiones te has burlado del poco dinero que ganaba con mi pequeña empresa gestionada desde casa...». De ese modo presenta los hechos de manera concisa. Seamos claros: debe tirar a la basura las trescientas sesenta y cinco páginas de la novela que pensaba endilgarle. ¡A la papelera la interminable parrafada emocional, la confesión afectiva indigesta y cargada de reproches! Es preciso evitar eso a toda costa. ¡Hechos, solo hechos! Después, guárdese también para usted lo que le gustaría gritarle a la cara, cosas como «pájaro de mal agüero» o «loro deslenguado», en resumen, cualquier retahíla de nombres de aves es muy inoportuna. Hay que olvidarse también de los «voy a cortar una a una todas tus corbatas con las tijeras de los niños», con cara de sádica asesina en serie de guardarropa. Hay que descartarlo. Añadir «cara de rata» tampoco me parece necesario.

El grupo se echó a reír.

—En pocas palabras, por encima de todos esos infructuosos desahogos iracundos, debe preferir sacar del sombrero su frase mágica número dos, por ejemplo: «Me he sentido herida y nada valorada». Eso le permite expresar sus sentimientos con un «yo» y no con un «tú» que se convertiría en un reproche y provocaría agresividad.

—¿Y luego? —preguntó Janine, impaciente por conocer la continuación de la técnica.

—Luego, querida Janine, se guarda para usted toda tentación de amenaza, del tipo «Más te vale hacerlo o me transformo en la Glenn Close de *Atracción fatal*», o «A partir de ahora, si no me respetas, me convertiré en Freddy, tu peor pesadilla!». Se puede hacer algo mejor y, sobre todo, más eficaz: jugar la carta de la conciliación firme y comprensiva, en la que todo el mundo puede salir ganando. En su caso, Janine, esto podría conducir a la frase mágica número tres: «Patrick, ¿estás de acuerdo en evitar, en el futuro, ese tipo de frases hirientes y en pensar en valorarme en este proyecto, que es muy importante para mí? Si me siento apoyada, tendré el doble de energía y motivación para avanzar y ya verás como no tardarán en verse resultados. ¿Estás de acuerdo?». Esa frase le permite expresar su necesidad, sus expectativas, y encontrar un compromiso o un acuerdo satisfactorio para ambos interlocutores. Dicho con claridad, debe sentirse que los dos van a salir beneficiados.

El método parecía gustar a los participantes, que tomaban notas.

—Todo eso está muy bien, ¡pero algunas veces no hay lugar para el diálogo! —protestó una de las mujeres.

—En ese caso, cuando sientan llegar la violencia, deben

huir. Del mismo modo, están en su derecho de atajar los insultos, los comentarios hirientes y las críticas infundadas. Vale más irse y volver cuando uno está seguro de que podrá hablar en un clima más tranquilo. La clave es cultivar su afirmación del yo: cuanta más confianza tengan en sí mismos, menos mella hará la bolinería en ustedes.

Alguien llamó a la puerta. Era Jean-Philippe, quien le hizo una seña para que se acercase.

—¿Puedes venir a verme después? Te necesito para acabar de perfilar la sesión de esta noche en el cine Brady. Ha surgido un contratiempo, el establecimiento que nos sirve habitualmente la comida no está disponible.

Su padre parecía muy apurado.

—No te preocupes, voy enseguida. Ya casi hemos terminado.

Romane animó de uno en uno a todos los participantes a afirmarse en lo sucesivo gracias a las frases mágicas. Luego salió de la sala sin entretenerse para ir a ayudar a su padre.

31

Maximilien llevaba hora y media buscando una solución para el asunto de la gatita en lugar de ocuparse de la pila de expedientes urgentes que tenía. Navegando por la red había descubierto una curiosa profesión: *cat-sitter*, cuidador de gatos. ¡Fantástico!

Encantado con su hallazgo, a través de una página web especializada le propuso hacer una prueba a una chica que tenía unos comentarios excelentes. Como no tenía tiempo de pasar por casa antes de la cita establecida por Romane, quedó con la chica en la oficina para que recogiese a Pelota. No escatimó con el presupuesto para quedarse con la conciencia tranquila y le ofreció una generosa suma a Jennifer, la *cat-sitter*. Un taxi la llevaría a casa de Maximilien, donde podría ocuparse con tranquilidad de Pelota hasta que él llegara.

No le hacía mucha gracia darle las llaves a una desconocida, pero no tenía elección: debía confiar, y la página parecía seria. Jennifer podría pedir lo que quisiera para cenar, con tal de que se asegurase de que la gatita no causara más desperfectos en el piso. La chica miraba al hombre de negocios como si le hubiera tocado la lotería. A su edad, una misión como esa era un verdadero chollo.

Aliviado como un padre que acabara de encontrar un sustituto providencial, Maximilien saboreó el placer de ser de nuevo dueño de sí mismo y pensó en la agradable velada que iba a pasar.

No obstante, en el momento de ponerse el abrigo se acordó de que seguía sin poder recurrir a su chófer.

Órdenes de Romane. Y teniendo en cuenta el barrio donde los había citado, ir en su coche estaba totalmente descartado: ¡no encontraría aparcamiento ni por casualidad! Así que tendría que utilizar el transporte público, cosa que no había hecho desde su época de estudiante. O sea, hacía siglos.

No había hecho más que poner un pie en la calle cuando empezó a llover a cántaros. Sin duda, el cielo había decidido aportar su granito de arena enviándole aquella cortina de agua para darle más emoción a la experiencia. Maximilien bajó por la escalera del metro parisino con el paraguas chorreando sobre sus pantalones de franela. Compró un billete y, mientras empujaba el torniquete, un joven intentó pasar al mismo tiempo que él. No tuvo opción de impedírselo, tomó su espalda por un monopatín y después salió disparado como una flecha, con la música a todo volumen en los oídos.

Maximilien cometió el error de titubear un momento sobre la dirección que debía tomar y fue empujado por una riada de gente, impaciente y nerviosa, cuyas palpitaciones febriles él percibía como un pulso acelerado. Era la hora punta, claro. Los andenes abarrotados parecían salas de espera de urgencias. Las mismas caras tristes y enfermizas.

Luego llegó el tren, como una balsa tras el naufragio de la fragata *La Medusa*. Todo el mundo se metió en tromba en los vagones con una energía similar al instinto de supervivencia. Algunos se coagularon junto a la barra central. Otros se alojaron en los bancos como caries inamovibles. Por su mirada impenetrable u hostil, estaba claro que harían su agujero ahí, en esos bancos, contra viento y marea. El pronóstico de recuperar una plaza sentado parecía reservado. En Strasbourg-Saint Denis, el vagón vertió pasajeros como un flujo hemorrágico. Una sangría saludable. Respiraron un poco mejor. La recuperación duraría apenas unos minutos: Maximilien bajaba en la siguiente estación, Château d'Eau.

Salió de la boca del metro aliviado y contento. Como si la melancolía inoculada por vías subterráneas lo hubiera vacunado contra el semblante gris, haciendo surgir por contraste una alegría auténtica. Fuera, todo le pareció hermoso. Las luces, los edificios haussmannianos, la fachada del Brady.

¡Una vez más, Con Dos Bolas había apostado fuerte! Romane y su padre podían financiar este tipo de actos gracias a los patrocinadores de las giras de conferencias de la joven, que siempre contaban con gran repercusión en los medios de comunicación, así como a la generosidad de mecenas adeptos a la causa de la desbolinación conductual. Esa noche, por ejemplo, habían alquilado una de las pequeñas salas del cine Brady para organizar una sesión de trabajo llena de sorpresas y emociones para los participantes.

Maximilien, un poco afectado por la jornada, se alegró al ver que había preparado un apetitoso bufé para los participantes. El encargado del catering servía pastas y bebidas a las que el grupo hizo los honores. Parecían una nube de langostas.

Maximilien vio que Romane se acercaba a él.

—¿Qué tal con Pelota?

—Bien, bien... —mintió él con aplomo.

No iba a contarle precisamente a ella sus sinsabores. ¿Qué impresión daría si confesaba que se sentía desbordado por una gatita? Cruzaron unas palabras, pero la atención de Maximilien estaba puesta en otra cosa, en algún lugar entre los ojos, la boca y la fina mano de Romane, que sostenía una copa de champán.

Luego, los participantes fueron invitados a tomar asiento. Nathalie ocupó uno al lado de Maximilien; desde el proyecto HappyLib' habían simpatizado mucho. Observó cómo sus bonitos rizos castaños se movían al ritmo de su animada charla. Muchos hombres se sentirían atraídos. Él percibía las señales de vía libre y se preguntó por qué no se lanzaba. Una mirada hacia Romane le dio una parte de la respuesta.

Romane estaba delante de la gran pantalla, preparada para presentar el tema: «Cómo desarrollar nuestra parte femenina».

—En contra de lo que se piensa, esto vale también para las mujeres. En cuanto a los hombres, tranquilos: ¡no se trata en absoluto de feminizarse!

Maximilien suspiró aliviado: el espectro del juego de rol con tacones se alejaba.

—En la naturaleza hay siempre un equilibrio de fuerzas

—prosiguió Romane—. Seguro que conocéis el yin y el yang. Pues bien, con lo masculino y lo femenino pasa lo mismo. ¡Si uno u otro son demasiado dominantes, la falta de armonía está garantizada! Por eso es interesante reequilibrar los dos polos. La idea general es desarrollar la parte femenina aprendiendo a cultivar la redondez, la sensibilidad, el tacto, la amabilidad, la búsqueda de armonía. Lo femenino, como se desprende de lo dicho, es también abrir la puerta del mundo de las emociones.

—Pero ¿no hay un riesgo real de encontrarse desarmado y vulnerable?

Bruno no había podido evitar rebelarse, pero Romane acogió su reticencia con una sonrisa comprensiva.

—Es un prejuicio muy extendido, querido Bruno, que liberar las emociones puede hacernos más frágiles. Pero sucede todo lo contrario: contribuir a que aumente la agudeza emocional equivale a acceder a un séptimo sentido. Te da una dimensión humana todavía mayor. ¡Es como pasar de un mundo en blanco y negro a un mundo en color! Adquirir una nueva dimensión emocional es hacerse más fuerte, más vivo y más humano. ¿Sabéis que en la palabra «emoción» encontramos la raíz de la palabra «movimiento»? Sin emoción, te quedas paralizado. Mientras que, permitiéndotela, desbloqueas en ti una energía increíble. Eso es lo que os propongo que hagamos hoy.

—¿Qué nos has preparado? —preguntó Nathalie, excitada por esta nueva experiencia.

—Una verdadera secuencia de emociones, ni más ni menos. Yo me sentaré frente a vosotros durante la proyección, pero no estéis pendientes de mí.

«Esto va a ser duro», pensó Maximilien.

Romane le hizo una seña al proyeccionista para que empezase. Se apagaron las luces. Los asistentes contuvieron la respiración. Se sucedieron las primeras imágenes. Ah, no era una película. Se trataba más bien de un patchwork de fragmentos cuidadosamente elegidos por su elevada concentración de partículas emocionales. Maximilien comprendió por qué les habían dado pañuelos al entrar. Por suerte, él no los utilizaría. Nunca había llorado en el cine, y no iba a empezar a hacerlo hoy.

Sin embargo, Romane había puesto la mira en el punto sensible. Primero aparecieron unos fragmentos de *Billy Elliot*, en particular una de las últimas escenas de la película, cuando la abuela de Billy, enferma de alzhéimer, se despide de su nieto: lo abraza con fuerza y lo empuja hacia la salida para animarlo a que se vaya, cuando sabe que no volverá a verlo nunca más... Desgarrador.

Nathalie lloraba ya a moco tendido y, agarrada al brazo de Maximilien, se lo estrujaba con fuerza. Este intentó desasirse. La joven volvió hacia él su bonito rostro apenas descompuesto (los milagros del maquillaje resistente al agua) y le sonrió a través de las lágrimas.

—Qué bonito, ¿verdad?

—Mmm... Sí, maravilloso.

Maximilien apretaba los dientes. No estaba dispuesto a dejarse invadir por la emoción, que amenazaba con ser contagiosa. A pesar de todo, sentía su sensibilidad a flor de piel.

«Glándulas lacrimales activadas. Vigilancia de nivel ocho», se dijo Maximilien observando cómo iban cambiando de color las caras de sus compañeros.

Siguió *Alguien voló sobre el nido del cuco*. En este caso, Romane había elegido la escena final, cuando el Gran Jefe decide asfixiar a su amigo Randle utilizando una almohada porque lo quiere demasiado como para dejarlo vivir como un vegetal.

A medida que se sucedían los fragmentos, Maximilien comprimía sus sensaciones mientras se repetía sin cesar: «Un hombre no llora, un hombre no llora...». El rostro de su padre se superponía al de los actores. Lo veía tal como era años atrás: su dureza, su manera de enseñarle lo que debía ser un hombre, de explicarle que la sensibilidad era un cuento que se habían inventado las chicas para justificar su sensiblería crónica, que las emociones eran un truco de mujeres para desprestigiar a los hombres, que era la forma que tenían de abrir brechas y hacerte más frágil. Pero un hombre debía ser fuerte. En cualquier circunstancia. «Sentir no es propio de hombres. Lo suyo es actuar.»

Cruzó una mirada con Romane, que lo escrutaba desde su sillón-observatorio. ¿Qué esperaba? ¿Que derramase por fin una lágrima?

Los fragmentos seguían sucediéndose. *La milla verde*, *La lista de Schindler*, *Titanic*, *Memorias de África*, *La vida es bella*... Siguió *Kramer contra Kramer*, esa historia de un matrimonio roto enfrentándose para obtener la custodia de su hijo. Romane había seleccionado la escena en la que el padre le anuncia a su hijo la decisión del juez de no concederle a él la custodia. Su valor para fingir que se lo tomaba bien y, de este modo, que su hijo no notara su dolor, hasta el punto de proponerle al niño ir a tomar un helado para distraerlo y que no estuviera triste... ¡Amor en estado puro!

Maximilien sintió de pronto toda su intensidad y su belleza. Unos lazos que él nunca había tenido con su propio padre, que envidiaba y temía a la vez. ¿Era para protegerse por lo que había evitado concienzudamente dejar sitio a ese tipo de sentimientos en su vida?

No pudo reprimir una gruesa y única lágrima, que trazó un surco a lo largo de su mejilla. Su sensibilidad despertaba de un largo coma. Levantó los ojos hacia Romane. «Esto es lo que querías, ¿verdad?» La joven le sonrió, como si estuviera orgullosa de él. ¿Orgullosa de él por una maldita lágrima? ¡Era el colmo! No obstante, le devolvió la sonrisa, asumiendo lo extraño del instante. Permitirse la emoción producía sensaciones inesperadas.

32

Unos días después de la sesión en el Brady, Maximilien se dirigía al Centro de Reeducación Antibolinería todavía impresionado por las emociones que lo habían invadido en el cine y el talento de Romane para tocar una cuerda de su sensibilidad hasta entonces muda.

Ya en las instalaciones, los participantes que iban entrando en la sala descubrían, perplejos, una tela negra que ocultaba un objeto bastante voluminoso sobre la mesa central. ¿Qué otra cosa había preparado Romane? La joven creó un poco de suspense y retiró la tela de golpe para mostrar una magnífica estatua con un acabado en bronce antiguo.

Maximilien reconoció de inmediato una representación de los famosos «tres monos». Romane tomó la palabra:

—Dentro de un momento comprenderéis cómo van a ayudaros nuestros amigos los tres monos a no volver a caer en los errores de la bolinería. Seguro que conocéis su simbolismo en la sabiduría popular oriental. ¡Su interpretación se remonta a tiempos muy antiguos! Confucio ya decía quinientos años antes de Cristo: «No mires lo que es contrario a la rectitud; no escuches lo que es contrario a la rectitud; no digas lo que es contrario a la rectitud». Y Mahatma Gandhi llevaba siempre encima una estatuilla de los tres monos. A mí me ha parecido interesante imaginar un experimento que se inspirase en esa actitud.

«¡Otro experimento!» Maximilien sintió un ligero estremecimiento que a Romane no le pasó inadvertido. La joven le dirigió una discreta sonrisa de aliento. ¡Con tal de que esta vez su idea no fuese tan tonta como la del Cambio de Sillón!

—Vais a meteros en cierto modo en la piel de esos encantadores monitos a fin de experimentar tres cosas —prosiguió la joven—. Para empezar, una escucha plena y de calidad, con objeto de encarnar al mono que se tapa los oídos. A continuación, un discurso conciso y exacto, para encarnar al mono que se tapa la boca, negándose así a que salgan de ella palabras inapropiadas. Y, por último, una mirada correcta y no desvirtuada hacia las situaciones, las personas y las cosas, liberada del filtro deformante de los juicios intempestivos, para representar al mono que se tapa los ojos. Esto puede pareceros difícil, pero, con el tiempo, todo serán beneficios para vosotros.

»Qué maravilloso ver cómo se transforman vuestras relaciones y se vuelven cada vez más armoniosas... —Desafiando la mirada incrédula de los participantes, la joven continuó—. Mi propuesta es que viváis una jornada a ciegas, privados de la vista (mono número uno, vuestro primer filtro de juicio), a fin de poner a prueba vuestra calidad de escucha (mono número dos), sin utilizar la palabra salvo para formulaciones exactas y positivas (mono número tres).

Silencio entre los asistentes.

—Divertido, ¿no?

A juzgar por la cara de sus compañeros, Maximilien dudaba de que alguien estuviera muerto de risa.

Romane les explicó entonces el principio y los objetivos del experimento. Pero el oído de Maximilien, monopolizado por su inquietud y por la contrariedad de que se le impusiera de nuevo un experimento tan complicado, filtraba una palabra de cada tres.

—Bla, bla, bla... Ahora bien... ¿Qué es una escucha de calidad? Es ... saber ofrecer ... valiosa presencia de calidad. Bla, bla, bla... Pues, de lo contrario, podemos «estar sin estar», escuchar con filtros negativos ... Mucho más infrecuente es la escucha de plena recepción... Bla, bla, bla... probar... Al igual que el discurso conciso y exacto... Porque bla, bla, bla... las palabras proferidas demasiado deprisa son como flechas: una vez que las hemos lanzado, es inútil intentar recuperarlas... Y como dice el refrán, bla, bla, bla... Así pues, el objetivo es aprender a escuchar y a hablar con discernimiento.

Llegados a este punto intervino Patrick el Tripón, que, como de costumbre, no había entendido muy bien la explicación.

—¿Qué quiere decir «hablar con discernimiento»?

«Raro habría sido que no preguntara.» Maximilien, exasperado, no paraba de moverse en la silla, lo que le valió una mirada desaprobadora de Romane expresándole a las claras que Patrick tenía derecho a pedir una aclaración.

—Imagina —respondió la joven con amabilidad— que tu cerebro fuera como un servicio de aduanas, encargado de detener los malos pensamientos: los inútiles, los hirientes, los inapropiados, los injustos, los falsos. Y que hubiera que controlar cada palabra antes de pasar por la puerta de tu boca y ponerle el sello de «oportuna y bien intencionada». Eso es hablar con discernimiento.

Maximilien no pudo evitar pensar en ciertas palabras que podrían salir de su boca hacia los oídos de Romane, pero al instante se dijo que su aduana interna sin duda les estamparía el sello de «fuera de lugar».

La vio acercarse a la mesa, donde había un batiburrillo de objetos.

—Aquí hay un par de gafas negras totalmente opacas y un bastón de ciego para cada uno. Ya veréis como a veces se escucha mejor cuando no se ve.

—¡Pero no podremos orientarnos en el espacio sin ver nada! ¡Es una locura! —exclamó Bruno.

—No te preocupes, está todo previsto: cada uno de vosotros tendrá a su lado, para que lo guíe durante esa jornada, al mismo voluntario con el que contó para el Cambio de Sillón.

—¿Es necesario de verdad pasar por esto para entender la metáfora? —insistió Émilie.

—Confiad en mí. Lo que vais a sentir os permitirá dar un salto de gigante. No lo lamentaréis.

El entusiasmo de Romane venció las últimas reticencias y los miembros del grupo cogieron cada uno su equipo sin más protestas. Maximilien no tuvo más remedio que hacer lo mismo que los demás. Enseguida le entraron ganas de probar las gafas. ¡En efecto, la oscuridad era total! Hizo trampas y las levantó un poco mientras se dirigía hacia

Romane, que le daba la espalda. Le dio unos golpecitos en el hombro y la joven se volvió hacia él con un gesto brusco. Maximilien quería chincharla para contrarrestar la contrariedad que le producía ese nuevo reto impuesto y decidió hacer un numerito de invidente, buscando a tientas el rostro de la joven y alborotándole el pelo.

—¿Romane? ¿Romane? No encuentro la salida...

Ella emitió un chasquido de desaprobación con la lengua, pero él habría jurado que se debatía entre la risa y la reprimenda. Inmovilizó las manos de Maximilien, las colocó junto al cuerpo de su propietario y le quitó las gafas para que recuperase la vista.

—¡Maximilien, ya vale! Esto no es un juego.

—Qué pena... —repuso él, y le lanzó la mejor de sus sonrisas.

Lo expulsó de la sala sin contemplaciones, pero a él no lo engañaban. Habría jurado que Romane no era insensible a su jueguecito. Pasó del ascensor para bajar por la escalera y llegó a la calle más contento que unas pascuas, tarareando la canción de Édith Piaf: «Tu me fais tourner la tête»...

33

Y así, tres días más tarde, Maximilien se encontró en el vestíbulo de su empresa pertrechado con el equipo del perfecto invidente para vivir su «jornada de los tres monos». Clémence, por supuesto, había aceptado hacerle de guía, feliz de prestarle sus brazos y sus ojos.

—Buenos días, señor Vogue —le saludaban sus colaboradores, fingiendo no notar nada anormal.

Maximilien le había pedido a Clémence que enviara un correo electrónico general para informar de la situación. «Se trata de un experimento para mejorar la gestión de la empresa», había dicho a modo de explicación. Sus empleados lo tomarían otra vez por loco. Pero desde el experimento del Cambio de Sillón empezaban a acostumbrarse a sus chifladuras.

Clémence lo guio hacia los ascensores, y por el sonido de su voz él notó que estaba exultante. No le quedaba otra que ponerse en sus manos para no correr el peligro de darse de narices contra la pared en cada recodo del pasillo, pero, con el pretexto de guiarlo, ¿no se demoraban las manos de su asistente un poco más de la cuenta en su brazo e incluso en su espalda? Notaba el contacto de las palmas de Clémence agarrándolo, y no estaba seguro de que le gustara mucho. ¡Bah! Era por culpa del experimento, seguro, que le ponía los nervios de punta.

Pensó en Romane. ¿Hasta dónde iba a llevarlos? Debía reconocer que no le faltaba imaginación y que se prestaba a todo este teatro solo para no decepcionarla y ser fiel a su compromiso. Porque, de momento, la situación resultaba más que incómoda.

Como un niño dependiente, Maximilien tuvo que recurrir en todo momento a Clémence, quien hizo gala de una paciencia notable, pero no desaprovechó una sola ocasión de tocarlo. Los roces eran discretos, pero Maximilien comprendió por primera vez lo que las mujeres podían sentir en caso de acoso. Privado de la visión, Maximilien tenía la impresión de que los demás sentidos se agudizaban. Se le hizo evidente, por ejemplo, el perfume de Clémence, con sus notas de vainilla y animales. Nunca le había «saltado a la vista» hasta ese punto la faceta seductora de su asistente. Era como si «viese» a Clémence por primera vez y se percatara de pronto de sus intenciones respecto a él. La revelación le produjo un choque. Habría que evitar alentar aquello.

En el transcurso de la jornada, Maximilien se vio obligado a recurrir muchas veces a sus colaboradores y a delegar en ellos cierto número de responsabilidades. Era algo nuevo para él, acostumbrado a no contar más que consigo mismo. Pero estaba tomando conciencia del aspecto positivo que tenía apoyarse en los otros: no solo le dejaba más tiempo libre y más energía disponible, sino que aquello también contribuía a que valorase a sus colaboradores.

A las tres de la tarde recibió una visita sorpresa de Romane, que quería levantar la moral de las tropas y comprobar que todo iba bien. El tono jovial de su voz lo tranquilizó.

—Se lo tomo prestado un momento —le dijo, riendo, a Clémence, antes de asir del brazo a Maximilien para acompañarlo a su siguiente reunión.

Este no se hizo de rogar y saboreó el contacto con la joven. ¿No era él, ahora, quien tenía más ganas de la cuenta de demorarse? Caminaron juntos por los pasillos, precedidos de Clémence, que les indicaba el camino. Romane le preguntó por sus primeras impresiones. Él fanfarroneó un poco para explicarle que se las arreglaba de maravilla y que todo iba a pedir de boca. Notó que la joven estaba orgullosa de él y eso le hizo feliz.

Cuando llegaron a la puerta de la sala, Romane le anunció que ella no pasaba de allí y le deseó suerte para el resto de la jornada.

—¡Se lo devuelvo! —le dijo a Clémence.

Extraña impresión la de sentir que dos mujeres se lo pasaban de una a otra como si fuera un objeto...

—Gracias, Romane. ¿Sabe salir de aquí?

Algo en la entonación de Clémence sorprendió a Maximilien, algo que quizá no le habría llamado la atención si hubiera podido ver. Pero el caso es que... a Clémence no le caía bien Romane, ¡eso era evidente! ¿Por qué? Eso estaba menos claro.

—Me las arreglaré. Gracias, Clémence. ¡Hasta pronto, Maximilien!

Él oyó con pesar que la joven se marchaba. Clémence

volvió a asirlo del brazo para acompañarlo a la sala de reuniones. Estaba claro que su humor había cambiado. Esa forma crispada de apretarlo... Casi le hacía daño.

—Gracias, Clémence. Ahora puede dejarme —se despidió cordial.

La reunión fue surrealista. Imaginaba cómo verían la escena los diez directivos reunidos en torno a la mesa: Maximilien Vogue, con gafas negras y bastón de ciego, diciendo cosas muy raras.

—Hoy seré yo quien los escuche hablar.

¡Aquello era un cambio radical!

Maximilien intervino muy poco para experimentar la concisión y exactitud del discurso. Le sorprendió la cantidad de información que pudo captar solo a través de las variaciones de entonación de sus interlocutores. Las pequeñas tensiones, las provocaciones, las emociones a las que en circunstancias normales no habría prestado atención. Y como guinda del pastel, percibió con satisfacción un auténtico rebrote de motivación en sus colaboradores a la salida de la reunión.

Sintió un alivio indescriptible cuando la experiencia tocó a su fin y por fin pudo quitarse las gafas.

«Solo por este instante, valía la pena», se dijo, con la vista turbia, frotándose los ojos mientras se reaclimataban despacio a la luz.

Más tarde recibió un mensaje de Romane, que quería asegurarse de que todo había ido bien.

¿Qué tal la jornada a ciegas?

Ha sido una experiencia interesante, pero...

Pero ¿qué?

Parece que tengo un problema de persistencia retiniana.

¿Qué quiere decir?

Cuando cierro los ojos, veo una imagen.

¿Qué imagen?

¡La tuya!

Añadió un emoticono guiñando el ojo.

¡Muy gracioso!

Apareció una carita enfadada. Le encantaba hacerla rabiar.

Que termines bien el día, Romane.

Cerró el mensaje con un emoji sonriente. El emoticono sacando la lengua que recibió acompañando la respuesta le hizo sonreír.

Concentrado en el intercambio de mensajes, no vio llegar a Clémence.

—¿Buenas noticias, señor Vogue? —preguntó su asistente al ver el rostro sonriente de su jefe.

Maximilien se quedó pensativo un instante antes de responder:

—Sí, buenas noticias, Clémence, buenas noticias.

Miró el reloj. Las ocho menos cuarto. ¡Vaya! Se le había olvidado por completo avisar a Jennifer, la cuidadora de gatos, para decirle a qué hora llegaría. Hizo una breve llamada telefónica. La chica le pidió que no tardara mucho porque la esperaban para cenar. Maximilien recogió deprisa sus cosas y se dirigió hacia la salida. Con las prisas, se dejó el móvil encima del sillón.

34

Ocho y media de la tarde. Sola en las oficinas vacías, Clémence entró en el despacho de Maximilien y, como hacía con frecuencia, ocupó el sitio de su jefe. Se acomodó en su sillón. Pasó voluptuosamente la mano por la piel de los apoyabrazos. Se arrellanó contra el respaldo, estiró sus Louboutin y cruzó los tobillos encima de la superficie de trabajo.

Suspiró. En este lado de la mesa, el mundo encerraba algo muy excitante.

De pronto vio el móvil de Maximilien. Después de todo, ¿por qué no iba a permitirse cometer una pequeña indiscreción? Consultó los mensajes y encontró un intercambio bastante tierno con Romane que no hizo sino confirmar lo que había presentido esa tarde: su complicidad iba ganando terreno. Contrariada, salió de la aplicación y dejó con rabia el teléfono de su jefe donde estaba.

35

Llamaban a la puerta. Maximilien se despertó sobresaltado. Las diez y cinco. Se había acostado muy tarde la noche anterior y, después de una semana agotadora, quería aprovechar para dormir hasta bien entrada la mañana. ¿Quién vendría a incordiar un domingo? El timbre sonó de nuevo, con más impaciencia todavía. Maximilien se levantó mascullando y se puso un albornoz. Miró por la mirilla.

—¿Papá?

Incrédulo y molesto, le abrió a su padre y, sin saludarlo siquiera, se dirigió a la cocina para prepararse un café.

Su padre entró en el piso como en tierra conquistada, sin tomarse en serio el mal recibimiento que le había dispensado su hijo. Era lo habitual entre ellos.

—¿Sabes que es domingo? —gritó Maximilien desde la cocina—. ¡Los domingos la gente duerme!

Su padre inspeccionó el piso sin abrir la boca.

—¿Qué quieres? —le preguntó cuando volvió al salón con una taza de café ardiendo en la mano.

—¡Gracias por ofrecerme uno! —exclamó su padre, ofendido.

—¿Qué quieres? —repitió, haciendo como si no lo hubiera oído.

—Necesito que me devuelvas los palos de golf. Total, para lo que los usas...

—¿Y eso no podía esperar?

—No. He quedado esta tarde con un amigo para hacer un recorrido.

—Ah, pero ¿tienes amigos? —ironizó Maximilien.

La tensión entre los dos hombres podía palparse.

—Muy gracioso... ¿Qué es este horror? —preguntó su padre al ver a Pelota.

Maximilien se mordió el labio para no contestarle con demasiado acritud.

—Pues, como bien puedes ver, es un gato.

—Apasionante —dijo su padre con sorna—. ¿Ahora te gustan los bichos?

—Son más cariñosos que algunos humanos.

—¿Ah, sí?

Su padre se acercó a la gatita para intentar acariciarla.

—¡Ay! ¡Ese maldito animal me ha arañado!

Hizo un gesto para pegarle, pero Maximilien se apresuró a proteger a Pelota cogiéndola en brazos.

—¡Para! Es un cachorro y la has asustado.

Su padre se lamió el rasguño con cara de pocos amigos y siguió buscándole las cosquillas.

—¡Qué mal aspecto tienes! ¿Trabajas mucho últimamente?

«¿Desde cuándo te preocupas por mí?», le entraron ganas de replicar. Sin embargo, se limitó a dar una respuesta evasiva.

—¿Y Julie? ¿Está bien? —continuó su padre.

—Sí, sí...

Maximilien sabía que su hermana gemela no habría querido contarle nada a su padre. Acariciaba maquinalmente la cabeza de Pelota, sin darse cuenta de hasta qué punto su suave pelaje le calmaba.

Su padre echaba ahora un vistazo a los papeles que estaban sobre el secreter y encontró el folleto de Con Dos Bolas.

—¿Qué es...? ¡No me dirás que...!

Se echó a reír a carcajadas.

—Sí, sí, papá, estoy siguiendo ese programa. Quizá deberías pensar en hacerlo tú también.

Su padre se secaba las lágrimas que se le habían saltado con la risa.

—¡Me encanta ver que no has perdido el sentido del humor! Bueno, te dejo. Por cierto, un mensaje de tu madre: acuérdate de llamarla un día de estos. ¡No para de darme la tabarra con eso!

«Cuando no está participando en un torneo de bridge o haciéndose la manicura», pensó con amargura Maximilien.

—No dejaré de hacerlo —replicó él, acompañando a su padre a la puerta.

—Adiós, hijo.

Le plantó un beso seco en la frente.

El silencio se hizo escandaloso. Y el aire fue de nuevo respirable.

36

Por la tarde, Maximilien llegó al Centro de Reeducación tenso, todavía contrariado por la irrupción intempestiva de su padre esa misma mañana. Verlo y ponerse de los nervios era todo uno, siempre. La llegada de Romane lo calmó un poco, hasta que les anunció que la sesión de ese día podía no resultar fácil y quizá los alterara un poco. ¡Como si no tuviera ya la sensibilidad a flor de piel!

—Para continuar profundizando en la bolinería, intentemos comprender mejor de dónde nos viene. Para ello, os planteo una pregunta: ¿qué origina estos rasgos bolineros que rebrotan a veces en vuestra vida actual?

Silencio entre los asistentes.

—Veamos, lo que origina vuestros comportamientos inadaptados suele ser lo que se llaman «falsas creencias». Se trata de mensajes muy potentes, registrados en la infancia de manera inconsciente, como discos malos que ponéis una y otra vez y que, a vuestro pesar, alimentan certezas erróneas sobre vosotros mismos, sobre los demás y sobre la vida. La consecuencia es que esas ideas aprendidas o heredadas os limitan, os frenan. Por ejemplo, puede que, a causa de una educación demasiado estricta, creáis que nunca hay que ceder en nada, y que ser duro y fuerte en cualquier circunstancia es el único modo de salir adelante —dijo mirando a Maximilien, que intentaba aguantar su mirada sin pestañear—. O puede que creáis que os está vedado romper la tradición familiar. Que tenéis el deber de ser fieles a lo que se espera de vosotros, sin permitiros hacer lo que deseáis en realidad —añadió, con los ojos clavados en Émilie.

Romane hizo una pausa. Pasó un ángel. «Es una mujer muy fuerte», pensó Maximilien con admiración.

—Quizá creéis que, si no sudáis lo suficiente la gota gorda, lo que hacéis no tendrá mérito. Vuestra creencia puede descansar también en una generalización abusiva, como «la culpa siempre la tienen las mujeres». —Bruno, nervioso, aguantó su mirada—. O tal vez os han hecho tan poco caso cuando erais pequeños que, al llegar a la edad adulta, estáis convencidos de que, para haceros un lugar, es preciso imponerse por la fuerza.

Nathalie se sonrojó.

—O es posible que os hayan hecho creer que, para aparentar ser alguien que confía en sí mismo y sabe hacerse respetar, no hay que ser demasiado amable.

Patrick se miró los calcetines.

Maximilien observó a sus compañeros y constató que Romane había dado en el clavo en todos los casos.

—Sí, lo habéis entendido bien: para detectar vuestras creencias, estad atentos a los «Soy demasiado...», «No soy lo bastante...», «Jamás lo conseguiré...», «No soy capaz de...», «Siempre he sido...», «La gente es...», etc.

Después de esta explicación complementaria, la joven se dirigió con paso decidido hacia una gran bolsa depositada sobre la mesa central y sacó una docena de vinilos de treinta y tres revoluciones.

—Hoy os propongo cambiar literalmente de disco. En el primero, el disco malo, escribid con rotulador blanco vuestras viejas creencias limitadoras. Luego, en el segundo, el disco bueno, imaginad una nueva historia positiva para contárosla todos los días, que empiece con fórmulas positivas: «Soy capaz», «Tengo fuerzas», «Me merezco», «Confío»... ¡Esas creencias son mucho más dinamizadoras! Concedeos permisos y pensamientos valorizantes: ese es vuestro antídoto. Tenéis derecho a exteriorizar vuestras emociones; tenéis derecho a no ser perfectos en todo; tenéis derecho a ser sensibles.

Maximilien tragó saliva, más emocionado por aquellas palabras de lo que quería reconocer.

Romane empezó a repartir dos discos a cada uno, así como rotuladores indelebles de color blanco y dorado. Maximilien observaba a sus compañeros y se dio cuenta de que, pese a las claras explicaciones, había ciertas reticencias a la hora de prestarse al ejercicio. Los restos bolineros no tardaron en aparecer.

Se oyeron suspiros de desagrado y otras onomatopeyas que manifestaban irritación. Algunos ojos miraron hacia el cielo. Ceños fruncidos expresaron alto y fuerte su falta de ganas de devanarse los sesos. En resumen, chirriantes frenazos en seco que delataban el temor del grupo. Maximilien observó que Romane estaba confundida. Habría jurado que había empalidecido. ¿Cómo iba a salir del paso?

La joven se lanzó entonces a hacer una confesión inesperada.

—Durante toda mi vida he tenido que mostrarme a la altura de las circunstancias y creo que, si bajo la guardia, mi mundo se derrumbará por mi culpa.

¿Era posible? Pues sí. ¡La joven estaba contando sus propias creencias falsas para ayudarlos a ellos a relajarse! Al igual que los demás, Maximilien no se perdía detalle.

—Cuando... cuando mi madre murió, en un terrible accidente de tráfico, yo era todavía una niña. En fin, apenas una preadolescente. Y enseguida tuve que convertirme, a mi pesar, en el adulto de la casa. Mi padre, absolutamente destrozado, tardó mucho en salir a flote, y yo tuve que ser fuerte por los dos. El problema es que todavía hoy continúo estando demasiado alerta y no me atrevo a dejar espacio a mis fragilidades ni a aceptarlas, ¡como si mostrarlas pudiera abrir una grieta en el suelo y hacerme perder pie!

Esa confesión impresionó a todo el grupo. Maximilien cruzó una mirada con Romane y se estremeció. ¿Percibía ella lo mucho que le había conmovido? Imaginó a aquella niña, sola frente a responsabilidades demasiado pesadas para sus frágiles hombros, y el corazón se le encogió. ¡Cuánto debía de haber sufrido por no tener a nadie en quien apoyarse en esa época! Maximilien había intuido en Romane esa sensibilidad que parecía tener dificultades para aceptar y le habría gustado decirle que eso la hacía infinitamente más atractiva.

Ahora que había abierto el camino sobre el trabajo que había que hacer, Romane invitó a todos a ponerse manos a la obra. Las puntas de los rotuladores se desplazaban sobre los discos. Poco a poco, las falsas creencias salieron a la superficie, como viejos escándalos que uno habría preferido olvidar. Maximilien estaba sorprendido por el impacto emocional del ejercicio. Él mismo empezaba a sentirse atrapado por antiguos demonios.

—Si tenéis que llorar, hacedlo, no os reprimáis. ¡A veces se necesita una válvula de escape! Y dispongo de todos los pañuelos que hagan falta —añadió para tratar de distender la atmósfera.

Algo cedió dentro de la cabeza de Maximilien y, contra toda expectativa, se desmoronó. Unas lágrimas traicioneras brotaron en silencio. Su posición de hombre duro como una piedra había pasado a la historia. Romane, con tiento, lo animó a hablar. Sin atreverse a levantar la cara por miedo a encontrarse con la mirada de los demás, el hombre de negocios dejó salir las palabras.

—Me he pasado toda la vida creyendo que, para ser un hombre, un hombre de verdad, había que ser duro, no exteriorizar las emociones. Para mi padre, los sentimientos son cosa de mujeres. ¡Hay que ser fuerte! —explicaba Maximilien apretando los puños, imitando el gesto que su padre había repetido tantas veces delante de él—. Se aprietan los dientes y se sigue adelante. ¿Sabéis lo que significa ser fuerte todo el tiempo, controlarse en todo momento? —Se enjugó una lágrima. Hablar de su padre le revolvía el estómago—. ¡Muchas gracias, papá, por haberme transmitido ese esquema del mundo! ¡Gracias a ti he perdido veinte años de mi vida! Siempre sometido a una presión infernal porque debía ser el primero y mantener a los otros a distancia para evitar implicarme emocionalmente... Y al final, ¿qué he conseguido? Apartarme de la verdadera vida. Y de mí mismo. Una especie de anestesia general. No veía nada. No sentía nada. Creo que he vivido como un autómata. Y... y... —Lo más difícil se resistía a salir—. Cuando la persona más importante para mí necesitaba ayuda, estaba tan metido en mi burbuja, centrado solo en mis preocupaciones, en mi carrera, que no fui capaz de presentir nada. Mi... mi... hermana gemela, Julie... Cuando pienso que ha intentado... suicidarse. ¡Y yo no estaba ahí! No lo vi venir. Ahora se niega a verme, ¡me rechaza de plano! ¡La persona a la que más quiero en el mundo me rechaza!

Era la primera vez que Maximilien le hablaba de Julie al resto del grupo, que revelaba en público lo que Romane ya sabía. Sus hombros luchaban contra la amenaza de los sollozos, pero él se negaba a dejarlos salir delante de tantos testigos. El grupo respetaba con su silencio aquel momento de confesión.

—Vamos a hacer un descanso, ¿os parece? ¡Quince minutos! —propuso Romane para permitir que Maximilien se recuperara.

Él agradeció su gesto. Los participantes se dirigieron hacia la máquina de café mirándolo de reojo antes de salir. Debía de parecerles un bicho raro. ¡La había hecho buena! Ahí era a donde llevaba liberar las emociones. Furioso consigo mismo por haberse dejado llevar, se levantó de un salto para acercarse a la ventana. Al cabo de un instante, Romane estaba junto a él ofreciéndole un vaso de agua.

—No, gracias —respondió él, furioso.

La joven le puso una mano en el hombro y Maximilien intentó desasirse. Ella insistió en tenderle el vaso:

—¡Bebe! Te sentará bien.

—Qué desastre, voy de mal en peor.

Estaba de un humor de perros.

¿Por qué seguía mirándolo con esa expresión cordial? Era horrible. Debía de pensar que era un pobre hombre.

—No lamentes haber dejado salir todo eso que llevabas dentro. Es muy bueno que hayas sido capaz de hacerlo; muchas personas tardan años en conseguirlo. Esto va a permitirte dar un paso de gigante.

Maximilien no daba crédito a lo que oía.

—¿Qué opinión te merece un hombre que se echa a llorar delante de todo el mundo?

Romane lo miraba con intensidad.

—¿Tú qué crees?

Él desvió la mirada y bajó la cabeza.

—Maximilien, mírame. No tienes que avergonzarte de haber llorado. La vergüenza es un sentimiento aprendido. Deberíamos sentirnos siempre orgullosos de ser auténticos.

Aquellas palabras le emocionaron.

—Gracias —susurró.

Romane le puso una mano en la espalda para darle ánimos. Sus miradas se cruzaron. Maximilien esperaba ver en ella un poco de compasión, pero le sorprendió ver un destello de orgullo. Y también algo más. Fue un instante suspendido en el tiempo. Electrizante. Luego, el grupo volvió y se acercó para manifestarle su apoyo.

Maximilien vio a Romane apartarse y ocupar de nuevo su lugar de profesora. Pasaron el resto de la sesión creando el disco malo de sus creencias limitadoras y el disco bueno, es decir, el diálogo interior que debían repetirse para reforzar su confianza en sí mismos y decirle sí al universo.

Una vez que hubieron terminado, Romane les pidió que se levantaran y les propuso romper simbólicamente los discos malos y tirarlos hacia atrás al estilo ruso, por encima del hombro. La sesión finalizó entre un alegre caos, con trozos de disco volando de un lado a otro de la sala. Romane puso como fondo sonoro una música folclórica rusa mientras el equipo de Con Dos Bolas llevaba bebidas para ahogar las penas pasajeras. Curiosamente, Maximilien se sentía mucho más ligero. Al salir, el pequeño grupo se dispersó, pero Patrick el Tripón se quedó esperando a Maximilien.

—¿Hacia dónde vas?

—Hacia allí —respondió Maximilien, que había aparcado el coche un poco lejos.

—¿Te importa que camine un rato contigo?

—Si te apetece... —aceptó, sorprendido.

Recorrieron los primeros metros en silencio. Maximilien se preguntaba qué querría decirle Patrick. Después de la experiencia que acababa de vivir en la sesión del día, no tenía ganas de discutir.

—Ya sé que tú y yo no nos hemos entendido muy bien desde el principio, pero...

Esperaba que Patrick no hubiera elegido aquel día para ajustar cuentas con él.

—Solo quería decirte que hoy me has emocionado.

¿Cómo? ¿Había emocionado a Patrick? Maximilien estaba atónito. El hombre lo miraba de reojo, pendiente de su reacción, y decidió continuar:

—Sí, en serio. Me ha parecido muy valiente que te atrevieras a abrirte así, delante de todo el grupo, y, con sinceridad...

—¿Sí? ¿Y eso?

—Has ganado muchos puntos.

—Me alegro mucho de oírlo —ironizó Maximilien mientras llegaban a un semáforo—. ¡Cuidado!

Patrick, que iba un poco distraído, se disponía a cruzar la calle sin mirar cuando Maximilien le tiró bruscamente de la manga para obligarlo a subir a la acera. Un coche pasó a toda velocidad delante de ellos.

—¡Gracias!

Patrick había estado en un tris de ser atropellado, pero eso no le impidió seguir hablando de lo que ocupaba su mente.

—Maximilien, de verdad, no te lo tomes a mal, pero desde que empezamos el programa he tenido la impresión de que te burlabas un poco de nosotros, sobre todo de mí.

—No, no...

—¡Sí, lo he notado! ¡No soy tan tonto como parezco!

Por una vez, Maximilien se sintió un poco idiota.

—Nunca he pensado eso —creyó oportuno decir.

Por supuesto, Patrick no se dejó engañar.

—No vale la pena negarlo. Y además, a decir verdad, a mí me parecías un poco...

—Gilipollas, ¿no?

Los dos hombres sonrieron.

—En cualquier caso, lo que quería decirte es que hoy me has impresionado. Haberte atrevido a ser tú, sin todas tus máscaras de tipo duro. ¡A ver quién es el guapo, tío!

—Entendí la idea general, Patrick.

El hombre se rascó el cuello. Era evidente que aún le quedaba algo dentro.

—Lo de tu hermana gemela, ya sabes, lo de que se niegue a hablarte y todo eso. Me ha emocionado. A mí, mi mujer...

—También se niega a hablar contigo, ¿no?

Patrick miró al suelo y asintió con tristeza.

—En fin, ya sé que esto no va a cambiar nada, pero quería decirte que comprendo lo que sientes y que no eres el único que vive una situación así.

Maximilien se sintió de pronto emocionado por el gesto de Patrick y ese arranque inesperado de compañerismo. Habían llegado a donde tenía aparcado su pequeño coche de alquiler y los dos hombres se encontraban cara a cara. Maximilien miró a Patrick como si lo viese por primera vez. ¿Qué podía decirle? Le tendió la mano y Patrick la estrechó afectuosamente.

—Gracias, Patrick. Estoy conmovido. Tú tampoco estás solo. Espero de verdad que tu mujer y tú...

—Sí. Yo también.

Se separaron sin más muestras efusivas: pudor masculino obliga. Maximilien se prometió no volver a juzgar nunca más a nadie con tanta ligereza.

37

Romane entró en la tienda y la puerta tintineó alegremente al abrirse. Hacía un tiempo espléndido. Un sábado templado, raro en la región parisina. La joven había decidido premiarse con una tarde de compras. Desde hacía unos días estaba como una niña con zapatos nuevos. Los progresos de los participantes en el programa la ponían de excelente humor. Sobre todo desde el día de la confesión de Maximilien, cuando su caparazón por fin se resquebrajó.

¡Y aquella mirada que cruzaron! Fue como si hubiera visto en su interior, a través de sus ojos, y descubierto en esa ventana abierta un alma mucho más sensible de lo que hubiera podido imaginar. Cosa que no le desagradaba en absoluto. Romane se probó un conjunto rojo con estampado geométrico y dio una vuelta ante un Maximilien imaginario.

—Me llevo este, por favor —dijo con una amplia sonrisa, tendiéndole el conjunto a la dependienta.

Yasmina (según lo que ponía en la placa) pronunció una cantidad de tres cifras que la hizo sonrojarse y acto seguido palidecer. Bueno, si la tarjeta echaba humo, que lo echara. Mientras no lo dejara frío a él, a Maximilien... Era conmovedor que se hubiera venido abajo a causa de su hermana, por haber sido incapaz de ver sus fisuras.

Romane había hablado sobre ese asunto con él y Maximilien reconocía sentirse devastado por la actitud de Julie, que seguía negándose a mantener cualquier tipo de contacto con su hermano. Al final, había aceptado que Romane fuese a hablar con ella. Así pues, fue a visitarla a la clínica Eau Rousse. Recordaba la emoción que la invadió al conocer a la hermana gemela de Maximilien. ¡Se parecían tanto! Romane desplegó toda su capacidad de convicción para abogar en su favor.

—Su hermano está destrozado por no haber sido capaz de ayudarla.

Julie se echó a llorar y Romane le cogió la mano.

—Sé que he sido dura con él. Quizá demasiado dura. Él no tiene la culpa de que yo haya llegado a este extremo. Estaba tan mal que he querido hacerle cargar con toda la responsabilidad de lo que me sucedía. Creo que estaba muy resentida con él por haberse distanciado tanto en los últimos años. De niños fuimos como los dedos de una mano. Incluso mientras fuimos estudiantes. Pero luego se dejó seducir por el juego del ascenso profesional y no había quien lo parara. A mí también me fue muy bien durante un tiempo, pero el mundo de la moda es caprichoso. De repente comenzó el descenso a los infiernos. El teléfono sonaba cada vez menos. Los contratos se espaciaban. La impresión de caer en el olvido aumentaba. La sensación de flirtear con el vacío era continua. ¡Y encima, esa ruptura dolorosa, esa traición por parte del que pensaba que era el hombre de mi vida! ¡Tuve la impresión de ser aspirada hacia el fondo de un abismo oscuro y de que mi hermano casi se lo tomaba a broma! No pude soportarlo.

Gracias a esa conversación, Romane se convenció de que Julie empezaba a tomar perspectiva sobre la responsabilidad de su hermano en su caída. Eso era un gran paso. Ni que decir tiene que ella no había escatimado en elogios sobre Maximilien, sobre su implicación en el programa y sobre los progresos increíbles que estaba haciendo. Había puesto toda la carne en el asador. ¿Habría percibido Julie su debilidad poco profesional hacia su hermano? Confiaba en que no. El objetivo de su visita era hacerle comprender la importancia de recuperar a su hermano, de tener a su lado a alguien que la quería y la ayudaría a recuperarse.

—Todo el mundo tiene derecho a una segunda oportunidad, ¿no?

Julie asintió. Y aunque aún no se sentía preparada para ver de nuevo a Maximilien, la idea se abría camino en su mente. Sin duda, necesitaba tiempo para perdonarle sus omisiones, y todavía más para perdonarse a sí misma.

Romane pensaba en todo eso mientras entraba en una cafetería para beber algo fresco. Los participantes del programa no podrían avanzar mucho más sin obtener el perdón de los seres queridos a los que habían herido. Como mínimo, debían hacer algo que demostrara su voluntad de reconciliarse. Habría que centrar en ese punto la siguiente sesión, pensó, saboreando el refresco con finas burbujas chispeantes.

38

Dos días más tarde, Romane le expuso el proyecto al grupo: deseaba que cada uno pensara en una forma creativa de pedir perdón a una persona querida a la que hubiera herido.

—¡Exponed todas vuestras ideas! ¡Atreveos!

«Pedir perdón, pedir perdón... ¡Menudas ocurrencias tenía!» Eso es lo que Romane leía en sus miradas. Era verdad que la propuesta distaba mucho de ser aceptable para unas personas con comportamientos bolineros, porque pedir perdón significaba reconocer en parte sus errores. Las palabras del perdón despellejarían las bocas y arañarían los egos.

—¿Y si nos rechazan? ¿Has pensado en esa posibilidad? —masculló Patrick, reticente hasta la médula.

—Puede que suceda eso. Pero en cualquier caso tú saldrás ganando: pidiendo perdón, recuperarás la estima de tu mujer, pero también la tuya propia. Te habrás quitado un peso de encima. No tendrás remordimientos por no haberlo intentado. Así que, si la cosa no funciona, al menos te sentirás más ligero, tendrás la sensación de haber hecho lo que debías y de que estás preparado para pasar página con dignidad. Y, por supuesto, si funciona, entonces podréis construir de nuevo una historia sobre bases sanas y armoniosas.

Ese discurso acabó de convencer a Patrick. Parecía que empezaba a tomar conciencia de que vivir con él no debía de haber sido una bicoca y que lo que correspondía era pedir perdón por los mil y un atentados contra la sensibilidad que había cometido. Romane confiaba en que así fuera. Patrick quería a su mujer. Ella lo veía tan claro que pondría la mano en el fuego. Así que estaba encantada de verlo devanarse los sesos para encontrar una buena idea.

Igual de interesante era observar a Bruno reflexionar sobre el asunto. Él, que normalmente apenas dejaba traslucir sus emociones, mostraba ahora, a través de sus expresiones, algunos destellos de ternura. ¿Era porque pensaba en su anciana tía Astrée, a la que tanto había querido y de la que llevaba años sin recibir noticias? Expuso la idea que se le había ocurrido: ¡hacerse pasar por un repartidor y llevarle a su tía unas pastas hechas por él mismo! Romane aprobó el plan con entusiasmo.

En cuanto a Maximilien, parecía absorto en sus reflexiones. Romane decidió no molestarlo y se acercó a Nathalie y Émilie, que, en sentido estricto, no tenían que pedir perdón a nadie. Romane les propuso que pensaran en algo para entablar o reforzar vínculos con una persona de su elección. A Émilie se le ocurrió proponerle a su hijo ir juntos a pasar un rato agradable a un templo del arte y el diseño culinario. Nathalie, por su parte, se prometió llamar a una excompañera que le caía muy bien, pero a la que nunca se había tomado la molestia de conocer mejor. La invitaría a su casa y se emplearía a fondo en preparar una buena comida. Se interesaría de verdad por esa amiga potencial, por su trayectoria, sus gustos... ¡Pondría en práctica lo que había aprendido sobre la empatía y la escucha de calidad!

Romane los felicitó a todos por su creatividad. Maximilien esperó hasta el final de la sesión para contarle su plan, que a ella le pareció sorprendente.

La llamó quince días más tarde para contárselo todo. Había esperado a que la enfermera llevase a Julie al jardín para iniciar la operación. Catorce voluntarios aguardaban su señal para mostrar cada uno un cartel a través de las ventanas de la clínica.

P E R D Ó N J U L I Ǝ, leyó su hermana al volverse hacia el edificio (uno de los de la segunda planta había puesto la E al revés). Y en las ventanas del primer piso aparecía la firma: M A X.

—¡Genial! ¿Y cómo ha reaccionado?

—Para ser sincero, cuando la vi en el vestíbulo de la clínica, en medio de todas aquellas personas que nos miraban, estaba a medio camino entre la risa y el llanto. Pero luego... ¡se echó en mis brazos!

—¡Fantástico! Me alegro muchísimo.

—Ha sido todo gracias a ti.

—Lo único que yo he hecho es cumplir mi misión.

—No seas modesta. Te debo mucho y no sé cómo darte las gracias por haberme devuelto el cariño de mi hermana.

—Siguiendo el programa hasta el final.

—Veremos lo que se puede hacer.

En el tono de su voz, Romane percibió que estaba dispuesto a esforzarse al máximo.

39

«Dios mío, ¿por qué tiene que pasar el tiempo tan deprisa por la mañana?», refunfuñó Romane mientras corría una media maratón por su casa para coger de aquí y allá todas las cosas necesarias para el fin de semana. Faltaba menos de media hora para que su padre pasara a buscarla. ¡Había que pensar en todo! No solo terminar de hacer la maleta, sino también llevar los documentos impresos, además de todos los pertrechos necesarios para las agradables sorpresas que pensaba darle al grupo. Con el paso de las semanas los lazos entre los miembros se habían reforzado más y Romane se felicitaba por ello. La amistad le parecía un buen primer paso en el camino hacia el altruismo, como una especie de prima lejana.

Esta fase del programa era el momento idóneo para invitarlos a un fin de semana largo entre relajante e iniciático, para celebrar los progresos obtenidos y, a la vez, avanzar en las enseñanzas en un marco inspirador.

Habían quedado delante del Centro, que ponía dos coches a disposición del grupo. El interfono sonó. Romane corrió a abrir maldiciendo la maleta, que se negaba a cerrarse. Su padre la conocía de sobra y ella le agradeció que no hiciera ningún comentario sobre su nerviosismo. Jean-Philippe sabía que siempre se estresaba cuando tenía que salir de viaje. Apartó con suavidad a su hija de la maleta para cerrarla él. Su calma y su fuerza consiguieron imponerse de inmediato al recalcitrante equipaje. Lo cargaron todo en el ascensor.

Jean-Philippe se sentó al volante. Romane siempre se maravillaba de la tranquilidad que había sido capaz de desarrollar y que contrastaba enormemente con sus antiguas tendencias bolineras. El trayecto transcurrió en silencio. Romane estaba nerviosa. Desmenuzaba un pañuelo de papel que tenía en las manos. ¿Lo notaba su padre? Sí, seguro. Sin embargo, se mostró discreto y no le preguntó nada, lo que ella le agradeció mucho.

Cuando llegaron a la puerta del Centro, todo el mundo estaba ya allí. Patrick, Émilie, Bruno, Nathalie y... Maximilien. Reinaba un ambiente de colonias estivales y todos conversaban animadamente. Romane empezó a charlar con Maximilien, lo que no le pasó inadvertido a su padre. La joven veía a Jean-Philippe lanzar miraditas en su dirección, como para tratar de saber más, con las antenas puestas. Solía compartirlo todo con él, pero en este caso le apetecía preservar su jardín secreto. Le pareció leer un poco de inquietud y de desaprobación en los ojos de su padre. ¿Tendría miedo de que se aventurara en un terreno peligroso con ese señor bolinero que podía herir a su hijita? Por primera vez desde hacía mucho, se sintió molesta de verdad por las tendencias superprotectoras de su padre, de modo que se las arregló para darle la espalda y evitar que pudiera seguir viéndole la cara. Jean-Philippe comenzó entonces a refunfuñar sobre lo tarde que se estaba haciendo y les metió prisa a todos para ponerse en marcha a fuerza de repetir con impaciencia «Vamos, vamos, vamos».

Maximilien se ofreció para conducir. Le había tomado gusto desde que prescindía de chófer. Romane se acomodó delante y Nathalie se sentó en el asiento de atrás. Jean-Philippe se puso al volante del otro coche. Se dirigían a la Alta Normandía y allí los GPS no siempre funcionaban, así que sería útil contar con alguien que conociera el camino cuando se acercaran al destino.

El trayecto duraría dos horas. Dirección: Los Manzanos de lo Posible, una auténtica casa solariega. Romane les explicó el concepto de aquel lugar que había creado con su padre y que combinaba arte, filosofía y desarrollo personal. Una vez allí, el grupo conocería a Sofia y Vincent, la pareja de atípicos anfitriones que llevaban el establecimiento en colaboración con el Centro de Reeducación Antibolinería.

No se produjo ningún incidente por el camino, salvo que Romane estuvo todo el rato con los nervios a flor de piel. Dos horas en un habitáculo cerrado, sintiendo que la mano de Maximilien le rozaba la rodilla cada vez que cambiaba de marcha, era un pequeño suplicio. Bastante dulce, desde luego, ¡pero un suplicio al fin y al cabo! La joven se alegró al ver que llegaban.

En cuanto el grupito bajó de los coches, Romane los reunió a todos en el salón de la vieja construcción normanda con un encanto innegable.

Los participantes se acomodaron en un inmenso sofá

rojo en forma de semicírculo, con grandes cojines en diferentes tonos de violeta. Una imponente chimenea vertical, cuya estructura de madera maciza llegaba hasta el techo, confería majestuosidad a la estancia. Sobre su cabeza, una bonita lámpara con bombillas en forma de vela iluminaba con calidez los rostros. En el techo, las vigas vistas contrastaban con el blanco de las puertas acristaladas que se abrían al jardín.

Sofia y Vincent les dieron la bienvenida de pie frente al grupo. Ella, una guapa morena de pelo largo, vestía unos pantalones negros de corte *sarouel* que contrastaban con el estampado oriental de la prenda superior que le cubría el torso. Él era un joven bien plantado, con el pelo rapado, barba fina, facciones marcadas y ojos chispeantes. La pareja desprendía un buen humor contagioso.

—Sofia y Vincent os enseñarán las habitaciones, pero, antes, voy a pediros que me dejéis vuestros juguetitos electrónicos —dijo Romane, sonriendo.

—¿Nuestros qué? —preguntó, inquieto, Maximilien.

Romane se acercó a él sin dejar de sonreír y tendió la mano abierta, esperando que le entregara algo.

—Tu teléfono, Maximilien.

Él la miró, estupefacto.

—¡No pienso prescindir de él!

Comenzó un pulso visual.

—¡Ese teléfono ocupa demasiado espacio en tu vida, confía en mí! Debes aprender a des-co-nec-tar-te.

Romane levantó la voz un poco más de la cuenta y su padre se acercó.

—¿Algún problema?

Al parecer, Jean-Philippe había decidido intervenir en todo, cosa que sacó de nuevo a Romane de sus casillas.

—No, papá, ningún problema. Tan solo le explicaba a Maximilien la importancia de dedicar tiempo a las cosas esenciales prescindiendo un poco del móvil. —Se volvió hacia él y añadió—: Podrás disponer de él una hora, por la noche, para consultar los mensajes. Prometido.

Maximilien había perdido la partida. Sacó de mala gana el móvil del bolsillo y se lo entregó a Romane refunfuñando. Esta no cedió. ¡Peor para él, si no le hacía gracia! Su misión era hacerle descubrir otras sensaciones, menos artificiales, más auténticas, que le permitirían reencontrarse. Con todo, le resultaba difícil contrariar a Maximilien en un momento en el que lo que le apetecía era acercarse más a él.

Romane impuso a los demás participantes la misma obligación y recogió los juguetes electrónicos en una cestita, como si fueran manzanas del jardín. Explicó que esos objetos, que en principio solo tenían un propósito funcional, se habían vuelto peores que los objetos transicionales: tiranos que imponían su dictadura de omniconexión, vampirizando el tiempo presencial que teníamos para otros, creando una dependencia nefasta, una adicción que reforzaba la ansiedad del propietario, mantenido a su pesar en un constante estado de vigilancia.

Romane quería que el grupo probara las virtudes de la calma, la auténtica, la que permite volver a conectarse con uno mismo.

Por el momento, los participantes no lo veían igual que ella y ponían cara de pesar al separarse de su objeto fetiche, con una sensación cercana al acto de desnudarse. Subieron a las habitaciones sin dejar de lanzarle miradas asesinas.

«Espero que el programa que les he preparado para el fin de semana sea suficiente para que me perdonen.»

40

Después de haber tomado posesión de su cuarto, Maximilien decidió pasear por el gran jardín. Entonces empezó por fin a relajarse. Porque, para ser sincero, al principio le había dado miedo meterse en un agujero como aquel, apartado de la civilización.

En el coche, mientras se dirigían hacia allí, primero se había preguntado qué cosas atípicas les reservaría el programa del fin de semana. A decir verdad, la perspectiva de permanecer enclaustrado en un lugar perdido y rodeado de vegetación no le entusiasmaba en absoluto. Urbanita acérrimo, había desarrollado la creencia (otra más) de que el campo y él nunca harían buenas migas. Temía ser presa de un aburrimiento mortal. Sus temores se confirmaron al cruzar la verja de Los Manzanos de lo Posible: estaba en medio de ninguna parte. Ni una sola tienda, ni un solo entretenimiento a la vista. Verde. Demasiado verde.

Pero la presencia de Romane cambiaba las cosas. Justificaba por sí sola el desplazamiento. Le parecía haber notado indicios de una atracción mutua, aunque no acababa de estar seguro. Le seguía preocupando lo que había mostrado de sí mismo durante la sesión sobre las falsas creencias. Temía que la imagen de él llorando jugara en su contra. ¿Qué pensaría Romane de un hombre que muestra así sus debilidades? Maximilien deseaba aprovechar el fin de semana para averiguar cuáles eran los sentimientos de la joven respecto a él y aclararse con los suyos.

El cielo presagiaba tormenta. Maximilien se vio obligado a acortar el paseo y unirse al grupo en el gran salón. La humedad había traído también algo de frío. Vincent, el anfitrión, encendió la chimenea, y el fuego no tardó en proyectar destellos de luz en la habitación.

Sofia llegó con una bonita bandeja de hierro forjado elaborada en una herrería local, cargada de tazas de chocolate caliente y pastas caseras. Reinaba un ambiente alegre y distendido al que Maximilien estaba poco acostumbrado. Él era el primer sorprendido del placer que le producía estar con aquellas personas en aquel rincón apartado del mundo.

Algunos se habían congregado alrededor de Vincent, que, inspirado, improvisaba con la guitarra. En cuanto a Sofia, había sacado una curiosa caja. Estaba claro que se trataba de un juego de cartas. Maximilien se acercó y leyó la tapa: El Juego del Fénix.

—¿En qué consiste? —preguntó con curiosidad.

—Es un tarot filosófico —respondió Sofia con una sonrisa.

—¡Ah! Entonces ¿va a transformarse en pitonisa?

—No, en absoluto. No se trata de un juego adivinatorio. De hecho, cada tirada solo ilumina a la persona sobre una situación o una parcela de su vida, por eso las cartas se conocen con el nombre de «llamas».

—Qué interesante.

—¿Quiere probar?

Maximilien percibió una pizca de desafío en su voz y se sintió tentado. En el fondo no creía en esas cosas, pero, después de todo, ¿tenía algo mejor que hacer, cuando se le había privado del móvil y de la posibilidad de mantener contacto con el exterior? Sofia le indicó que se sentara y le pidió que hiciera una pregunta. Maximilien aprovechó que estaba un poco apartado del resto para atreverse a formular la que le obsesionaba: cómo podían evolucionar sus relaciones, en particular con las mujeres.

Sofia volvió a sonreír y le tendió el abanico de cartas con el objetivo de explorar la pregunta desde diferentes perspectivas.

En los minutos siguientes extrajo, una a una, seis cartas, tres de las cuales atrajeron especialmente su atención. La primera hablaba de su energía del momento: la carta de la Tempestad desatada, que simbolizaba un torbellino saludable de cambio, una ola capaz de barrer sus viejos métodos y sus costumbres nefastas, y de conducirlo hacia lo nuevo y regenerador.

«Impresionante», pensó Maximilien.

La segunda revelaba sus deseos íntimos a través de la carta de la Miel. Se le puso la carne de gallina. La llama iluminaba su secreto deseo de encontrar la felicidad en su «otro», un precioso amor que, a semejanza del néctar que es la miel, curaría sus heridas y le aportaría la dulzura y la alegría de las que había carecido hasta entonces.

—Interesante —dijo, lacónico, intentando disimular su turbación.

La tercera carta, que debía revelarle cómo lo percibían las mujeres, le arrancó una mueca: ¡un dragón lanzando fuego por la boca! «¡Encantador!»

—Maximilien, ¿tiene a veces la sensación de que da miedo, de que se impone demasiado?

—Mmm... Puede ser. ¡Pero de ahí a ser percibido como un dragón...!

—Lo que el juego quiere decirle a través del Dragón es que tenga cuidado para no herir a los demás con palabras «carbonizantes». Y que se muestre más cordial, en especial con las mujeres, más comprensivo.

Maximilien miró en dirección a Romane y se preguntó si ella también lo consideraba un horrible dragón. Sofia percibió su inquietud y quiso tranquilizarlo.

—No se preocupe: ¡no es algo irreversible! Hay medios a su alcance para domar al dragón.

En ese preciso momento, Nathalie se acercó a ellos e interrumpió la conversación.

—¡Es la hora de pasar a la mesa! —exclamó alegre—. ¿Vienes, Maximilien? —añadió, tendiéndole el brazo.

Mientras se alejaba, Sofia lo llamó.

—Si quiere, después de cenar podría hacerle una tirada complementaria... para iluminarlo sobre la última carta.

Dio unos golpecitos con el dedo sobre el Dragón, haciéndole un guiño de complicidad a Maximilien, que se aclaró la garganta.

—¡Estupendo, Sofia! Gracias. Luego nos vemos, entonces.

Alcanzó a Nathalie para ir a cenar y dejó que lo condujera hasta el comedor cogidos del brazo. Romane les lanzó una extraña mirada. Esperaba que no interpretara mal su proximidad con la joven.

Comió distraído y escuchó igual de despistado la cháchara de Nathalie. No eran imaginaciones suyas: estaba coqueteando con él. En otros tiempos habría respondido en el acto a sus insinuaciones. Pero ahora solo tenía ojos para Romane, y todo eso de las llamas lo interpretaba en relación con ella, sabía de los tiempos modernos y de ojos no tan sabios, sobre todo cuando, entre plato y plato, también lo miraba a él.

Estaba impaciente por escuchar las últimas revelaciones de Sofia para saber cómo conseguir que dejaran de percibirlo como un dragón. Sería una lástima que espantara a la única mujer a la que dejaría entrar gustoso en su castillo.

41

Después de cenar, todos regresaron al salón a paso lento y relajado. Romane entró en la estancia con la cesta que contenía los teléfonos de los participantes. Se acercó a Maximilien para invitarlo a recuperar el suyo.

—Ah, gracias, Romane —dijo con aire despreocupado.

Lo cogió y se lo guardó distraído en un bolsillo de la chaqueta antes de volverse hacia Sofia, que acababa de sentarse frente a él.

Romane dio media vuelta y Maximilien la siguió con los ojos. Habría jurado que a ella le hubiese encantado quedarse allí, escuchando a Sofia dar sentido a las cartas tiradas.

—Bueno, Maximilien, le propongo una tirada complementaria para poder darle unos consejos que le permitan dejar de ser percibido por las mujeres como un dragón. ¡Vamos, extraiga la primera carta!

Maximilien temía un poco ver la llama que se disponía a poner boca arriba, aunque al mismo tiempo se sentía excitado. Por más que no creyera en el poder de las cartas, ese juego parecía ofrecer un impresionante efecto espejo a quien se atrevía a practicarlo. Extrajo la llama del Jardín, que representaba, en efecto, un bonito vergel situado en el interior de una especie de fortaleza, rodeada de murallas. Un enorme pie apuntaba hacia la puerta entreabierta, como si esperara una invitación para entrar. El jardín en sí mismo era de una exuberancia increíble y ejercía una irresistible atracción. Maximilien estaba pendiente de la reacción de Sofia.

—Simbólicamente, esta llama le invita a dejar entrar al otro en su intimidad. ¿Le dice eso algo?

—Mmm... Sí, bastante —susurró Maximilien, pensando sobre todo en Romane.

—Es muy interesante en relación con la carta del Dragón, porque cuando la bestia baja la guardia, ¿a qué da acceso?

—Pues... no sé... ¿A un tesoro?

—¡Exacto, Maximilien! ¡Eso es! ¿Y cuál es el tesoro que usted puede encontrar?

Él tenía la respuesta, pero no se atrevía a dejar que la palabra saliese de sus labios. Sofia respondió por él a media voz:

—Sí, se trata justo de eso. ¡El amor! Pero para ello debe bajar el puente levadizo a fin de permitir el acceso a su jardín.

Maximilien se sonrojó un poco, algo que no le ocurría desde que era un colegial.

Romane, en la otra punta de la habitación, estaba concentrada en una partida de ajedrez con su padre. ¿Iba ganando? No habría sabido decirlo desde la distancia a la que se hallaba, pero le pareció encantador el frunce de concentración en su frente.

—Y ¿qué puede hacer para abrir esa puerta? —prosiguió Sofia.

Maximilien extrajo otra llama: el Niño.

—¡La llama del Niño! Aquí tenemos una abierta invitación a estar menos en «su adulto» y divertirse más. ¡Recupere la capacidad de maravillarse y de ser espontáneo! Es evidente que hasta ahora se ha impuesto un excesivo control. El adulto le enseña al niño a no tener miedo de la noche, y el niño le enseña al adulto a no tener miedo del día. ¡Debe dejar hablar a su corazón sin intentar racionalizarlo todo! Atrévase a vivir con plenitud la experiencia que la vida le propone. Y ahora, veamos qué debe cambiar en sus relaciones con las mujeres.

Maximilien extrajo entonces la carta del Fénix, la más especial del juego. Simbólicamente, el antiguo Maximilien, percibido como un dragón, debía morir para que naciera el nuevo Maximilien, capaz de abrir su corazón. ¡Un auténtico renacimiento!

La tirada lo había emocionado mucho más de lo que habría creído. Levantó los ojos hacia la escalera, donde vio a Émilie, Patrick y Jean-Philippe, que subían a acostarse. ¡El juego se había prolongado bastante!

—No falta mucho —le anunció Sofia, como si le leyera el pensamiento—. La última etapa —dijo en un tono ceremonioso—: ¿de qué debe tomar conciencia para conseguir abrir la puerta de su jardín?

Los dedos de Maximilien, ante el abanico de naipes, temblaron un poco antes de ser atraídos por el magnetismo de una de las cartas. Puso boca arriba el Abrazo.

A Sofia se le escapó una exclamación. Maximilien se

sobresaltó ante la audacia de la carta, que mostraba dos cuerpos desnudos entrelazados, un cuerpo a cuerpo apasionado entre un hombre y una mujer.

«¡Vaya con el Juego del Fénix! ¡Está que arde!»

Y la temperatura subió más aún cuando Romane se acercó a ellos.

—¿Qué tal? ¿Estás aprendiendo cosas sugerentes, Maximilien?

Este, en una reacción un poco pueril, le dio la vuelta a toda prisa a la carta del Abrazo. No quería que Romane la viera.

Masculló entre dientes que sí, que, en efecto, el juego le parecía muy interesante. La joven debió de notar su incomodidad, porque se marchó, a todas luces un poco decepcionada de quedarse al margen.

—Estupendo. Pues nada, buenas noches.

—Buenas noches, Romane —contestó Maximilien, siguiéndola con la mirada hasta estar seguro de que había desaparecido antes de poner de nuevo la embarazosa carta boca arriba.

—¡Ah, el Abrazo! —prosiguió Sofia—. La llama de la improvisación sensual. ¡Un corazón a corazón y cuerpo a cuerpo! Mírelos desnudos, abandonados el uno en el otro en la más absoluta quietud. Con los ojos cerrados: la confianza es plena entre ellos. ¿No es ese el secreto para encontrar por fin la felicidad con su álter ego femenino?

Maximilien se quedó desconcertado por esta tirada, aunque no lo dejó traslucir demasiado. Dio efusivamente las gracias a Sofia por haberle dedicado su tiempo.

—Tiene un don —la felicitó mientras la ayudaba a

guardar las cartas en la caja—. En cualquier caso... ¡es muy divertido! Aunque no son más que cartas.

—Sí, claro, y lo que cuenta es que encuentren eco en usted y le permitan ver con más claridad lo que siente.

Maximilien no pudo evitar pensar de nuevo en el encanto de Romane al subir un rato antes la escalera que conducía a las habitaciones, y en las emociones que él había sentido.

—Así es. Ahora lo veo con mucha más claridad —murmuró.

42

Romane pasó una noche un poco agitada después de aquella extraña velada que no le había resultado muy agradable. Maximilien parecía totalmente absorto en la tirada de cartas de Sofia. Se preguntaba qué le habría dicho para cautivarlo de ese modo. A duras penas le había prestado atención cuando se acercó a él. En cuanto a su proximidad con Nathalie durante la cena, ¡estaba fuera de lugar! Romane se maquillaba observándose en el bonito espejo oval con adornos de hierro forjado que tenía en la habitación. Mientras se ponía *kohl* en los ojos para alargarlos, reconoció el brillo que veía en ellos. «¿No estarás un poco celosa? ¡Vamos!» Contrariada por el giro que estaba dando su diálogo interior, se apresuró a bajar a desayunar.

La joven apreció aquel momento, que le hizo recuperar un poco de entusiasmo. Saboreaba esa escena llena de encanto en la que, como en un cuadro de Vermeer, los invitados aparecían bañados por la luz dorada que entraba a través de la galería. Cuando Maximilien bajó para unirse a ellos, Romane fingió no prestarle la menor atención; no había ninguna razón para que fuese él el único que jugaba a mostrarse indiferente. Era consciente de que todo aquello no dejaba de ser un poco ridículo y que sería preferible que volviera a concentrarse de inmediato en su trabajo, en la misión que debía cumplir con aquel grupo, incluido Maximilien. Así pues, permaneció durante toda la mañana lejos de él mientras su anfitrión, Vincent, les ofrecía un taller ecuestre para aprender a susurrar a los caballos.

A la hora de comer descubrieron todas las maravillas que les había preparado el cocinero, André: una comida típicamente normanda con los mejores productos del mar y de una tierra fértil y generosa. André, antiguo chef de un restaurante parisino con estrellas Michelin, había encontrado allí un retiro apacible para desarrollar su arte sin estar sometido a presión. Así que ponía al servicio de la casa y de los grupos de Con Dos Bolas toda su inventiva y su refinamiento en unos platos llenos de sorpresas y sabores.

Los comensales se quedaron maravillados al degustar el hojaldre de *andouille* con crema de camembert (¡mejor en boca que sobre el papel!), acompañado de un pinot noir de la región.

—¡Después de un plato así, mejor no tener una cita galante! —exclamó Patrick, expresando en voz alta lo que todo el mundo pensaba para sus adentros.

Todos rieron, y Romane un poco más fuerte de lo debido, lo que le valió una extraña mirada de Maximilien. Confusa, pensó que debía dejar de beber pinot como si fuera un refresco. Tenía los nervios a flor de piel. Su padre se dio cuenta y le susurró:

—¿Estás bien, cariño?

—Sí, sí, perfectamente —respondió Romane en el mismo tono para tranquilizarlo.

El chef los sorprendió a continuación con unas gambas flambeadas con calvados, maridadas de un chardonnay seco y afrutado. Romane puso la mano sobre su copa para rechazar el alcohol. Más valía que mantuviese la cabeza fría. Bastante era ya que... El plato, presentado con un gusto exquisito, parecía tan sabroso y aromático que impuso el silencio entre los comensales. Como acompañamiento se sirvió pan a la sidra y *teurquette*, un pan típico de Normandía cuyo origen se remonta a la Edad Media.

De postre, André presentó unos mirlitones, cañas rellenas de praliné y cerradas en los extremos con un taponcito de chocolate. «¡Voy a explotar!», pensó Romane mientras se metía en la boca el exquisito cilindro. Debía de dar gusto ver el deleite con el que se lo comía, porque Maximilien no le quitaba los ojos de encima. La joven estuvo a punto de atragantarse y se sonrojó un poco. También se dio cuenta de que su padre no se había perdido ni un detalle de la escena: ya no permitiría que le contara cuentos chinos, había comprendido lo que pasaba. Sabía que había algo más que un gato encerrado. Había todo un mamut. Y Jean-Philippe no parecía muy contento del giro que estaban dando las cosas.

Romane bebió un gran vaso de agua para intentar aclararse la mente y pidió los cafés, que les vendrían bien a todos. Notaba que una dulce somnolencia invadía al grupo y debía zarandearlos un poco: ¡no había prevista una siesta en el programa!

—¡No podemos dormirnos! Dentro de quince minutos

empieza el taller sorpresa, animado por Sofia y Vincent.

—¿Dónde es? —preguntó, inquieta, Émilie.

—En la construcción que visteis en la entrada de la propiedad.

Todos se dirigieron hacia allí al paso lento que imponía la digestión.

Cuando Romane hizo entrar al grupo en la casita, les sorprendió descubrir... ¡un teatro!

Tardaron en reconocer a los personajes que los aguardaban allí con una estrafalaria vestimenta. A Romane le hicieron gracia sus reacciones cuando vieron a unos payasos avanzar hacia ellos.

—¿Es una broma o qué? —dijo Patrick, algo inquieto.

La puesta en escena era increíble, en efecto. A Romane siempre le sorprendía la transformación de Vincent, que en aquel preciso momento se acercaba a ellos, irreconocible: la tradicional nariz roja, bombín negro, una enorme chaqueta de color gris rata, dentro de la cual parecía flotar, pantalones de un marrón sucio sujetos con tirantes azul turquesa, pajarita, ojos agrandados con pintura negra y mejillas rojo sangre que contrastaban exageradamente con el blanco del resto de la cara.

—¡Bienvenidooos! —saludó, con un curioso acento, para animar a todo el mundo a participar.

Romane, a diferencia de los demás, reconoció a Sofia de inmediato bajo una desmesurada peluca negra rizada. A modo de saludo, dedicó una irreverente reverencia al grupo levantando la corta falda con vuelo hacia atrás y mostrando con este gesto un trasero enorme, exagerado. La tarde prometía ser apasionante.

43

A Maximilien le estaba costando un poco recuperarse del almuerzo. Y la comida no tenía nada que ver con su estado. El comportamiento de Romane lo había descolocado. Para empezar, no estaba acostumbrado a verla así, casi febril, con los nervios a flor de piel, agitándose y riendo por la menor insignificancia. ¡Y esas miradas que no había parado de lanzarle! Por no hablar de la sensualidad con la que había mordido el canutillo de praliné. ¡Casi se desmaya! ¿No se daba cuenta del efecto que producía en él, o jugaba a placer con sus pobres nervios?

Así que estaba en las nubes cuando se puso en marcha hacia el recinto donde los esperaba la actividad de la tarde. Cuando comprendió que se trataba de un taller de payasos, le entraron ganas de echar a correr. ¡No estaba de humor! Empezó a hacer gestos en dirección a Romane, que le obsequió con una sonrisita alentadora. Maximilien se rindió: qué no estaría dispuesto a hacer para impresionar a una mujer...

Para empezar, Clown Vincent quiso tranquilizarlos: la tarde transcurriría bajo el signo del placer. Les rogaba que dejaran el espíritu crítico y el exceso de control en el vestuario.

Mientras Clown Sofia disponía una auténtica cueva de Alí Babá de artificios (maquillaje, trajes, pelucas y accesorios de todo tipo) sobre una mesa enorme, Romane tomó la palabra.

—Se me ha ocurrido ofreceros este espacio de expresión para permitiros experimentar vuestra parte espontánea, esa que prefiere jugar a juzgar, liberarse a controlarse. El payaso que creéis hoy será una parte de vosotros caricaturizada, pero también liberada. Libre de la mirada de los otros, dispuesta a divertirse sin tapujos, a disfrutar. ¡Espero que paséis un rato maravilloso!

—¿Y tú? ¿No participas? —preguntó Maximilien.

—¿Yo? No. ¡Alguien tiene que hacer las fotos!

«Cobarde», le entraron ganas de decirle.

Romane debió de leerle el pensamiento, porque tranquilizó a todo el mundo.

—No os preocupéis, todo va a ir fenomenal. Aprovechad este taller para distanciaros de verdad de la mirada de los demás, e incluso de la mirada crítica que os dirigís a vosotros mismos. Aquí no se trata de obtener ningún logro. No hay que tener éxito en nada. ¡Lo único que tenéis que hacer es ser vosotros mismos y divertiros!

Acto seguido empezó a manipular su pequeña cámara de fotos para inmortalizar lo que pasaría a continuación. ¡Maximilien imaginó la cara de sus accionistas si cayera en sus manos una foto suya disfrazado de payaso! Reía sin ganas en un rincón y sentía que cierto malestar lo invadía mientras sus compañeros exteriorizaban el placer de abandonarse poco a poco a la metamorfosis. Clown Vincent les había dado las consignas de partida: cada uno de ellos debía dar vida a su propio payaso.

—No se trata de convertirse en un esquizofrénico. El payaso no es «otro yo», sino una parte de vosotros que vais a poder mostrar, cosa que, de otro modo, quizá no os atreveríais a hacer.

—¿Y cómo nos ponemos la nariz? —intervino Nathalie, impaciente por ponerse una.

—Ah, una cosa importantísima con la nariz: no hay que ponérsela nunca delante de los demás, siempre a escondidas del público. Y luego, prohibido tocarla. Ya veréis: quizá sea la máscara más pequeña del mundo, pero provoca que caigan muchas otras.

Todo eso no tranquilizaba en absoluto a Maximilien.

—Pensad en caricaturizar los rasgos de vuestra personalidad, o en ir a las antípodas de lo que sois —continuaba Clown Vincent—. ¡Sí! ¡Muy bien, Émilie! —exclamó al verla crear un payaso madraza, con barriga y pechos enormes.

Romane se acercó con la cámara para inmortalizar a los personajes que estaban surgiendo.

La cortina de un probador improvisado se abrió de golpe para mostrar a un Bruno irreconocible. Él, Mister Robot, el gerente impecable, siempre de punta en blanco, había conseguido llevar a cabo una metamorfosis impresionante. Todos se echaron a reír: gafitas redondas de color amarillo, labios rojos en forma de corazón, nariz roja, pestañas negras dibujadas por encima de las cejas, corbata amarilla, camisa rosa, chaqueta verde botella y, como guinda del pastel, un gorro de baño en la cabeza.

«¡Uau, va a causar furor!», pensó Maximilien, admirado y sorprendido del valor que demostraba Bruno al disfrazarse así. Jamás habría pensado que alguien como él fuera capaz de semejante extravagancia. Nada que objetar: había avanzado desde el inicio del programa.

En cuanto a Patrick, se había inventado un personaje que a Maximilien le costaba identificar. Le había pedido cartulina a Sofia y estaba construyendo algo. Misterio. Patrick y él se habían llevado a matar los primeros meses. Pero, desde su increíble conversación después de la sesión sobre las falsas creencias, habían cambiado muchas cosas. Más allá de sus diferencias, sin duda se habían sentido unidos por el dolor de ser rechazados por una persona querida.

Maximilien empezaba a notar una ligera ansiedad: los demás tenían ideas y él no. Estaba bloqueado. Además, tenía que reconocer que le daba miedo lo que Romane pudiera pensar de él si no superaba el reto con éxito. Si todos los demás habían salido airosos, él no se podía permitir quedarse en la banda. Por fin se le ocurrió una idea. ¿Por qué no crear un personaje que estuviera en las antípodas de lo que él era? ¡Un payaso vagabundo! Le expuso su idea a Clown Sofia, que la aprobó de inmediato y se ofreció para guiarlo. Frente al espejo, miró cómo se transformaba su cara mientras sus dedos aplicaban la pintura blanca, y luego roja alrededor de la boca. El gorro gris calado hasta las orejas le daba un aspecto andrajoso que le encantó.

Clown Sofia le ayudó a dibujar unas pestañas desoladas. Una modesta chaqueta de cuadros en diferentes tonos de gris, que Maximilien se empeñaba en mantener ajustada sobre el pecho como si tuviera frío, una horrenda corbata roja demasiado corta y la postura encorvada acabaron de perfilar la transformación del personaje en un pobre de solemnidad.

La representación ya podía empezar. Clown Vincent extendió en el suelo una cuerda delimitando un cuadrado del que no habría que salir.

—Hoy van a escenificar el nacimiento de su payaso —anunció ceremoniosamente Clown Sofia, lanzando una ráfaga de nerviosismo—. Para empezar, hay que dedicar un momento a buscarle un nombre. ¡Vamos! ¡Lo primero que se les ocurra, sin pensar demasiado! ¡No se autocensuren!

Clown Sofia los ayudó a todos a inventarse un nombre. Nathalie se convirtió en Patatín; Bruno se bautizó con el nombre de Mosquito; Émilie, con el de Cascarita, evocando a la tierna mamá gallina que había en ella; Patrick, con el de Redondón, en alusión a los michelines que intentaba asumir. Solo faltaba Maximilien, que seguía estando como un pulpo en un garaje y protestó en voz alta:

—Encontrar un nombre tiene su miga.

—¡Pues ya está, ese es tu nombre! —exclamó Clown Sofia.

—¿Cuál?

—¡Migas!

Maximilien no sabía qué pensar de su nuevo apodo, pero habría prescindido muy gustoso de las miradas divertidas que le lanzaban sus compañeros, por no hablar de las de Romane, que parecía más contenta que unas pascuas. Clown Vincent dio las instrucciones: los payasos formarían parejas. Los personajes de cada pareja empezarían dormidos en el escenario. Respondiendo a una señal, uno de ellos se despertaría. Al producirse la segunda señal, se quedaría inmóvil mientras el otro se despertaba. Por último, la tercera señal indicaría el momento en que los dos payasos debían llevar a cabo una improvisación común cuya única condición era que debían decir sí a cualquier propuesta escénica del otro.

—¡Yo quiero formar pareja con Maximilien! —dijo Patrick, contra toda expectativa.

Maximilien se quedó atónito. Es verdad que en los últimos tiempos habían enterrado el hacha de guerra, ¡pero de ahí a convertirse en pareja teatral!

Nathalie, contrariada, le susurró al oído:

—¡Qué pena! Me habría gustado actuar contigo.

Clown Vincent pidió una pareja voluntaria para empezar. Maximilien se hundió todo lo que pudo en su asiento, intentando que se olvidasen de él. Nathalie, siempre dispuesta a destacar, respondió al desafío arrastrando consigo a Émilie. Después le tocó a Bruno, que actuó con Clown Sofia.

Todos se adaptaron al ejercicio con una facilidad asombrosa, y Maximilien se preguntó de dónde sacarían semejante desenvoltura. Aquello no hizo sino aumentar su pánico, una sensación nada habitual para él, acostumbrado a imponer su autoridad en reuniones mucho más impresionantes. Pero... ¡esa exhibición teatral! Eso era otro cantar. No pudo evitar que el tan temido momento llegara. Todas las miradas se volvieron hacia él y Patrick, en espera de que subiesen al escenario.

—No sé si podré hacerlo —murmuró Maximilien.

—Déjate llevar. Haz lo que te salga. No pienses demasiado.

Contra todo pronóstico, Patrick lo asió del brazo para darle ánimos.

—¡Venga, colega, vamos! —dijo, y lo llevó detrás del biombo—. Anda, ponte la nariz y relájate.

¿Patrick dirigiéndolo a él? ¡Aquello era el mundo al revés!

—No te preocupes, vamos a pasárnoslo en grande —le aseguró Patrick-Redondón—. ¿Empiezo yo?

Le hizo un guiño de complicidad antes de salir a escena. Maximilien, solo detrás del biombo, ya no podía dar marcha atrás. Estaba tan aterrado que se le había hecho un nudo en la garganta. «¡Venga, Migas!», se dijo, con una pizca de sarcasmo para armarse de valor mientras respiraba hondo. ¡Todo aquello era de lo más ridículo! Pero la intuición le decía que, si no actuaba, decepcionaría muchísimo a Romane.

Vio a Patrick tumbado ya en el suelo, como si durmiera, y recordó que debía hacer lo mismo para poder representar, cuando le tocara, el «nacimiento de su payaso». Se oyó la primera señal y Redondón se puso en movimiento, provocando las primeras carcajadas. «¡Qué bien se le da al muy bribón!»

Patrick-Redondón les contaba su historia a los asistentes, pendientes de sus labios. Que se había quedado sin corazón cuando la mujer a la que amaba lo había abandonado. Por eso tenía un gran agujero en el pecho (Patrick había rasgado la camisa en ese punto y pintado con maquillaje un simbólico agujero negro). Conmovió al público con sus expresiones desgarradoras. Contó que, a raíz de eso, se había hecho reparador de corazones ajenos. Por eso sobresalían diferentes herramientas de su guardapolvo blanco y arrastraba tras de sí, atado con un cordel, un corazón con una enorme tirita dibujada encima.

Maximilien no daba crédito a la imaginación que demostraba Patrick y la emoción que conseguía suscitar. Estaba impresionado. ¿Quién habría creído que un día pensaría eso de un hombre como Patrick?

Perdido en sus reflexiones, Maximilien se sobresaltó al oír la señal. Patrick-Redondón interrumpió su improvisación y se quedó inmóvil. Maximilien tragó saliva: le tocaba a él. ¿Qué demonios podía sacar de su personaje de payaso vagabundo? «Hacer lo que salga —se repetía una y otra vez—, no pensar en las miradas puestas en mí.»

Empezó a moverse lentamente. Muy lentamente. A desperezarse. A frotarse los ojos. Como si despertara de un sueño de varios siglos. Empezó a mirar la ropa que llevaba puesta y de pronto tomó conciencia de que iba vestido con harapos. Entonces soltó un largo y profundo lloriqueo, exagerando la emoción hasta el infinito.

—Pero ¿quémehapasadooooooooooo?

Maximilien-Migas rebuscó en sus bolsillos y les dio la vuelta para que vieran que estaban vacíos.

—En la miseria. ¡Estoy en la miseeeeeeeeeeeria! —gritaba ahora, transformando las sílabas en gritos estridentes de dolor y llorando a moco tendido.

Oyó a la gente reír. ¿Les parecía ridículo? ¿O divertido? Migas no tenía ninguna duda al respecto, pero Maximilien sí. Sonó la tercera señal. Los espectadores aplaudieron. La representación a medias con Patrick-Redondón podía empezar. Maximilien creyó oír un «bravo» de Romane y eso le infundió valor para continuar.

—¡Lo he perdido todooooooooooo! Toda mi fortuna, todo mi imperio, todo mi podeeeeeeeeeer... Todo lo que tenía...

Abrumado por la pesadumbre, el payaso Migas estaba encorvado y sus hombros se agitaban por efecto del inconsolable llanto.

—Eh, amigo —dijo Patrick-Redondón—, se te ve en un estado deplorable, desde luego. ¿Dices que lo has perdido todo? Pero ¿estás seguro de que toda esa fortuna y todo ese poder te hacían feliz?

—No lo sé, pero cuando solo tienes eso, ¿qué te queda?

—Bueno, colega, piensa un poco, es indudable que te queda lo más valioso.

Maximilien no daba crédito a sus oídos. ¿Patrick estaba filosofando? Le hacía reflexionar sobre cuestiones muy profundas mediante una breve y simple representación teatral.

—¿Y qué es lo más valioso?

Patrick-Redondón dio unos golpecitos sobre el pecho de Maximilien y respondió como si fuese una perogrullada:

—¡El corazón, amigo mío, el corazón! ¿Qué va a ser si no?

—¡Aaahhh! ¿Y tú cómo sabes eso?

El semblante de Patrick-Redondón se ensombreció.

—Pues... me he dado cuenta a costa de pagar un precio muy alto. Porque me he quedado sin corazón.

—Déjame ver. Ah, sí, es verdad, estás vacío por dentro. Pero se puede encontrar otro corazón, ¿no?

—No estoy seguro. Y además, no depende solo de uno mismo. Así que, mientras espero que mi caso se solucione, me he hecho reparador de corazones ajenos.

—¡Nunca había oído hablar de semejante cosa!

Maximilien miraba a su compañero con una expresión admirativa.

—¿Te das cuenta de que uno no lo sabe todo, ni siquiera cuando está en la cúspide de la pirámide y dispone de fortuna y poder? Oye, una cosa, ¿quieres que mire en qué estado se encuentra tu corazón?

—Bueno...

Patrick-Redondón hizo como si sacara una lupa para examinar el corazón de Maximilien-Migas con unos gestos que provocaron las carcajadas del público.

—¡Huy, madre mía! ¡No tiene muy buena pinta! ¡Está todo abollado!

Maximilien, totalmente metido en la representación y en su personaje, se emocionaba al oír las palabras de Patrick, como si de repente visualizara ese corazón lleno de abolladuras del que no se había preocupado mucho hasta entonces.

—¡Vamos a repararlo! —Patrick-Redondón, entusiasmado, sacó sus extrañas herramientas de los bolsillos y ejerció de mecánico del corazón—. ¡Ya está! Perfecto, como nuevo. ¡Va a funcionar de maravilla! Pero, de ahora en adelante, cuídalo mejor.

—Gracias, querido amigo. No sé cómo darte las gracias. No tengo dinero para pagarte por tus servicios...

—Lo que cuenta no es eso.

—Pero se me ocurre una idea. Puesto que has tenido la amabilidad de repararme el corazón, ¿aceptarías que te diera un trocito mientras recuperas el tuyo?

—Es todo un detalle por tu parte —dijo Patrick-Redondón, conmovido.

—Y ¿sabes qué? ¡Voy a ayudarte a recuperar tu corazón perdido!

—¿Harías eso?

—¡Por supuesto, colega!

Los dos payasos se miraron y se estrecharon la mano con emoción para sellar su acuerdo. En ese momento sonó otra señal que puso fin a la escena. El público aplaudió con entusiasmo. Maximilien no cabía en sí de orgullo por haber llegado hasta el final y haber sentido unas emociones tan intensas como inesperadas. ¡No podría seguir viendo a Patrick del mismo modo, eso seguro! Tuvo ganas de felicitarlo.

—¡Bravo! Has estado increíble.

Patrick parecía sorprendido de oír semejante cumplido en boca de Maximilien.

—¡Tú tampoco has estado mal! —dijo sonriendo.

Para evitar un desahogo afectivo bastante embarazoso fingieron tener cosas de las que ocuparse.

Entre bastidores no cesaban los comentarios. Maximilien no acababa de creerse que se hubiera dejado llevar así. Era como si, durante el tiempo que dura un taller, hubiera recuperado una alegría infantil, de niño libre de transgredir los rígidos códigos de los adultos, de serrar los barrotes de lo políticamente correcto y atreverse a jugar. ¡Qué sensaciones tan embriagadoras! Con todo, el regalo más hermoso seguía siendo el orgullo que veía en los ojos de Romane.

44

Cuando terminó el taller, Romane ayudó al grupo a guardar el material y se sintió feliz al verlos tan entusiasmados con la experiencia. Aquel día, cada uno a su manera se había atrevido a ir un poco más lejos en la búsqueda de sí mismo y del otro, y había adquirido una riqueza nueva.

Se acercaba a unos y otros para felicitarlos. Todos la habían impresionado. Pero Maximilien era el que, con diferencia, se había llevado la palma. Sin discusión. Jamás lo habría creído capaz de llegar tan lejos. Las expresiones de su rostro de vagabundo y las emociones que había logrado transmitir le habían llegado al alma. «La máscara que desenmascara», pensó. Ahora percibía con claridad la sensibilidad de ese hombre, encerrada en su interior durante demasiado tiempo y que, al liberarse, daba una nueva dimensión al personaje. Y lo hacía peligrosamente atractivo.

El fin de semana tocaba a su fin. Mientras recogían sus cosas llegó la hora de volver a París. El grupo dio las gracias con efusividad a Sofia y Vincent, que los habían cautivado a todos.

Maximilien volvió a ponerse al volante y Nathalie se

apresuró a sentarse delante para poder charlar con él durante el viaje de regreso. Romane, un tanto contrariada, se sentó detrás sin rechistar.

Jean-Philippe aceptó que condujera Bruno. Émilie y Patrick, que se habían hecho grandes amigos, ocuparon juntos el asiento de atrás.

En el trayecto, Romane constató una vez más que Nathalie no tenía rival a la hora de mantener una conversación durante horas. Su parloteo llenaba el silencio, de tal modo que la música de sus palabras acabó por transformarse en una especie de nana. Estaba a punto de dormirse, y si se mantenía despierta a duras penas era por las discretas miraditas que le lanzaba Maximilien por el retrovisor.

Aunque había bastante tráfico en la autopista no tardaron en llegar a París. Maximilien dejó primero a Nathalie. Se agachó para decir adiós antes de cerrar la puerta. Sus ojos delataban el pesar de no quedarse a solas con Maximilien. Imposiciones del itinerario. Romane la vio saludar con la mano mientras el coche se alejaba.

«Nos hemos quedado solos...», pensó la joven, que se había sentado delante.

—¿Te dejo en tu casa? Después iré al Centro para devolverle el coche a tu padre.

—Es muy amable por tu parte. Podría encargarme yo de llevarlo.

—Tú ya has hecho bastante durante el fin de semana. Ahora te mereces descansar.

Llovía a cántaros cuando llegaron delante del edificio haussmanniano en el que vivía Romane. Habían traído consigo un poco de Normandía. Maximilien aparcó en una zona de carga y descarga y encendió los intermitentes.

—Espera, no bajes aún. Voy a abrirte. He visto un paraguas en el maletero.

Luchando con las varillas rebeldes, Maximilien abrió el gran paraguas con el logo de Con Dos Bolas y rodeó el coche para abrirle galante la puerta a Romane. Se refugiaron a toda prisa bajo el porche.

—Espera, voy a buscar tu maleta.

«¡Qué deferencia!», pensó Romane. Maximilien se subió el cuello, sin considerar necesario coger el paraguas para ir hasta el coche a recoger la maletita de Romane. Cuando reapareció, al cabo de un momento, unas finas gotitas frías resbalaban por su rostro.

—Aquí está —dijo, dejando la maleta a sus pies.

Se sentía torpe y la miraba, cortado, como si quisiera decirle algo y las palabras le taponaran la garganta.

—Gracias, de verdad, por este fabuloso fin de semana. He...

Se había acercado mucho a ella y Romane apretó más fuerte su maleta, última barrera entre ambos. De repente se oyó un pitido, seguido de un ruido seco: alguien salía del inmueble. Se apartaron para dejarlo pasar. Romane sonrió. Dejó de sonreír. Se hizo el silencio, con la música de la lluvia sobre los coches como único ruido de fondo. «No debe pasar, no debe pasar.» Pero la joven no supo impedirlo.

Movido por un impulso incontrolable, Maximilien la agarró por el cuello del abrigo para atraerla hacia sí y la besó con pasión. En aquel momento de extravío, la joven no conseguía pensar en otra cosa que no fueran sus labios ardientes contra los suyos. Hasta que, de pronto, en un instante de lucidez, lo apartó bruscamente.

—Maximilien, no... No creo que esto sea una buena idea —intentó articular—. El programa no ha terminado y... Bueno, ¿lo entiendes?

Maximilien, desorientado, la observaba asombrado, con la mirada de alguien que no está acostumbrado a que le nieguen nada.

No obstante, fingió entenderlo. Descolocado, se pasó una mano por el pelo con un gesto nervioso y se despidió educadamente de la joven antes de marcharse.

Romane entró en su edificio como una ladrona.

—¡Mierda! —exclamó en cuanto la pesada puerta se hubo cerrado.

Subió a su casa y no pudo evitar acercarse a la ventana y descorrer las cortinas. Maximilien ya se había ido.

«¡Has hecho bien!», se dijo, tratando de convencerse. Una parte de sí misma se sentía aliviada por el hecho de haber resistido. Iniciar una relación con alguien como él era decirle adiós a su tranquilidad. Y desde el punto de vista deontológico era más que discutible. Sin embargo, pese a esos argumentos tan sensatos, otra parte de sí misma se sentía frustrada. ¡No podía negar que deseaba hacerlo! Pero sería mejor para todos que ciertos deseos permanecieran bajo llave.

45

Era la primera vez en su vida que le daban calabazas. Y eso lo sumía en la más angustiosa perplejidad. ¿Adónde había ido a parar su legendario sexto sentido? Habría jurado que Romane compartía su atracción. ¿Hasta ese punto había podido equivocarse? No sabía qué pensar. ¿Y si en realidad no le gustaba?

Todo aquello era exasperante. Recordaba el Juego del Fénix y a Sofia, que le había aconsejado abrir la puerta. ¡Muy graciosa! Porque él la había abierto, ¡y le habían dado con ella en las narices! Le daba vueltas al asunto una y otra vez, y durante sus interminables veladas solitarias acabó por apreciar la compañía de Pelota. Ella al menos no le negaba su afecto.

Se acostumbró a ponérsela en el regazo y acariciar su suave pelaje. Le asombraba que la gatita lo reconfortara tantísimo. Pese a todo, sus pensamientos lo conducían una y otra vez a Romane. No había sentido una desazón así desde hacía mucho y flotaba en unas emociones que le sobrepasaban. Le faltaba práctica para gestionar esa faceta sentimental, sobre todo cuando esta se convertía en paredes lisas y despejadas en las que no encontraba ningún asidero. ¿Por qué no sería todo tan sencillo de gestionar como una multinacional? Maximilien suspiró. Necesitaba iluminación exterior. ¡Y esta vez no le podría pedir consejo a Romane!

Por si fuera poco, se había instalado entre ellos una insoportable incomodidad que obstaculizaba el buen desarrollo de las sesiones en el Centro. Romane hacía como si nada hubiera pasado. A él, su indiferencia lo volvía loco pero, por amor propio, acabó por practicar el mismo juego. Así que se acercó más a Nathalie, que no dejaba de buscar su presencia.

En la siguiente sesión, Romane les informó de una nueva actividad. Les comunicó que los habían invitado a participar como asociación HappyLib' en una jornada de buenas acciones en favor de los niños desfavorecidos. La experiencia tenía, por supuesto, un valor pedagógico en el marco del programa: eliminar los restos de egocentrismo, desarrollar el altruismo y otros valores que vacunaban contra la bolinería: mostrarse amable, darse, compartir...

—¡Estad en forma ese día! —pidió en tono jocoso—. ¡La jornada promete auténticos fuegos artificiales de sorpresas!

Misterio... El día en cuestión, un autobús fue a buscar a los participantes. Durante el trayecto Maximilien permaneció encerrado en un mutismo enfurruñado. Sin duda no era la mejor actitud que podía adoptar para conquistar a Romane, pero por el momento la humillante decepción le impedía pensar en ninguna táctica.

Seguía sin saber qué les esperaba. La altura imponente

y majestuosa del Cirque du Soleil le dio parte de la respuesta.

—¡Romane! ¿Qué has tramado esta vez? —exclamó Patrick.

—No te preocupes. ¡Sea lo que sea, estamos juntos! —respondió Émilie guiñándole un ojo con complicidad.

Maximilien se emocionaba en silencio ante su sorprendente amistad. Al menos dos se habían entendido.

En ese momento, una riada de niños chillones y alegres de entre nueve y doce años de edad bajó de un gran autobús escolar.

«¡No podré hacerlo!», pensó Maximilien, aterrado.

Romane les explicó por fin lo que se esperaba de ellos.

—Hoy, vuestra misión es hacer que estos niños pasen un rato maravilloso permitiéndoles practicar las disciplinas del circo. Que no cunda el pánico: ¡solo tendréis que echar una mano a los artistas! Vuestra implicación y vuestra alegría comunicativa son lo que transformará este día en un momento inolvidable para estos chiquillos. ¡Así que empleaos a fondo!

Dicho esto, se acercó a Maximilien, que tenía una cara hasta el suelo.

—Con una sonrisa —le susurró.

—Solo hay una cosa que podría devolverme la sonrisa —masculló a modo de respuesta.

Su observación no pareció calar en Romane, que se alejó a toda prisa.

«¡Eso, finge que no has oído nada!», farfulló entre dientes mientras la regidora le tendía el sombrero y el bastón que serían su disfraz.

Luego, un educador fue a su encuentro.

—Maximilien, ¿verdad? Encantado. Dejo en sus manos a Stella, Lam, Momo y Aziz. ¿Le importa acompañarlos a las diferentes actividades?

¿Acaso tenía opción? Cuatro pares de ojos, llenos de esperanzas y de placer anticipado, lo escrutaban. Como un verdadero actor, Maximilien estiró los labios y las mejillas todo lo que pudo y maquilló su voz con un entusiasmo que estaba muy lejos de sentir.

—¡En marcha, niños!

Todos aplaudieron excepto Aziz, que se mantenía en guardia.

Lo primero que quisieron intentar los cuatro fue caminar por la cuerda floja. El artista les enseñó cómo hacerlo y practicaron de uno en uno, burlándose de los inevitables batacazos de sus compañeros. Por suerte, la cuerda no estaba muy alta.

La pequeña Stella, bastante rolliza, tuvo muchas dificultades para realizar la hazaña. Maximilien vio que estaba a punto de llorar.

—¡Eh, Stella, no debías haberte atiborrado de caramelos! —se burló Momo.

Maximilien salió en defensa de la niña.

—Todo el mundo lo conseguirá —aseguró con energía y convicción.

Se acercó a Stella y la ayudó a avanzar sin miedo sobre la cuerda, tendiéndole la mano para que pudiera recuperar el equilibrio cuando lo necesitara. Se dio cuenta de que, no lejos de allí, Romane lo miraba con simpatía. ¡Pero él no quería su simpatía! Frunció el ceño para indicarle que se alejara, lo que entristeció el semblante de la joven. Maximilien se encogió de hombros. ¿Qué más podía hacer? Si su relación se había interrumpido, no era por su culpa.

La pequeña Stella estaba contenta, pero Maximilien se percató de que Aziz seguía manteniéndose apartado. Se acercó a él.

—¿Vienes a probar el trapecio?

—No. No sé hacer nada.

Estaba claro que el niño había decidido plantarse. Maximilien habría podido aceptar la respuesta y no insistir pero, ya que estaba allí, mejor intentar hacer bien las cosas. Con ese crío había que emplear la astucia.

—Oye, pero, déjame ver... ¡eres muy fuerte!

—¿Ah, sí? ¿Usted cree? —preguntó el chiquillo mirándose los bíceps.

Maximilien acababa de marcarse un punto.

—Anda, ven y enséñame de lo que eres capaz.

—¡Solo si usted también lo intenta!

—Yo soy demasiado mayor —trató de zafarse Maximilien.

Pero Aziz lo miraba con sus ojos negros que no dejaban escapatoria.

El artista del Cirque du Soleil dispuso dos trapecios, uno al lado de otro. Subir no fue moco de pavo. ¡Y mantenerse, menos aún! Maximilien estuvo a punto de morder el polvo, lo que hizo reír al jovencísimo Aziz. Por su expresión, se veía que empezaba a caerle bien ese señor que se esforzaba tanto para divertirlos.

Maximilien intentó poner buena cara y, guiado por el artista, se colgó de una pierna. En ese momento se ganó definitivamente el corazón de la pequeña Stella. En cuanto a los demás, aplaudieron con ganas. Puesto que él había aceptado el reto, a Aziz no le quedó más remedio que intentarlo también. Y, gracias a su cuerpo joven, ligero y esbelto, lo hizo de maravilla.

Maximilien lo ayudó a bajar y se prodigó en cumplidos. El chiquillo se retorcía, feliz e incómodo a la vez: no le echaban a uno tantas flores todos los días.

«Romane tenía razón —pensó—. Las virtudes de valorar a las personas son inestimables. ¡Ojalá aplicáramos este principio más a menudo!»

Maximilien y los cuatro niños compraron después algodón de azúcar y se sentaron en las gradas a comérselo.

—¿Tú tienes hijos? —preguntó Aziz.

—No.

—Pues deberías. Serías un buen padre —le aseguró el niño, dando un gran bocado a la golosina.

Pum. Le había dado en pleno corazón.

—No sé si sabría. Mi padre no fue un buen modelo.

—¿Tu papá no te llevaba al circo?

—¡Uy, no, qué va! No era ese el estilo de la casa.

Maximilien no quería adentrarse demasiado en el terreno de las confidencias, así que propuso a los niños probar un enorme trampolín. Se lo pasaron en grande.

—Bueno, ¿qué te ha parecido? —le preguntó a Aziz cuando este regresó a su lado.

—¡Es genial!

Luego, el niño le enseñó a «chocarla» como mandan los cánones: toda una coreografía de manos para estar en la onda.

La jornada tocaba a su fin. Maximilien se sintió agotado de repente (¡tratar con accionistas era más fácil que batallar con críos!), pero no dejó traslucir su cansancio delante de los niños.

Los artistas y todos los participantes de Con Dos Bolas se reunieron delante del autobús. Stella, Lam y Momo se despidieron con cariño de Maximilien. En cuanto a Aziz, lo desarmó con su pregunta:

—Oye, ¿crees que podremos volver a hacer algo como esto otro día?

Maximilien, más conmovido de lo que habría deseado, se quedó mirándolo.

—Sí, te lo prometo —balbuceó, sorprendido por su respuesta.

El niño lo abrazó, ante la mirada atónita de sus compañeros y de Romane.

Maximilien le alborotó el pelo y lo empujó hacia el autobús para que no tuviera tiempo de ver que se le empañaban los ojos. Desde luego, últimamente estaba de lo más sensible.

En el minibús del Centro, Maximilien permaneció pensativo durante todo el trayecto de vuelta. Se había inscrito en aquel programa con la esperanza de cambiar él, y se daba cuenta de que, contra todo pronóstico, cambiando él podía modificar también la vida de otras personas. Un descubrimiento que lo llevaba más lejos de lo que habría imaginado.

Cerró los ojos un momento para repasar la película de la tarde y, cuando los abrió, encontró la mirada de Romane posada en él. Se estremeció. Esa mirada expresaba todo excepto rechazo.

46

Desde el beso bajo el porche de su casa, Romane se sentía alterada y frustrada. Tenía los nervios de punta. Ese mediodía se produjo una escena desagradable entre su padre y ella mientras comían juntos cerca del Centro. Jean-Philippe, que la veía preocupada y cansada desde hacía días, había metido el dedo en la llaga.

—Es por Maximilien, ¿verdad?

Romane lo negó, lo que ofendió a su padre.

—Ah, vale. Prefieres no contarme nada —dijo, molesto—. Creía que tú y yo teníamos otro tipo de relación, pero eres muy libre de hacer lo que quieras, no voy a forzarte.

Exasperada por el chantaje emocional, Romane pasó a la ofensiva y acabó por soltar lo que llevaba dentro.

—¿Qué es lo que quieres que te cuente? ¿Que me atrae? ¿Que tengo ganas de salir con él? ¿Es eso? ¡Pues mira por dónde, sí, tengo ganas! ¡Y mira por dónde no lo he hecho! ¡Ya lo sabes todo! ¿Te vale como explicación?

Acto seguido, cogió sus cosas y lo dejó plantado en el bar, hecho polvo por el numerito que le había montado.

Romane se arrepintió en el acto de su arrebato. No

quería enfadarse con su padre, sobre todo cuando más lo necesitaba. Intentó localizarlo dos veces, pero le saltó el contestador automático. ¡Con lo que odiaba que hubiera tirantez en sus relaciones! Casi bendijo su cita con Janine, que se había puesto en contacto con ella y parecía impaciente por contarle algo, que suponía relacionado con la carta que Patrick le había enviado. El efecto Gran Perdón. Quizá eso la distrajera. Al menos dejaría de pensar en su padre y en Maximilien. Un descanso para sus nervios de punta.

Cuando llegó, la casa de la exmujer de Patrick olía a manzanas calientes.

—Gracias por venir. Necesito hablar con usted sobre esto.

Janine dio unos golpecitos con los dedos sobre la carta que estaba pegada a la puerta del frigorífico con un imán que había comprado durante un fin de semana en Bruselas, una de las poquísimas escapadas con su marido (bueno... exmarido) en los últimos años.

Romane comprendió enseguida que la cuestión era esa: ex o no ex. Janine le explicó que desde hacía varios días no tenía otra cosa en la cabeza. Y en el corazón. ¡Ella, que pensaba que era un asunto zanjado! ¡Y ahora ese programa de desbolinación conductual volvía a ponerlo todo patas arriba!

—Verá, estaba empezando a acostumbrarme a esta nueva vida sin un hombre a mi lado. Casi me había resignado a vivir sin él. Y ahora aparece usted y lo imposible parece hacerse realidad: mi marido está cambiando. Hace apenas unas semanas no habría apostado un céntimo por esa posibilidad. Aunque lo cierto es que, pese a todo, lo echaba de menos.

Janine levantó el imán para liberar la hoja y se la tendió a Romane.

—¡Tome, léala! En voz alta.

Ella hizo lo que le pedía.

Janine:
Tú eres el sol de mis días.
Eres la estrella de mis noches también.
Quiero consagrarme a amarte y honrarte.
Un día, tu cruel ausencia me abrió los ojos.
Imaginar la vida sin ti me sería imposible.
¿Estarías dispuesta a abrirme de nuevo el corazón
*   [si prometo plantar flores en él?*
Regarlo y cuidarlo es lo que deseo hacer.
¡Ojalá pueda dedicarme a ello el resto de mis días!

Tu PATRICK

P.D.: Un señor que se llamaba Henry Thoreau decía que las cosas no cambian. Somos nosotros los que cambiamos. Yo he cambiado, Janine. Te lo demostraré si me das una segunda oportunidad.

Romane veía que la emoción invadía a Janine. El poema era torpe, desde luego. Y las metáforas, un poco infantiles. Pero lo que había conmovido a Janine era descubrir los esfuerzos que había hecho Patrick para escribir aquellos versos, él, que tan poco dotado estaba para la escritura.

—¿Se ha fijado? ¡Si lees en vertical las iniciales, pone «te quiero»!

Los ojos de Janine brillaban de excitación. En cuanto a Romane, se veía enseñándole a Patrick, durante la última sesión, lo que era un acróstico: un poema escrito de tal forma que, leídas de arriba abajo, las primeras letras de cada verso forman una palabra o una frase.

—¿Qué piensa de todo esto?

—No me corresponde a mí pensar una cosa u otra. Lo único que puedo decirle es que Patrick ha sido sincero al escribir esta carta. Y, si yo estuviera en su lugar...

—Sí, dígame, ¿qué?

—Escucharía lo que me dice el corazón.

Janine se acercó un momento a la ventana para meditar sobre el consejo. Romane respetó su silencio.

—Pero ¿de verdad cree que es posible poner fin así a tantos años de bolinería?

¿Podía confesar que ella se hacía las mismas preguntas respecto a otro hombre que empezaba a ocupar mucho espacio en su cabeza? Intentó responder con la mayor honestidad posible.

—Querida Janine, no es posible cambiar a nadie contra su voluntad. Por el contrario, una persona que decide cambiar de verdad, por iniciativa propia, puede obtener unos resultados asombrosos. Y creo de verdad que ese es el caso de su marido. Que usted se marchara fue para él como un auténtico electrochoque. Supuso el desencadenante imparable para su toma de conciencia. O sea que sí: creo que puede confiar en él. Nada volverá a ser como antes. Tendrá demasiado miedo de perderla de nuevo.

Janine sonreía de oreja a oreja. Acababa de oír lo que deseaba. Romane ya podía marcharse; misión cumplida. Una vez en el coche, la joven pensó que esa mujer tenía suerte: para ella, las cosas se aclaraban. Por desgracia, su caso distaba mucho de ser el mismo. Y su padre seguía sin responder a sus mensajes.

47

Maximilien pasaba revista a su armario, lleno de trajes de todo tipo, de las marcas más prestigiosas. Aquel día tenía especial interés en ponerse algo que le favoreciera. Romane había citado a todo el equipo para asistir a la grabación del programa *Chefs del futuro*. Por lo visto había conseguido enchufar a Thomas, el hijo de Émilie, para que participase en las pruebas de selección. Ese chico parecía tener verdaderas dotes para el arte culinario. Pero, según su propia confesión, Romane había jugado otra carta para conseguir ese favor: el productor, Luca Morini, era un antiguo participante del programa de Con Dos Bolas, un adepto a la causa, y no desaprovechaba ninguna ocasión de devolverle el favor.

Según las últimas noticias, desde su reencuentro en la Zen Room, Émilie y su hijo vivían de nuevo bajo el mismo techo, dispuestos a tejer relaciones sobre unas bases revisadas. La última vez, Maximilien había oído a Romane proponerle a Émilie unas sesiones individuales para enseñarle los rudimentos del trato con los adolescentes y ayudarla a diseñar la línea de conducta adecuada con su hijo.

Mientras Maximilien se preparaba, Pelota asomó el hocico.

—Ah, ¿andas por aquí?

Desde que la gatita había arañado a su padre, ya no la veía con los mismos ojos. Incluso había empezado a establecerse cierta complicidad entre ellos. Cogió un par de calcetines enrollados formando una bola, se la lanzó y se entretuvo un rato viéndola jugar.

Llamaron a la puerta: era la *cat-sitter*. A Maximilien le había resultado muy fácil fidelizarla: no abundaban los clientes que daban carta blanca. Así que se marchó tranquilo al lugar donde se iba a grabar el programa.

Le encantaba el ambiente de los platós. Siempre reinaba en ellos una efervescencia electrizante que le parecía estimulante y no muy alejada de su propio universo en el negocio del lujo. En cuanto al mundo invisible que trajinaba detrás de las cámaras, le parecía fascinante imaginar la cantidad de personas implicadas en la realización de un programa.

Romane aguardaba con los demás. Una asistente fue a avisar a Luca Morini de su llegada. Cuando apareció, solo tuvo ojos para Romane.

Maximilien empezó a odiarlo desde el primer momento. Observó celoso cómo Luca la rodeaba entre sus brazos, estrechándola en un abrazo que le pareció tan excesivo como fuera de lugar.

Cuando Luca se dio cuenta por fin de que Romane no había ido sola, saludó a los demás integrantes del grupo con un apretón de manos. Maximilien tendió la suya de mala gana, con una repugnante jovialidad.

Romane caminaba alegremente junto a su exalumno,

recorriendo con él los meandros del plató, riéndole las bromitas, bebiendo sus palabras con deleite.

Maximilien observaba aquel coqueteo con malos ojos perseguido por Nathalie, que no se despegaba de él. ¿Por qué no le daba respiro? Se avergonzó de sus pensamientos, cuando la verdad era que le caía simpática. Tenía un mal día, estaba sufriendo un ataque de bolinería en toda regla.

—Te noto raro. ¿Estás bien? —se decidió a preguntar la joven.

—Sí, sí... —contestó él en el mismo tono que si la estuviera mandando al infierno.

La imagen del dragón arrasándolo todo a su paso volvió a su mente. Sabía que hacía mal comportándose así, pero no podía evitarlo, no acababa de digerir su enfado y su frustración. Y, sobre todo, tenía miedo. Miedo de que su tesoro más hermoso se le escapara, de que Romane no le amara. Después de todo, ¿era digno de ser amado? Ni siquiera con su propia madre había tenido nunca la seguridad de serlo. Una herida de la infancia que él creía indolora y que, desde hacía unos días, se iba despertando poco a poco, como el sonido de un tam-tam frenético, acelerando su corazón inquieto.

El grupo subió a la sala de maquillaje. Thomas estaba en las manos expertas de la profesional, que le aplicaba unos toques de fondo, indispensables en la pantalla incluso para los hombres, para evitar brillos en la cara.

Thomas se levantó de un salto para saludar a todo el grupo. Primero a su madre, por supuesto, que lo estrechó entre sus brazos. Luego a los demás. Luca Morini le dio unas palmadas en la espalda.

—¿Qué tal? Espero que no estés muy nervioso. ¿Sí, un poco? Bah, eso no es nada. ¡Se te pasará con los años! ¡Ja, ja, ja!

«¡Ay, que me parto de risa!», ironizó Maximilien en su interior.

Pero Romane reía a coro con el productor. ¡Alucinante! Solo tenía ojos para él, ¡era insoportable! ¿Y si lo veía atractivo? Le entraron sudores fríos solo de pensarlo. Pero a decir verdad, el tipo no estaba mal. Incluso tenía carisma. Al parecer, a las mujeres les gustaba mucho esa imagen: pelo entrecano y aspecto muy cuidado.

Llegó la hora de empezar a grabar. Luz roja. Silencio. Acción.

La productora había instalado sillas para los visitantes. Maximilien se sentía desamparado en la oscuridad. Le habría gustado poder llevarse a Romane aparte, para él solo, y decirle... decírselo todo. Pero ella había guardado un sitio a su lado que Luca Morini se apresuró a ocupar. La media hora que siguió fue un auténtico infierno para Maximilien. Sobre todo, cuando Morini se inclinaba hacia ella para susurrarle algo al oído. Casi podía ver brillar la mirada de la joven en la oscuridad. Maximilien destrozó un pañuelo de papel que llevaba en el bolsillo de la americana. Los nervios.

En el descanso, habían preparado un *brunch* para todo el equipo. Émilie no cabía en sí de orgullo: su hijo había estado espléndido. La sala no tardó en llenarse de conversaciones alegres y animadas. Maximilien se sentó frente a Romane, sentada a su vez junto a Luca Morini. Parecían tener millones de cosas que contarse, lo que le amargó el día aún más. Dominado por las emociones negativas, decidió atacar al hombre en cuestión y se comportó de un modo odioso.

Empezó por preguntarle por su carrera de un modo inocente en apariencia. Luego le insinuó que para un productor era triste ser un «continuador» y conformarse con explotar un concepto de programa ya existente. ¿Falta de audacia? ¿Falta de originalidad? Luca levantó una ceja en un gesto de asombro, sin entender la razón de esas pullas tan fuera de lugar, aunque no se dignó entrar al trapo, para frustración de Maximilien, deseoso de medirse con él.

Cuando llegaron los postres, Maximilien se levantó para ir a buscar un café a la máquina. Romane se reunió de inmediato con él.

—¿Se puede saber qué te pasa? —preguntó, furiosa.

Él se encogió de hombros y no respondió, decidido a ser odioso hasta el final.

—¡Tu actitud es intolerable! —prosiguió la joven.

—No más que la tuya —replicó con rabia en un susurro.

—¿Cómo? ¿Qué le pasa a mi actitud? Espera, me temo que ya lo entiendo. ¡No me dirás que te molesta mi «familiaridad» con Luca!

Maximilien se volvió hacia ella para clavar los ojos en los suyos.

—¡Pues es muy posible que sí!

Romane parecía ofendida y muy enfadada.

—En ese caso, creo que será mejor que te vayas.

Maximilien acusó el golpe, dejó la taza de café con brusquedad y dio media vuelta sin siquiera dirigirle una mirada.

¡Que se fueran al infierno, ella y ese maldito *italianini* demasiado repeinado para ser de fiar! Se dirigió a toda prisa hacia la salida, con las manos metidas en los bolsillos y la rabia contenida, y se dio de bruces con un hombre que llegaba en sentido contrario. Era Patrick. Estaba radiante.

—¿Qué tal, Maximilien?

Patrick le sonreía como se sonríe a un amigo. Con afecto. ¡Qué cambio!

—Tengo que irme. Pareces contento.

—Es por Janine. ¡Acepta volver a verme! Hemos quedado.

—Me alegro muchísimo por ti.

¡Ironías del destino! El payaso triste se cruza con el payaso alegre. Maximilien salió a toda prisa del estudio, acongojado, habitado por su payaso vagabundo, frustrado en sus sentimientos.

48

Romane acababa de despedirse de Luca Morini, quien había disfrutado tanto del día que había compartido con ella que le había hecho prometer que volverían a verse muy pronto. En su presencia, Romane había disimulado hasta el final, pese a la decepción, la tristeza y la ira que le había provocado el comportamiento de Maximilien.

Mientras caminaba por la calle para despejarse, no podía evitar pensar en el asunto. ¿Tanto se había equivocado con él? ¿Conservaría para siempre sus rasgos negativos bolineros? Celoso, posesivo, desmesurado, ¿era ese el retrato del hombre al que quería amar? Porque tenía que rendirse a la evidencia: le gustara o no, sentía algo por él. Ese día, Maximilien la había sacado de sus casillas y la había decepcionado. Pero, pese a todo, acaparaba sus pensamientos. Y, por desgracia, su beso robado seguía obnubilándola. ¿Cuánto tiempo sostendría el escudo de la deontología? ¿Conseguiría resistirse si volvía a intentarlo?

La verdad era que se sentía dividida entre su atracción por él y su miedo de múltiples caras: miedo a la intensidad de sus emociones, a iniciar una relación con un hombre como él, a ser seducida, a la decepción, a sufrir de nuevo... Miedo, miedo, miedo, miedo. Lo único que se le ocurrió fue llamar a su padre. Lo necesitaba, le urgía su opinión, su apoyo. Rezó para que no respondiera con frialdad.

Jean-Philippe le propuso al instante que fuera a verlo, lo que ella hizo de inmediato. Cuando su padre abrió la puerta, Romane se echó en sus brazos. Se acomodaron ante un piscolabis y por fin ella pudo expresar su descontento. Los celos de Maximilien la habían decepcionado y sembraba dudas sobre una posible relación entre ellos. Jean-Philippe la escuchó con paciencia, feliz de que volviera a sincerarse con él. Incluso llegó a hablarle de su bolinería pasada.

—Acuérdate de lo celoso que era yo también con tu madre. Los celos son un veneno. Pero, en cierto modo, son también la prueba de que siente algo por ti. Y si trabaja, con tu ayuda, no se puede descartar que a la larga mejore en ese aspecto.

Le pareció que el punto de vista de su padre sobre una posible relación con Maximilien estaba cambiando, o al menos ella se lo tomó así. Y ese claro que se había abierto en el cielo de sus dudas le dio una inyección de optimismo.

Llegó a su casa apaciguada por la conversación. Al día siguiente se levantó tarde y se pasó el día vagueando en casa, algo que llevaba mucho tiempo sin hacer. A última hora, estaba a punto de empezar a ver una película cuando sonó el timbre. La joven le abrió a un hombre con cabeza de caja de cartón. En realidad, no. La enorme caja de cartón se apartó para dejar a la vista la cara redonda y colorada de un jadeante repartidor.

—El ascensor está averiado.

—Ah...

—¿Es usted la señora Romane Gardener?

—Sí, soy yo.

—Tome, es para usted. Firme aquí.

Romane obedeció, preguntándose qué contendría el paquete. Le dio una propina y las gracias al repartidor y se apresuró a llevar la caja a la mesa. Sobreexcitada, cogió unas tijeras para cortar la cinta adhesiva y la abrió. Lo primero que encontró fue un sobre blanco. Lo abrió al instante. Era de Maximilien. El corazón le dio un vuelco en el pecho.

> Para pedir perdón por mi horrible ataque de bolinería de ayer (juro y perjuro que no volverá a pasar) y porque eres una flor entre las flores. M. V.

Romane sonrió, más conmovida de lo que le habría gustado admitir. Impaciente, retiró el papel de seda que cubría lo que imaginaba que eran unas magníficas orquídeas. Metió las manos hasta el fondo de la caja para coger la maceta por abajo y, de pronto, notó que algo corría por su antebrazo. Sacó el brazo del paquete profiriendo un grito y haciendo que este saltara por los aires. Un horrible bicho negro, una cucaracha, intentaba trepar por su brazo de manera invasiva. Movida por su instinto defensivo, Romane la apartó con un gesto brusco y lanzó otro grito histérico. Temblando, retrocedió dos pasos para tratar de recuperarse.

Con el corazón palpitando como un sonar, empezó a

registrar la habitación a fondo, como si fuese un desactivador de minas en zona enemiga. Sin hacer ruido, se quitó la zapatilla derecha. Con esa arma en la mano, exhibiendo una falsa seguridad de guerrera intergaláctica, la joven se acercó con sigilo al territorio infestado: la caja abierta en el suelo, con sus rodales de tierra a modo de obuses, sus ruinas de cartón y sus cadáveres de orquídea. Y allí, emboscado detrás del recipiente de cerámica, surgió el enemigo. ¡Cinco monstruosos bichos, agrandados por una imaginación aterrorizada, echaron a correr hacia ella como si quisieran rodearla!

«¡Socorro!» Romane profirió un irreprimible grito de horror y, abandonando la zapatilla en el campo contrario, salió huyendo para atrincherarse en su dormitorio. Temblando y superada por la repugnancia, tuvo que rendirse a la evidencia: no tenía el físico apropiado para interpretar el personaje de Exterminator de salón. Mientras intentaba calmar su respiración desacompasada y hacerse a la idea de que no ganaría esa guerra de los mundos, se sentó en la cama para intentar pensar.

«¡Vamos a ver, Romane! Ha sido Maximilien quien te ha enviado esas flores. ¡Debe de tener una explicación!»

Descolgó el teléfono y lo llamó con voz trémula.

—Soy Romane... —articuló con mucho esfuerzo.

—¿Qué pasa? ¿Algo va mal? ¿Has... has recibido mis flores? —se atrevió a preguntar.

—¡S... sí...! ¡De eso se trata! Acabo de abrir la caja y... y... ¡Había cucarachas dentro! —gritó.

—¿Cómo? ¡No entiendo! ¿De qué va esto?

—¡Les... tengo... fobia a las cucarachas!

—¿Romane?

—¿Sííí?

—No te muevas, voy para allá.

Cuando Maximilien entró, la encontró todavía temblando. Al instante tomó las riendas del asunto. En el fragor de la batalla, Romane había volcado la caja y la espléndida maceta con orquídeas que contenía. Había tierra desperdigada por el suelo. Distinguió enseguida las cucarachas, que permanecían agrupadas.

—Sube ahí —le ordenó a Romane señalando el sofá, para que no corriera el riesgo de darse otra vez de narices con uno de aquellos bichos.

Como un Rambo casero, Maximilien cogió de la cocina una pala y una gran bolsa de basura y se lanzó contra las indeseables. Enarbolaba una extraña mueca en su semblante, y Romane se preguntó si, por ella, no estaría sobreponiéndose a su propia repulsión. En un santiamén, bajó al contendor con la infecta bolsa de basura y volvió a subir. Lo primero que hizo fue lavarse las manos y acercarse rápidamente a Romane, acurrucada en el sofá.

—¿Qué tal? ¿Te encuentras mejor?

La joven asintió despacio, todavía no repuesta del todo de sus emociones.

—Voy a revisar la habitación para asegurarme de que no queda ninguna, ¿de acuerdo?

—Gr... gracias...

Romane observó el curioso tejemaneje de Maximilien agachándose para mirar por todas partes, debajo de los muebles y detrás de los cojines, para dar caza a las posibles fugitivas de seis patas. Dio un respingo, acompañado de un estremecimiento de horror, cuando mató a otra, la última.

—Ahora sí que he acabado con todas.

Debió de pensar que se imponía un pequeño estimulante, porque fue a la cocina y regresó con dos copas y un buen Saint-Émilion que encontró en el botellero.

Romane, que ya había bajado del sofá al que se había encaramado, lo esperaba como si fuese su salvador.

—Toma, bebe, te sentará bien.

Se sentaron en torno a la mesa redonda y bebieron el oscuro néctar a pequeños sorbos. Romane, que iba recobrando el color y el ánimo, tomó entonces conciencia de la situación: Maximilien en su casa, tan cerca de ella que podía tocarlo. Con la copa pegada a la nariz como un escudo, lo miraba por encima de esa muralla de cristal, intentando no hacer caso de las pesadas partículas de deseo que cargaban el ambiente.

—No me explico qué ha pasado —dijo Maximilien por decir algo—. Llamaré a la floristería. Es incomprensible. ¡Yo que quería redimirme por mi conducta de ayer! Qué fracaso...

—¡Sí! Bueno, no... No ha sido un fracaso. Me ha gustado el detalle.

No obstante, la mención a su conducta del día anterior reavivó en Romane una pizca de enfado. Para romper el contacto visual, se levantó de repente y empezó a deambular de un lado a otro de la habitación. Necesitaba soltar lo que llevaba dentro, poner los puntos sobre las íes y, sobre todo, que no se imaginara que, por haberla salvado de las cucarachas, iba a olvidarse así como así de todo lo demás.

—Mira, Maximilien, aprecio mucho que hayas venido

a ayudarme con esos bichos asquerosos. Pero eso no lo arregla todo. Ayer te comportaste de un modo que realmente... me dolió mucho.

—Lo sé, pero...

Se había levantado para intentar explicarse.

—¡Quédate sentado, por favor! —ordenó ella en un tono que no admitía réplica—. ¡No, no creo que lo sepas! Ese es el problema. ¡Tú no te das cuenta del efecto que causa ver a una persona a la que aprecias... —escogía las palabras con cuidado y pensó de pasada que manejaba bastante bien el arte del eufemismo— actuar de pronto como el peor de los machos y de los patanes!

—Soy muy consciente de que...

—¡Déjame acabar! —ordenó de nuevo.

Maximilien palideció un poco. No debía de estar acostumbrado a que le hablaran en ese tono. Ella temía que replicara con aspereza, pero no dijo nada.

—Desde la dichosa noche, a nuestro regreso de Normandía, en que me..., bueno, en que nos...

—Besamos.

—¡Sí! —dijo ella, casi con rabia—. Es posible que se te metiera entre ceja y ceja conquistarme y pensabas que, como todo lo que se te antoja, ibas a conseguirlo con solo chasquear los dedos.

—No, no, en absoluto.

Maximilien se levantó de nuevo y se acercó a ella. Demasiado. Los ojos de Romane lanzaban destellos, y la joven lo apartó.

—¡Basta! ¡Tu numerito de seducción no funciona conmigo!

—Pero ¿de qué número de seducción hablas, Romane?
—Maximilien empezaba a perder la calma.

¿Iba Romane a revelarle lo que la carcomía por dentro desde hacía días? Sí, debía hacerlo.

—¿Crees que no sé que eres un conquistador? ¿Crees que no he visto de qué vas con Nathalie y con todas las demás?

—¿Cómo? ¡No me lo puedo creer!

Ahora le tocaba a Maximilien montar en cólera. Caminaba arriba y abajo desde la ventana hasta la mesa de centro y vuelta. Romane temblaba un poco y temía haber ido demasiado lejos. A él se lo llevaban los demonios.

—¡Me haces una escena porque ayer me puse celoso de tu productor como se llame, pero escúchate a ti misma! ¿Qué estás haciendo tú ahora?

—¡Esto es muy distinto! —se defendió ella, casi gritando.

—¿Ah, sí? ¿Y cuál es la diferencia?

Ahora estaban casi cara a cara, empujados por su ira respectiva.

Romane se armó de valor para espetarle a las claras su verdad.

—¡La diferencia es que yo no quiero ser un número más en tu lista de conquistas!

Su confesión pareció apaciguar un poco a Maximilien, aunque sus facciones y su cuerpo seguían tensos. Esperó unos instantes antes de responder.

—No hay peligro de que eso suceda.

—¿Ah, no? ¿Y por qué?

Él dio un paso más hacia delante y la cogió por los hombros para atraerla hacia sí.

—Sabes muy bien por qué.

Ella se estremeció al ver la expresión de su mirada, que no admitía duda alguna acerca de la respuesta. Le habría gustado salir huyendo, pero él no le dejó escapatoria. La besó, y Romane no pudo sino dejarle hacer. El contacto de los labios tibios, enseguida ardientes, le arrebató toda capacidad de resistencia. Debió de notar en ella el deseo de abandonarse y la besó con más voluptuosidad aún. ¡Dios mío! ¿Cómo conseguía ese hombre ponerla al rojo vivo en menos de dos minutos?

La expresión «maravillosamente bueno» le pasó por la mente mientras saboreaba sus alientos entremezclados. Le sorprendió esa combinación de seguridad y delicadeza en la forma que tenía Maximilien de tocarla. Sus manos, de una suavidad indecente, se deslizaban sobre ella como si quisiera moldearla a base de caricias. Se estremeció entre sus brazos, lo que lo envalentonó aún más. Se desplazaron a tientas por el salón hasta el dormitorio. Con la mente nublada por una bruma melosa, Romane sucumbió por completo y, en un torbellino de sensaciones vertiginosas, dejó que sus cuerpos se contaran cosas.

49

Maximilien había llegado temprano a la oficina. Llevaba horas pegado al ordenador para intentar recuperar el retraso acumulado de varios días. Pulsó el botón del interfono para llamar a Clémence, que acudió de inmediato.

—¿Sí, señor Vogue?

—Clémence, me ausentaré durante la hora de la comida. Tengo que ir a la clínica a ver a mi hermana y me gustaría llevarle un detalle. ¿Podría encargarse de comprar un regalo para ella, por favor?

—¿Tiene alguna idea?

—Le doy carta blanca. Confío en usted.

Maximilien le sonrió como había sonreído a todas las personas que había visto esa mañana, beatíficamente, y volvió a sumergirse de inmediato en sus expedientes. Dedicó un pensamiento a Romane, a la que había dejado esa misma mañana, todavía dormida, guapa, espléndida, sublime en su envoltorio de sábanas. ¡La verdad es que no le dedicaba uno, sino mil pensamientos por minuto! Si quería avanzar en el trabajo iba a tener que encontrar la manera de concentrarse!

Además, tenía que ir sin falta a comprobar el progreso de las obras de la segunda planta: estaba acondicionando un bar-siesta, un lugar en el que sus empleados pudieran disfrutar de un rincón en el que relajarse. Desde hacía varias semanas, y gracias al impacto del trabajo realizado en el Centro de Reeducación Antibolinería, se interesaba de cerca por el componente humano en la empresa y las ideas innovadoras que permitirían a todos sentirse mejor, más a gusto en su trabajo, menos cansados, menos estresados. Era, por supuesto, una de las claves de la productividad, pero no solo eso.

Maximilien también había abierto los ojos a lo que constituía la esencia misma de un proyecto colectivo exitoso: el sentimiento de pertenencia, la impresión de estar en el mismo barco. ¡Así que más valía hacer lo posible para que el barco no pareciese una galera, sino más bien un galeón!

El bar-siesta estaba adquiriendo un aspecto estupendo. Maximilien se mostró encantado. Habían comprado unos sillones «Ingravidez» que, gracias a una posición de gravedad neutra y un programa de masajes integrado, aliviaban el cansancio acumulado. Estaba seguro de que las camas de masaje shiatsu también serían un gran éxito. Su combinación de los beneficios del calor infrarrojo y las piedras de jade era única. Y además, los trabajadores de Cosmetics & Co recibirían unos «créditos Zen» para gastarlos libremente durante el descanso de mediodía, a razón de dos horas al mes.

Contento con los avances, Maximilien felicitó al responsable de la obra y regresó a su despacho, donde Clémence lo esperaba con un regalo para su hermana.

—¡Gracias, qué eficacia! —le dijo con una amplia sonrisa, atento a aplicar los principios que le había enseñado Romane sobre la importancia de las muestras de reconocimiento—. Por cierto, ¿puede reservarme para esta noche una mesa para dos en el Itinéraire?

Su asistente tardó un momento en asentir.

—Perfecto, gracias.

Clémence salió del despacho tras lanzarle una extraña mirada. Maximilien se dio cuenta, pero enseguida se concentró en sus ocupaciones.

Cuando llegó a la clínica, encontró a Julie mucho mejor. Su hermana había recuperado el color y estaba previsto que le dieran el alta ocho días más tarde. La abrazó con cariño.

—¿Cómo te encuentras?

—Mejor. Mucho mejor. ¡Me alegro de verte!

—¡Yo también!

—Quería pedirte perdón por haber sido tan dura contigo.

—Déjalo ya.

—No. Lo he mezclado todo y he proyectado sobre ti todos mis enfados y miedos. Pero tú no tienes la culpa de que esté atravesando un mal momento.

—Lo pasado, pasado está. Lo que cuenta es lo que vas a hacer a partir de ahora. ¡Tienes mucho talento! Estoy seguro de que no tardarás nada en reanudar tu actividad normal. No te preocupes. Tómate todo el tiempo que haga falta para restablecerte y después podrás imaginar con tranquilidad el proyecto de vida idóneo para hacerte feliz. Yo te ayudaré si lo necesitas. Creo que, en todo este asunto, lo que más te ha hundido es la ruptura con Walter. Perdona, pero siempre desconfié de él.

—¡Yo también debería haber tenido más cuidado! En los últimos meses me enredó de mala manera. En realidad, nunca fue en serio conmigo. ¡Cuando pienso que me dejó plantada por esa niñata!

—No te llegaba ni a la suela del zapato. ¡Ya verás como tú también encuentras a tu media naranja! Una persona que te quiera de verdad por lo que eres.

Julie miró a su hermano de frente y se atrevió a hacerle una pregunta indiscreta.

—¿Y tú? ¿Cómo van tus amores? Me parece que esa tal Romane está muy interesada en ti.

—¿Por qué lo dices?

—Bueno, cuando vino a verme... ¡Hay señales que no engañan! Sus ojos cuando habla de ti, el rubor en sus mejillas...

—Ah...

Era imposible ocultarle algo a su hermana gemela. Maximilien sonrió como un colegial que confiesa su primer amor.

—Sí, la verdad es que nos hemos acercado bastante en los últimos días.

—¡Maximilien! ¡Venga ya!

Julie bromeó y le hizo rabiar sobre su idilio naciente. Maximilien estaba encantado con aquella tierna complicidad recuperada. Charlaron un rato más de esto y lo otro, hasta que llegó la hora de irse.

—Y no dudes en llamarme si necesitas cualquier cosa, ¿vale?

La joven asintió y Maximilien se sintió feliz de que por fin aceptara su apoyo.

Reiteró su recomendación asomando la cabeza por el hueco de la puerta cuando ya había salido.

—Cualquier cosa, ¿eh?

Aquel pequeño juego hizo reír a su hermana, y Maximilien montó en el coche más aliviado. Tenía que ir al Centro de Reeducación, donde había quedado con Jean-Philippe. Había aceptado ayudarlo con un asunto legal, pero no sería cosa de mucho tiempo. De esa forma esperaba ganar puntos con él, ya que no le había pasado inadvertida su actitud reservada hacia él durante el fin de semana en Normandía. Pero entendía que fuera protector con una hija como la suya.

Maximilien llamó a la puerta de la sala de reuniones y la voz de Jean-Philippe lo invitó a pasar. Lo encontró concentrado, inclinado sobre un montón de papeles extendidos en la gran mesa.

—¡Menos mal que he venido! —comentó Maximilien en tono de broma.

Jean-Philippe, en efecto, parecía aliviado por aquel refuerzo inesperado. Los dos hombres trabajaron durante una hora y media sin levantar la cabeza. Maximilien tuvo la clara impresión de que su ayuda había sido preciosa. Estaba a punto de despedirse cuando Jean-Philippe le detuvo.

—Maximilien, ¿mi hija...?

Por el tono, intuyó que iba a abordar un tema mucho más personal.

—¿Sí?

—Creo que le gusta bastante, ¿no?

Se quedó desconcertado. Pensaba que había sido discreto.

—Sí.

—Lo sospechaba. Quería decirle solo una cosa...

—¿Sí?

—No juegue con ella.

—No es mi intención.

—Eso espero.

Jean-Philippe lo acompañó hacia la salida y, una vez allí, posó una mano sobre su espalda en actitud amigable.

—Gracias por su ayuda y no olvide lo que le he dicho sobre mi hija. De lo contrario, ¡ándese con ojo! Sería una lástima que despertaran mis antiguos accesos de bolinería...

El sobreentendido no podía estar más claro. Maximilien se dio por enterado.

Volvió al coche, todavía turbado por las palabras de Jean-Philippe. Aunque su relación con Romane era muy reciente, presentía que no iba a ser una historia como las demás.

Arrancó y tuvo que maniobrar para salir por culpa de un gran Mercedes que se había pegado a su vehículo. Avanzó unos metros y notó algo raro, como si el coche estuviera inclinado hacia un lado. ¡Y qué ruido más extraño! Aparcó en cuanto le fue posible y bajó para ver qué pasaba. Examinó los neumáticos y se rindió a la evidencia: había uno pinchado. ¡Solo le faltaba eso! Llamó a la compañía de seguros para que le enviaran una grúa y luego a la empresa para avisar a Clémence de que llegaría tarde a la siguiente reunión. ¡Qué raro! Su asistente no contestaba. La llamó al móvil. Clémence se disculpó: había tenido que ir a la farmacia, no se encontraba muy bien. Él la tranquilizó: no tenía ningún inconveniente en que saliera antes del trabajo. Cuando colgó se dio cuenta de que le gustaba el jefe en el que se estaba convirtiendo. Llamó a continuación a un chófer privado y regresó a Cosmetics & Co.

Al final de la jornada recibió una llamada del mecánico.

—¿Señor Vogue? Le llamo para decirle que su coche estará listo mañana. Y que hemos tenido que cambiar el neumático. El otro estaba destrozado.

—¿Cómo es posible?

—Está rajado con un cuchillo. Eso no hay quien lo arregle.

—¿Qué? ¡Es increíble!

—Bueno, ya sabe... Hoy en día, el vandalismo...

Maximilien colgó y se quedó pensativo unos instantes. «Un golpe de mala suerte», se dijo. Había tenido que tocarle a él. ¡Bah! ¡Afortunado en el amor, no le importaba pagar un pequeño tributo de mala suerte!

Volvió a ponerse a trabajar, pues esa noche tenía previsto llevar a Romane a cenar. El lugar de la cita le parecía perfecto: Itinéraire, un restaurante con un concepto original cuyo chef proponía una cocina a base de pétalos de flores con delicadas variaciones aromáticas, un enfoque casi pictórico del plato, un festival de colores y de sutileza. Esperaba encandilar a Romane y excitar sus sentidos, suponiendo que estando juntos eso fuera necesario.

Llegó a las ocho y media en punto. Romane ya lo esperaba. Se besaron con ternura y un transeúnte pícaro les espetó un «¿Qué tal, tortolitos?».

Al levantar los ojos hacia él, a Maximilien le pareció ver un reflejo extraño tras la luna de un coche aparcado al otro lado de la calle. Pero, cuando lo miró con un poco más de atención, se dio cuenta de que no había nadie al volante. Sin duda había sido una impresión engañosa.

50

El programa estaba tocando a su fin y se acercaba el momento de que los cinco participantes hicieran balance. Romane había preparado una ceremonia increíble: ¡un entierro de la vida de bolinería! Sería espléndido para cerrar aquel recorrido. El equipo había elegido un lugar mágico: un tríplex en pleno corazón del barrio de Montmartre cuyas cristaleras ofrecían una vista magnífica de París. Aquel loft de diseño y ultramoderno proporcionaría un ambiente festivo y esperaba que también inolvidable.

Los preparativos iban viento en popa. Romane le había pedido a Maximilien que se mostrara discreto con los demás miembros del grupo sobre su incipiente relación hasta que el programa hubiera acabado. Desde que habían dado juntos ese paso hacia la intimidad, Romane experimentaba una multitud de emociones contradictorias: euforia, excitación, pero también dudas y miedo. Su pobre cerebro parecía un campo de batalla donde los sentimientos positivos y negativos libraban un combate sin cuartel.

«¿Por qué tengo estos conflictos interiores? —se preguntaba, enfadada consigo misma—. ¡Debería flotar entre nubes rosas y punto!» En lugar de eso, no dejaban de afluir preguntas a su mente. Demasiadas. ¿No era un error haber caído tan pronto en sus brazos? ¿No sería esta relación una llamarada, un simple devaneo para el seductor Maximilien? ¿Conseguiría hacerse un lugar en su vida sin quedar encajonada entre dos franjas de una agenda sobrecargada?

Durante los últimos días, Romane se había sorprendido espiando los actos y gestos de Maximilien en el Centro. Su forma de mirar a Fantine, la guapa asistente, e incluso a Nathalie, con quien seguía teniendo una relación muy cercana. En esos momentos sentía violentos aguijonazos de celos. Sería inaceptable que cediera así a semejantes tendencias bolineras. Era preciso reaccionar y corregir el tiro sin tardanza. Romane sabía cómo: debía contratar de inmediato a un coach, un entrenador interior para poner en orden sus ideas.

Lo llamó Pepito, como un guiño a Pepito Grillo, el sabio y buen compañero de Pinocho que tanto le gustaba cuando era pequeña. Y tomó la costumbre de recurrir a ese nuevo coach varias veces al día para que la ayudase a ver las cosas claras y a apaciguar sus temores.

El resultado era a veces un diálogo interior un tanto extraño:

«Romane: ¡Pepito! ¿Y si en algún momento se interesa por otra mujer?

»Pepito: ¡Ten confianza, pequeña Romane! No hay peligro de que eso ocurra si sigues siendo tú misma, como a él le gusta: sonriente, generosa, rebosante de vida... ¿Cuántas veces te he dicho que esos oscuros pensamientos que fabricas son venenos mentales que pueden acabar intoxicando tu relación amorosa?

»Romane (lloriqueante): Pero, si ocurre, ¿qué hago?

»Pepito (supercomprensivo): Mi querida Romane, repítete como una dulce cantinela algo como: "Confío en mí y en nuestra relación. Recibo lo que viene. Digo sí a lo que es".

»Romane (obcecada en su escenario negativo): Pero ¿y si soy un desastre? ¿Y si no estoy a la altura?

»Pepito (con un chasquido de lengua reprobador): Chis, chis, chis, pequeña Romane. ¡Deja de ponerte en plan Calimero! En una relación amorosa, nadie te pide que estés a la altura. Simplemente que seas fiel a tu manera de ser y te atrevas a dejar al otro entrar en tu burbuja. El universo hará lo demás.

»Romane (aferrada a su canguelo): ¡Es más fácil decirlo que hacerlo, Pepito! Además, tengo miedo de salir trasquilada. Si algún día me traiciona, no volveré a levantar cabeza.

»Pepito (con dulzura y firmeza): ¡Ya vale, Romane, pareces un disco rayado! Sabes de sobra que no es posible vivir con el miedo por compañero. Ten confianza y déjate llevar. Todo irá bien. Empieza por ser indulgente contigo misma. Mírate en el espejo con una mano sobre el corazón y repite: "Me quiero y me acepto como soy, pese a mis miedos y mis dudas". Ya verás como eso te ayuda.

»Romane (un poco calmada): De acuerdo, gracias, eres un ángel.

»Pepito: ¡Bueno, no exactamente, solo un simple grillo, lo sabes muy bien!»

—¿Con quién hablabas? —preguntó Jean-Philippe entrando en la cocina, donde Romane celebraba una conferencia en la cumbre con su entrenador.

—Con nadie, papá, con nadie...

«Romane: ¡Pepito, chissss...! ¡Ahora vete, conseguirás que me tomen por loca!

»Cri, cri, cri..., contestó Pepito, lo que, en el lenguaje de los grillos, significaba sí.»

Así transcurrían los días, cada uno de ellos empujando a Romane a dar un paso más en su relación con Maximilien. En ocasiones se abandonaba a ese torbellino de emociones y sensaciones nuevas que Maximilien era un maestro en provocar. En otras, sentía vértigo y frenaba en seco.

51

Por fin llegó la gran noche del entierro de la vida de bolinería.

Romane tenía motivos para estar contenta: todo el mundo había acudido a la convocatoria. Su grupo al completo, por supuesto. Pero también todos aquellos que, de un modo u otro, habían participado en la aventura: Thomas, el hijo de Émilie; Janine, la mujer de Patrick, y Clémence, la asistente de Maximilien.

Todos se habían puesto elegantes para la ocasión. Romane había escogido un vestido de satén de seda rojo frambuesa, ceñido con una muselina de color coral, que se adaptaba a sus formas como una segunda piel. Esperaba impresionar a Maximilien.

Sin embargo, cuando este la vio, apenas la saludó y se refugió en el bar.

«Romane: ¡Socorro, Pepito! ¡No me hace ni caso!

»Pepito: ¡Cálmate, Romane! ¿No has sido tú quien le ha pedido que sea discreto?»

Y, en efecto, cuando encontró su mirada ardiente comprendió que se había equivocado al preocuparse. ¡Uf! Por desgracia, su alivio duró poco, porque en ese momento vio a Clémence, que se acercaba a Maximilien enfundada en un suntuoso vestido de tubo negro. ¡Se quedó estupefacta cuando Clémence besó a Maximilien! ¡Besar a su jefe! Maximilien le cogió entonces las manos para admirarla de la cabeza a los pies. Romane creyó leer en sus labios unas palabras que se parecían mucho a «Está radiante...». Toda su alegría se volatilizó en un abrir y cerrar de ojos. A duras penas oía a los invitados saludarla.

Romane sintió una necesidad acuciante de ir al lavabo. ¡Tanta gente, tanto barullo! De repente, aquella fiesta le horrorizó. ¡Si Maximilien y ella se hubieran quedado solos, en la intimidad, no habría asistido a ese ballet de mujeres guapas y tentadoras a su alrededor! Romane se miró en el espejo y se compadeció de su rostro descompuesto, en el que las lágrimas amenazaban con hacer acto de presencia de un momento a otro.

«¡Cuidadito, Romane! ¡Contrólate!, gritaba Pepito todo lo fuerte que podía dentro de la mente de la joven, que intentaba hacer oídos sordos.

»Romane: ¡Calla! Déjame en paz. De todas formas, esto se ha ido al traste.

»Pepito: ¡Voy a enfadarme! ¡Deja de imaginar ahora mismo cosas que no son verdad! ¡Mírate, estás espléndida! ¡Sí, vamos, mira ese maldito espejo!»

Romane levantó de nuevo los ojos y tuvo que reconocer que con aquel vestido estaba muy atractiva.

«¡Es de ti de quien está enamorado! —insistió Pepito—. Métetelo en la cabeza de una vez por todas. Solo hay una persona que está a punto de echarlo todo a perder, y eres tú.»

Romane resopló ruidosamente. Alguien apareció en el

lavabo. «No, por favor, ella no.» Allí estaba Clémence, radiante, insolente de belleza y relajación. En un arranque de amor propio, Romane irguió el cuerpo a la vez que intentaba recomponer la expresión.

—¡Ah, Romane! ¿Se encuentra bien?

«No te molestes en alardear de amabilidad, guapa. A mí no me la pegas...»

—Sí, sí, muy bien, Clémence, gracias.

—Mmm... Parece un poco cansada. ¡Organizar estas recepciones debe de ser agotador!

Romane encajó la pulla en silencio.

—Sí, lo es. Pero todo está en orden, Clémence. Hasta luego. Espero que lo pase bien...

¿Por qué tenía que considerar a esa mujer como una rival? Romane se odiaba a sí misma por tener esas reacciones irracionales.

Sin embargo, cuando Maximilien se acercó por fin a ella para susurrarle un tierno cumplido al oído, se mostró distante y le dio las gracias con frialdad, lo que pareció contrariarle. De buenas a primeras, se alejó de ella para acercarse al grupo y Nathalie, que reía a carcajadas, lo recibió con los brazos abiertos. Desde luego...

Pepito llamó al orden a Romane: debía animar la velada. ¡Era la maestra de ceremonias y tenía que desempeñar su papel!

Se dominó para seguir adelante y concentrar sus energías positivas antes de llamar la atención de los invitados haciendo tintinear su copa de champán con un cuchillo.

—Buenas noches y gracias a todos por estar aquí. Es muy emocionante para mí clausurar este programa con vosotros y comprobar todo el camino que habéis recorrido. Permitidme que os lo diga: hacéis que me sienta muy orgullosa. Habéis realizado en pocos meses cambios increíbles. Os habéis atrevido a cuestionaros a vosotros mismos con valor y determinación, cuando la mayoría de las personas prefieren seguir siendo como son. ¡Creo poder decir que les habéis retorcido el pescuezo a vuestras tendencias bolineras!

Los asistentes aplaudieron, visiblemente emocionados por aquellos cumplidos sinceros.

Romane levantó la mano para pedir silencio.

—Es un honor para mí entregaros el diploma, así como un pequeño obsequio de recuerdo.

Las sorpresas estaban cubiertas con una tela negra. Romane mantuvo el suspense un momento y luego, con un gesto teatral, retiró la tela. Todos los invitados se acercaron para ver mejor.

Descubrieron, colocados sobre pequeñas bases luminosas individuales, unos increíbles retratos en tres dimensiones de cada uno de los componentes del grupo, impresos en resina transparente. ¡El efecto era impresionante! Todos se quedaron extasiados ante este original presente. Su entusiasmo reconfortó el corazón de Romane y le devolvió toda su vivacidad.

—Para que no olvidéis nunca a vuestro «yo de antes», con sus rasgos negativos de bolinería que os jugaban muy malas pasadas, hoy congelado en resina, simbólicamente canalizado. Espero que este pequeño objeto os permita afianzar el camino recorrido y no olvidar todo lo que hemos hecho juntos.

Las reacciones no se hicieron esperar:

—¡No hay ningún peligro de que eso pase!

—¡Gracias, Romane!

—¡Bravo!

Aplauso general.

Conquistada por fin por la oleada de simpatía y reconocimiento que los participantes le manifestaban, Romane, feliz y sonriente, llamó uno a uno a los componentes del grupo para entregarles el diploma y la figura. La emoción era palpable. Émilie la abrazó enjugándose una lágrima. A Patrick parecía que se le hubiera atravesado una bola de algodón en la garganta. Bruno, tan reservado normalmente, le tendió la mano y, contra todo pronóstico, le plantó dos sonoros besos en las mejillas. En cuanto a Nathalie, se mostró igual de agradecida. Por último, le tocó el turno a Maximilien. La pequeña contrariedad del comienzo de la noche parecía olvidada. La miró intensamente, con los ojos desbordantes de emoción.

—Gracias, Romane. Me has cambiado la vida.

Ninguno de los presentes percibió el alcance de aquellas palabras. Le dio un solo beso en la mejilla derecha. Ella lo miró con la misma intensidad. ¿Había alguna necesidad de añadir que pensaba lo mismo? Romane cruzó una mirada con su padre, que parecía conmovido. Triste y alegre a la vez. Quizá temiera los cambios que iba a provocar entre ellos dos esa relación con Maximilien. Tendría que tranquilizarlo.

En ese momento, Patrick lanzó un «hip, hip, hip, hurra» por Romane, seguido de una ola para aplaudir su trabajo. La concurrencia, obsequiosa, se prestó encantada al juego. Ella se inquietó un poco al no ver a Maximilien, pero este reapareció enseguida con un enorme paquete en las manos. El grupo había querido hacerle un regalo a quien tanto los había ayudado. Emocionada e impaciente, Romane rasgó el papel para descubrir una magnífica escultura de cristal. Se trataba de una mujer que acompañaba a un pájaro en el acto de emprender el vuelo. Entusiasmada, les dio las gracias y repartió besos.

Jean-Philippe hizo una discreta seña a los camareros para que llenaran las copas: era el momento de hacer un brindis. A Romane le encantaban las finas burbujas del champán. Bebió un largo sorbo y dejó su copa detrás de la barra cuando la llamaron para hacerse una foto de recuerdo. Cuando fue a recuperarla, Clémence se la tendió con una sonrisa que desarmaría a cualquiera. «¡Vamos, sé un poco amable con ella! ¡Es un encanto de chica!», susurraba Pepito. Así que Romane se obligó a cruzar unas palabras con ella, prohibiéndose hacer muecas de ningún tipo ante su provocativo escote. Nerviosa, vació la copa en tres sorbos. ¡Demasiadas emociones!

Los camareros pasaban ahora con bandejas llenas de deliciosos canapés. Las conversaciones fluían, acompañadas de una música ambiental escogida con cuidado para envolver la atmósfera con suavidad y discreción.

Romane iba de un grupo a otro, desafiando el ligero vértigo que empezaba a sentir. Se incorporó al de Maximilien, de nuevo enfrascado en una animada charla con Nathalie, quien a todas luces intentaba acapararlo. ¡No lo soportaba! ¡Decididamente, el amor no concedía tregua! Maximilien le dirigió una mirada inequívoca que la tranquilizó. ¡Quizá no le diera tregua, pero era maravilloso! Romane habría querido besarlo allí mismo, ya mismo, pero, en lugar de eso, tuvo que agarrarse de su brazo al notar un súbito pinchazo en el estómago. Él la miraba frunciendo el ceño, preocupado.

—¿Te encuentras bien? Estás muy pálida.

—Sí, sí, me encuentro bien —respondió la joven sin estar segura del todo.

Pero en ese momento notó que le flaqueaban las piernas y que un temblor invadía todo su cuerpo.

—Ahora... ahora vuelvo —dijo con voz entrecortada.

Romane, dominada por las náuseas, corrió hacia los lavabos tapándose la boca con la mano. No consiguió llegar.

Maximilien la encontró en el pasillo.

Alguien paró la música. El ambiente dio un vuelco en cuestión de un minuto.

52

Maximilien pasó la noche junto a la cabecera de Romane, que por fin se había dormido, y también se quedó con ella todo el día siguiente, cuidándola. A mediodía, encargó en un restaurante de confianza una sopa ligera y aromática que reconfortó el estómago todavía revuelto de la pobre Romane.

Jean-Philippe fue a visitar a su hija a última hora de la tarde. Maximilien aprovechó para salir un momento: debía pasar sin falta por la oficina para coger un expediente con el que tenía que trabajar urgentemente. Se marchó con la conciencia tranquila: la dejaba en buenas manos. Además, no tardaría mucho en volver.

Maximilien dejó el coche en el aparcamiento de Cosmetics & Co y entró en el ascensor con una sonrisa en los labios. Un agradable tintineo indicó que había llegado a su planta. Las puertas se abrieron sobre unas dependencias desiertas. Era sábado. Maximilien empezó a buscar el expediente que necesitaba por todas partes. No había manera de dar con él. Abrió uno a uno los cajones de su mesa refunfuñando, pero siguió sin encontrarlo. Empezó a echar pestes contra Clémence.

—¿Dónde demonios lo habrá metido?

Apreciaba mucho a su asistente pero, a veces, llevaba su celo demasiado lejos y tomaba iniciativas que no le gustaban, sobre todo en materia de orden.

«¿Lo habrá guardado en su despacho?», pensó Maximilien, dirigiéndose a la habitación contigua. Miró uno a uno los expedientes alineados sobre el escritorio de Clémence. Nada. Abrió los cajones. Ningún éxito tampoco. Pero uno de ellos estaba cerrado con llave. Como el expediente que buscaba era confidencial, se dijo que quizá lo había guardado allí por prudencia. Sí, seguro que estaba allí. Tenía que abrir ese cajón. Maximilien recordó haber visto a Clémence esconder la llavecita en uno de los botes de lápices. Con un poco de suerte... Volcó los botes con mala conciencia por organizar semejante desbarajuste, pero no tardó en encontrar la llave y suspiró aliviado.

Con rapidez, abrió el cajón y lo registró. Encontró, en efecto, las carpetas amarillas específicas de los expedientes con información sensible cubiertos por un auténtico batiburrillo de objetos. Lápices, una caja de clips, gotas de sanguinaria del Canadá, rotuladores... ¿Sanguinaria del Canadá? Vaya nombre más raro...

«¿Qué demonios será ese producto?», se preguntó. Apartó los objetos para tener acceso a los expedientes y por fin encontró el que buscaba. Aliviado, volvió a ponerlo todo en su sitio después de haber cogido lo que le interesaba. En el momento de guardar la llavecita, se sintió culpable por haber registrado los cajones de Clémence. Confiaba en que no se lo tomara a mal cuando se lo dijese. Aunque, en realidad, ¿necesitaba enterarse?

Maximilien se sentó a su mesa para responder a los correos urgentes relacionados con los datos confidenciales del documento. Mientras escribía sus mensajes, el frasco de sanguinaria del Canadá le vino de nuevo a la mente. ¿Qué sería? Por curiosidad, tecleó el nombre en un buscador de internet. Enseguida saldría de dudas. Aparecieron varias páginas. La primera decía: «¿Cómo provocarse el vómito?». La leyó deprisa. ¿Por qué querría Clémence provocarse el vómito? ¿Le habría ocultado una tendencia bulímica? La imagen de Clémence con su vestido de tubo negro acudió a su mente. Luego, la de Romane vomitando durante toda la noche. Y un terrible pensamiento lo asaltó. No... No era posible. Seguro que se equivocaba. Apartó aquella idea e intentó en vano volver a concentrarse en el expediente. Necesitaba aclarar aquello y quedarse tranquilo. Decidió llamar a su asistente.

—Buenas tardes, Clémence, siento mucho molestarla un sábado, pero se trata de un asunto urgente. Necesito sin falta el expediente Springtown y no hay manera de encontrarlo. ¿Podría acercarse un momento a la oficina? Para compensar, el lunes por la mañana puede tomarse las horas que esté hoy aquí.

—No se preocupe, señor Vogue. No tenía ningún plan. Estaré ahí en menos de una hora.

¡Qué dispuesta estaba a hacer lo que le pidiera! ¿Profesionalidad o...? Maximilien colgó y se pasó la mano por el pelo, dividido entre emociones contradictorias: ¿No había sido siempre Clémence una asistente ejemplar? ¿No debería avergonzarse por sospechar que hubiera cometido un acto tan malintencionado? Pronto aclararía sus dudas. Las manos se le humedecieron ante la idea de aquella confrontación.

Había vuelto a guardar con cuidado el expediente en el cajón de Clémence y lo había cerrado con llave. Sabía que, cuando llegara, lo buscaría ahí. Entonces él aprovecharía para preguntarle sobre las dichosas gotas y observaría su reacción.

A medida que pasaban los minutos su nerviosismo iba en aumento. Hasta que el familiar tintineo del ascensor le indicó que alguien estaba subiendo. Maximilien contuvo la respiración. Al cabo de un instante, Clémence apareció en el hueco de la puerta.

53

Como siempre que veía a Maximilien, Clémence se estremeció en su fuero interno. ¡Qué nervios! Su jefe se había inventado la urgencia de encontrar el expediente Springtown para invitarla a reunirse con él en la oficina un sábado. La joven había dejado a un lado sus ocupaciones sin dudarlo ni un momento para responder a su petición. «He conseguido hacerme indispensable», pensó con orgullo.

Siempre se había apoyado muchísimo en ella en lo profesional, pero Clémence notaba que por fin empezaba a verla no solo como una secretaria, sino también como mujer: se había dado cuenta de cómo la miraba en la fiesta, con su vestido negro. ¡No solo le había dedicado varios cumplidos, sino que la había besado por primera vez! Un casto beso en la mejilla, es cierto, pero ¡qué prometedor! Hoy, esa llamada era la ocasión que llevaba años esperando. Tal vez Maximilien se quitara por fin la armadura de jefe irreprochable y se permitiera cruzar con ella el umbral de la intimidad. Era su momento, cuando todo daría un vuelco. Debía obrar con cautela.

Incapaz de disimular la sonrisa de felicidad que afloraba a sus labios, se acercó a él contoneándose con sutileza. ¿No debía facilitarle que se fijara en las curvas armoniosas que revelaban sus vaqueros ajustados *fatal slim*, como a ella le gustaba llamarlos, y su top fetiche «atrapamiradas»?

—Ahora mismo le localizo ese expediente —dijo sonriendo, con esos aires triunfales de la persona que sabe que no pueden prescindir de ella.

Mientras se dirigía a su despacho, Clémence notó que Maximilien la seguía y se pasó maquinalmente la mano por el pelo para comprobar que llevaba el moño bien hecho. Una deliciosa turbación la invadió al imaginar a su jefe admirando la grácil curva de su nuca.

Cuando llegó a su mesa, vació con más impaciencia de la cuenta el bote de lápices donde escondía la llave del cajón secreto para los expedientes con información sensible.

—¡Aquí está! —exclamó, como si acabara de hacer un truco de magia.

Mientras abría el cajón, Maximilien se inclinó para observar su contenido. Confió en que no le molestara mucho aquel alegre desorden al que llevaba semanas prometiéndose poner fin sin encontrar nunca tiempo para hacerlo. Maximilien alargó de pronto la mano hacia uno de los objetos para cogerlo. El frasco de sanguinaria del Canadá.

—Vaya, ¿qué es esto? —preguntó en voz baja, clavando en ella sus ojos de un castaño dorado.

A Clémence le entraron de repente sudores fríos.

—Nada —respondió, intentando disimular su miedo, y le quitó el frasco de las manos con demasiada brusquedad.

—Debe de ser algo muy personal.

—¡Sí, es muy personal! Señor Vogue, ¿no le han dicho

nunca que no se deben mirar los efectos personales de una mujer? —replicó en un tono de tierno reproche, emitiendo una risita cristalina de coqueta en apuros.

«¿A qué juega?», pensó, incomodísima, guardándose precipitadamente el frasco en un bolsillo.

—Pero, Clémence, ¿por qué tiene un vomitivo?

La palabra surtió en ella el efecto de una bomba. Clémence se quedó lívida. «¿Habrá adivinado...? Imposible.» Sondeó sus ojos.

—No... No entiendo adónde quiere ir a parar.

Balbuceaba. Intentó apartar la mirada, pero no pudo. Se cruzó con la de Maximilien y, por su brillo, supo que la había descubierto. Sentía como un maremoto interior. Pero ¿para qué iba a negarlo? Ahora ardía de deseos de confesárselo. Porque, si comprendía la razón de sus actos, quizá no estuviera todo perdido. En cualquier caso, hacía demasiado tiempo que las palabras le quemaban los labios. No podía seguir conteniéndose: ¡aquello tenía que salir!

—¡Oh, Maximilien! Lo que he hecho ha sido porque... porque... ¡estoy enamorada de usted! ¡Sí! ¡Le quiero! ¡Más de lo que querré jamás a ningún hombre! Un mes tras otro, un año tras otro he estado aquí, a su lado, por usted. Formamos el mejor binomio de su empresa, lo sabe, ¿verdad? Usted y yo... Nada puede detenernos.

¡Cómo le habría gustado poder leerle el pensamiento para saber el impacto que le había causado su declaración! La expresión de Maximilien era indescifrable, pero no apartaba los ojos de ella. Clémence decidió interpretar su silencio como una invitación a seguir adelante.

—Esa complicidad que siempre hemos tenido, ese vínculo excepcional que existe entre nosotros... Es una señal, ¿no? Además, me di cuenta de que en la fiesta me miraba de otra forma.

Se sentía ahora casi eufórica por haber cruzado la frontera.

—¡Pero, Clémence, esto es una auténtica locura! ¡No creo haberle dado a entender nunca que me inspirara sentimientos amorosos!

—¿Se atreve a decir que no le parezco atractiva?

—¡Cálmese, no he dicho eso! ¡Siéntese! —le ordenó.

Una vez más, Clémence lo encontró insoportablemente guapo. Siempre le había seducido la fuerza de su carácter, incluso cuando tenía que aguantar su mal humor.

—¡Es usted una mujer muy guapa, pero no es esa la cuestión! —prosiguió Maximilien—. ¡Demonios, envenenó a Romane! ¡Por su culpa lo pasó muy mal! —Caminaba de un lado a otro de la habitación, como un león enjaulado. Su enojo era palpable—. Sáqueme de dudas sobre un asunto. Lo de las cucarachas no fue cosa suya, ¿verdad?

Clémence se encerró en el silencio.

—¡Hija de...! —exclamó furioso—. ¿Y lo del neumático pinchado de mi coche? ¿Fue usted también?

Clémence agachó la cabeza mientras unos gruesos lagrimones resbalaban por sus mejillas. ¿Cómo justificar lo injustificable? Cuando se atrevió a levantar de nuevo los ojos hacia Maximilien, vio que sus lágrimas le desconcertaban. Era la primera vez en todos aquellos años que se mostraba al desnudo y expresaba sus emociones.

—Perdóneme, perdóneme. Nunca he querido hacerle

daño, le quiero, ¡le quiero muchísimo! —continuó, incapaz de contener las lágrimas.

Vio que Maximilien se acercaba a ella.

—Clémence, Clémence, deje de llorar —dijo en un tono más sosegado, poniéndole una mano sobre el hombro.

Ella creyó percibir en el gesto una especie de absolución. Infinitamente agradecida, lo rodeó con los brazos y lo besó con pasión.

54

Romane corrió hacia el ascensor intentando apartar de su mente la escena que había sorprendido en el despacho de Clémence: la solícita asistente de Maximilien besándolo de un modo inequívoco. ¿Cómo había podido hacerle esto? ¿Cómo se había atrevido Clémence? Esa mujer apretaba allí donde hacía daño y activaba el miedo irracional de no ser sino un número más en la vida de Maximilien.

No conseguía controlar los latidos de su corazón. Su teléfono sonó. Era Maximilien. ¿Estaba en condiciones de contestar? Pese a todo, tenía curiosidad por oír sus argumentos.

—¿Qué quieres? —dijo en un tono que se esforzó en que fuera siberiano.

—¡Romane! ¡No es en absoluto lo que crees! Se trata de Clémence, ha perdido el juicio. Tengo que hablar contigo. ¿Dónde estás?

—Abajo, en el vestíbulo.

—¡No te muevas! ¡Ahora mismo estoy ahí!

Romane apretó el botón para cortar la comunicación y guardó el móvil en el bolso con un gesto vacilante.

Encontrar a Clémence entre los brazos de Maximilien, ver a esa mujer poner las manos sobre su hombre y besarlo le había producido una sensación insoportable. ¿Era posible que se hubiera equivocado de medio a medio con él? Angustiada, con las manos trémulas, aguardaba con impaciencia su llegada para aclarar las cosas. De pronto, la puerta de acceso a la escalera se abrió.

No era Maximilien, sino Clémence.

Las dos mujeres se encontraron de pronto cara a cara, sorprendidas, estupefactas. Clémence, con los ojos enrojecidos, abrió las hostilidades.

—¡Usted tiene la culpa de todo! Desde que apareció lo ha echado todo a perder.

—A perder ¿qué? —preguntó Romane con voz sorda.

—¿Qué cree? ¡Yo lo conozco desde hace años! Lo sé todo de él: interpretar sus sonrisas, descifrar sus penas, respetar sus silencios, ser su pilar en la sombra... ¿Y se presenta usted de buenas a primeras y pretende quitármelo? ¡Cuando pienso que lo conoció gracias a mí!

—¡Usted delira, Clémence!

—Créame, he visto desfilar muchas mujeres por su vida y una más no va a asustarme.

—No le permito que me hable así —la interrumpió Romane, reprimiendo un deseo violento de decirle cuatro verdades a Clémence.

—¡Soy yo quien no le permito que me lo robe! Estaba a punto de conquistarlo, lo sé. Esa intimidad entre nosotros, única, extraordinaria, que se reforzaba cada día más... ¡Es evidente que estamos hechos el uno para el otro!

Romane notó que le zumbaban los oídos y que de lo

más profundo de su interior surgía una determinación inquebrantable. La verdad saltaba ahora a los ojos: su amor por Maximilien, que estaba dispuesta a defender contra viento y marea.

—Lo siento, Clémence, pero se equivoca. Maximilien me quiere a mí y yo también le quiero. Nos hemos encontrado. Debe aceptarlo.

—¡No! ¡No lo acepto! Maximilien estaba dispuesto a amarme, después de todo lo que he sacrificado por él durante todos estos años. Y usted... ¡usted lo ha hechizado con su maldito programa! ¡Zor...!

No tuvo tiempo de pronunciar el insulto. Romane cedió a la irreprimible necesidad de poner freno a aquel discurso insoportable y le propinó una sonora bofetada a Clémence, que profirió un estridente grito de sorpresa. Con cara de estupefacción, se llevó la mano a la mejilla enrojecida.

«¡No, por favor! —pensó Romane—. ¡Parece que mi temperamento italiano ha vuelto a jugarme una mala pasada!» Sin embargo, sentía una especie de liberación, como si esa bofetada revelara por sí sola la fuerza de sus sentimientos y la profundidad de su compromiso con él. Inspiró hondo y vio a Maximilien avanzando hacia ellas, con una expresión atónita en el semblante. Durante un instante pareció que el tiempo se había congelado, ninguno de ellos se atrevía a hablar, ni siquiera a moverse. Maximilien fue el primero en romper el silencio, acercando una mano al brazo de Romane.

—Lo que has visto hace un momento no es en absoluto lo que crees. Ha sido Clémence quien se ha arrojado en mis brazos. La llamé para que viniera al despacho porque había descubierto algo muy grave: ¡fue ella quien te envenenó en la fiesta!

Romane encajó el golpe de esa revelación y miró de arriba abajo a la asistente. Maximilien tomó de nuevo la palabra:

—Clémence, en deferencia a su trabajo de todos estos años no vamos a acudir a la policía, pero me veo en la obligación de despedirla. Espero que sea consciente de la gravedad de sus actos.

La secretaria, lívida, no articulaba palabra. Su mirada iba de Romane a Maximilien, de Maximilien a Romane. Comprendía que ya no había nada que hacer.

Les volvió la espalda y pasó por el torniquete de salida en dirección a las grandes puertas acristaladas.

A Romane se le encogió el corazón. ¡Qué historia tan triste! ¿No había sido ella misma presa de los celos hacía poco? Sí, pero lo suyo no era comparable a lo que había hecho Clémence, que había permitido que los celos le impusieran su ley y justificaran su comportamiento. Aun así, ¿había algo más triste que un amor de sentido único? La compadecía sinceramente e imaginaba su sufrimiento. Luego, consciente de su suerte, estrechó con fuerza entre sus brazos a Maximilien, que la miraba enamorado.

—Estoy impaciente por contártelo todo con detalle. ¿Estás bien? ¿No estás muy alterada? Por cierto, ¿por qué has venido? ¿No debías descansar?

—Mi padre no se ha quedado mucho rato y, como la tarde se me hacía muy larga, se me ocurrió venir para darte una sorpresa.

—Era una sorpresa maravillosa. Y un poco avasalladora también... —En sus ojos apareció un brillo burlón—. Ahora que lo pienso, dígame una cosa, querida Romane, ¿no tendrá usted también tendencias bolineras? Nunca la habría creído capaz de darle un bofetón tan magistral a mi asistente.

Se sentía confusa, pero Maximilien la cogió por la barbilla para mirarla con una infinita ternura.

—Aunque la verdad es que no me desagrada...

Romane dejó escapar un profundo suspiro.

—Toda esta historia es una locura.

—Sí, pero la mayor locura es lo loco que estoy por usted, señorita —le susurró amorosamente al oído Maximilien.

Romane se deshacía de placer. Él la rodeó por la cintura y la condujo hacia la salida.

—¡Ven! Vámonos de aquí.

—¿Adónde me llevas?

—Sorpresa...

Epílogo

Dos años, seis meses y veinticinco días después, una preciosa tarde de junio, Romane y Maximilien deambulaban por las encantadoras callejuelas del distrito cuarto, a dos pasos de Notre-Dame, saboreando el resplandor de un cielo azul surrealista tratándose de París y la extraña sensación de estar haciendo novillos.

A Romane le apetecía comer un gofre. De un tiempo a esta parte le apetecía comer de todo. Antojos, al parecer. Maximilien la miró morder con deleite el dulce y no pudo evitar inclinarse con cariño para degustar sus labios azucarados. Se chupó los dedos como una niña glotona. Le encantaba ver la excitación en sus ojos.

Continuaron caminando hasta el puente Marie y se detuvieron un momento para contemplar el Sena y las minúsculas lenguas de fuego que resplandecían sobre sus aguas, dando a las orillas un encanto increíble. Maximilien la estrechó entre sus brazos, sin importarle en absoluto la anchura de su talle, y la besó con pasión en el cuello hasta que ella se echó a reír a carcajadas. Romane no recordaba haberse sentido jamás tan viva. Sobre todo ahora que iba a darle un hijo.

«¡Un pequeño bolinero!», había bromeado al salir de la consulta, después de que le hicieran una ecografía.

Habían contemplado con emoción la increíble imagen en tres dimensiones que les había entregado el médico y que ofrecía ya un retrato muy fiel de su futuro hijo. Una preciosa carita redonda de facciones armoniosas que los llenaba de orgullo.

Atravesaron luego la isla de Saint-Louis como si fueran unos Robinsones y estuvieran solos en el mundo. No perdidos, pero sí perdidamente enamorados, en una selva virgen de sentimientos que solo pedía ser desbrozada poco a poco. Ninguna cruz en su mapa del tesoro. Eso ya lo habían encontrado.

Se sentaron en la terraza de una cafetería. Romane pensó un momento en todo el camino recorrido en esos dos años y medio, desde la irreflexiva traición de Clémence. Después de su despido, la asistente de Maximilien desapareció de la circulación hasta que, hacía poco, les había enviado una carta. Sorprendente.

Les contaba que se había instalado en la zona sureste del país y había montado una empresa. Un círculo de enamorados rechazados que, al parecer, funcionaba muy bien. En el sobre había metido dos bonitas pulseras que había hecho ella misma. Confiaba en que algún día pudieran perdonarla y les deseaba que fueran muy felices.

Conforme pasaba el tiempo, Julie y Maximilien estrecharon sus lazos todavía más que antes, unidos por una conexión que solo unos gemelos pueden tener. Tras varias semanas de reflexión que la ayudaron a ver la enorme distancia entre sus aspiraciones profundas y la superficialidad del universo de la moda en el que se había movido hasta entonces, Julie decidió dar un giro de ciento ochenta grados y cambiar de camino. Así fue como recuperó su temprano amor por los animales y, con la ayuda de Maximilien, cursó estudios de especialista en comportamiento animal.

Unos meses después de que acabara el programa, Maximilien organizó para Romane la más bonita de las propuestas de no matrimonio. Porque ella, que ya se había casado una vez, no necesitaba una unión demasiado solemne. Fue un día fantástico. Todos los antiguos participantes en el programa les hicieron el honor de asistir. Incluso Peter Gardener, el exmarido de Romane, acudió con su nueva compañera, lo que la alegró muchísimo, contenta de que su ex hubiera encontrado una media naranja mucho más acorde con su personalidad de lo que ella habría sido jamás. Se abrazaron con afecto, confirmando una amistad profunda y sincera.

Recordaba con emoción su curioso intercambio de alianzas con Maximilien: ante Patrick, que había aceptado ejercer de maestro de ceremonias, en lugar de ponerse un anillo en el dedo se regalaron el uno al otro un colgante de oro, ensartado en un cordoncillo muy fino, que representaba dos corazones entrelazados. Un lazo. No una alienación. Así era como veían su unión.

Las noticias de los miembros del grupo eran bastante buenas: al final Janine no había querido volver a vivir con Patrick. Apreciaba demasiado su nueva independencia y prefería inventar con su marido una nueva forma de relación inspirada en la tendencia norteamericana del LAT (*Living Apart Together*, o el arte de vivir juntos por separado; mantener una relación fuerte sin convivir en el mismo domicilio, cada uno en su casa, pero juntos para compartir ratos especiales, para lo bueno y para lo mejor). Era su manera particular de mantener encendida la llama. Y sin duda eficaz, ya que Patrick no era ni mucho menos el mismo. Había adelgazado diez kilos y ahora se preocupaba de cuidarse como un jovencito para conquistar y reconquistar día tras día a su querida esposa.

Bruno también había sufrido una transformación considerable. Para empezar, en su práctica como gestor: echó el resto para crear con su equipo femenino lazos de confianza y solidaridad que antes no habrían podido existir y la atmósfera cambió de forma radical, hasta tal punto que en los pasillos se hablaba ahora de «Bruno y sus alegres chicas», un equipo que despertaba la admiración de sus superiores por su armonía y sus resultados. En cuanto a su vida personal, mantuvo su palabra y un día llamó a la puerta de su tía Astrée disfrazado de repartidor de pastas caseras. Desde ese día se convirtió en un sol en la vida de la anciana. Aún no había encontrado el amor, pero no perdía la esperanza y contaba con los efectos de su desbolinación para atraer un día u otro a una buena persona.

Thomas, el hijo de Émilie, destacó en el programa *Chefs del futuro* y le propusieron un curso de gastronomía en una prestigiosa escuela de la capital. Un gran restaurante con estrellas Michelin lo seguía ya de cerca para que se incorporase a su cocina en cuanto tuviera el diploma en el bolsillo. Émilie estaba orgullosísima, por descontado, aunque todos esos acontecimientos la ayudaron a tomar conciencia de lo más valioso: la dicha de poder mantener una buena relación con su hijo.

Por último, Nathalie consiguió un puesto en comunicación interna y aplicó lo que había aprendido en el programa para integrarse bien en el equipo, hasta hacerse muy popular y ser reconocida por... ¡su predisposición a escuchar! Enamorada en secreto de Maximilien, tardó un poco en reponerse de su desengaño. En una salida al teatro organizada por sus nuevos amigos, conoció a un actor que pisaba fuerte y se hacía oír. Tras una justa oratoria antológica en el bar después del espectáculo, Nathalie supo que su amor por fin había encontrado un interlocutor.

Por su parte, Maximilien cumplió su palabra de visitar con regularidad al pequeño Aziz para hacerle pasar un buen día. Comprendió que hacer feliz hacía feliz. Entre ellos dos se crearon tiernos lazos y quizá gracias a eso Maximilien descubrió en sí mismo un inesperado instinto paternal.

En cuanto a Pelota, acabó por conquistar a Maximilien. En presencia de Romane él fingía tratarla como un mal bicho y no querer ni oír hablar de ella, pero la joven veía que la cubría de caricias a la menor ocasión.

Tras la no propuesta de matrimonio, Romane se instaló en el amplio piso de Maximilien y dedicó los fines de semana a decorarlo para darle el suplemento de alma que le faltaba. «Un nido de amor perfecto», se dijo, sonriendo para sí mientras bebía.

Romane quería otra rodaja de limón y Maximilien levantó al instante un brazo para llamar al camarero. Esa vertiente caballerosa no le desagradaba en absoluto. En la mesa de al lado, un voluminoso señor fumaba un puro y lanzaba apestosas bocanadas de humo en su dirección. Como si estuviera solo en el mundo.

—Perdone, mi mujer está embarazada. ¿Le importaría echar el humo hacia otro lado?

El tipo se encogió de hombros, mirándolos sin ninguna consideración.

—La terraza es grande, siéntense en otro sitio —contestó, implacable.

Y siguió fumando como si tal cosa. Romane presintió que Maximilien estaba a punto de ponerse hecho una furia y, presionándole con ternura el antebrazo, lo exhortó a la calma.

—¡Anda, déjalo! ¡Vámonos! —susurró con una espléndida sonrisa que borró de un plumazo la irritación de Maximilien.

Con todo, antes de marcharse, no pudo evitar sacar una tarjeta del Centro de Reeducación. Aunque sabía que era imposible hacer que todo el mundo cambiara, sobre todo cuando la bolinería era tan acusada como en ese hombre, al menos tenía que intentarlo. Quizá cada una de sus sesiones de desbolinación conductual no era más que una gota de agua en el océano, pero ¿quién podía predecir, con el efecto mariposa, el alcance de sus acciones para hacer retroceder, por poco que fuese, la bolinería en el mundo? Eso la impulsó a dejar, pese a todo, la tarjeta en la mesa del señor.

—¡Piénselo! —dijo, guiñándole un ojo amablemente.

El hombre miró a los dos enamorados alejarse refunfuñando y echó un vistazo a la tarjeta. ¿Con Dos Bolas? ¿Qué gilipollez era esa?

La arrugó y la tiró al suelo. Al cabo de un momento, un transeúnte la recogió, la leyó y se la guardó en el bolsillo.

Breve manual antibolinería

ACTITUDES VITALES (las tres)
- **Actitud bolinera:** tendencia a sentirse superior («Soy/ actúo mejor que los demás»), a desarrollar, sobre todo en situaciones de estrés, actitudes de reproche y denigración, a juzgar al otro.
- **Actitud de sufrebolinero:** tendencia al complejo de inferioridad («Los demás son/actúan mejor que yo»), flagelación, baja autoestima, dudas sobre uno mismo, autocrítica... Tendencia a sufrir, a la pasividad.
- **Actitud ganadora:** ¡autoafirmación, escucha, diálogo y respeto para crear relaciones sanas y armoniosas!

ANTÍDOTOS ANTIBOLINERÍA
Las cualidades y valores que deben desarrollarse sin moderación son: humildad, tolerancia, comprensión, empatía, predisposición a escuchar, tacto, delicadeza, generosidad, amor, altruismo...

BOLASBOOK (crear un)
Escriba en un bonito cuaderno sus reflexiones sobre sus

propios comportamientos bolineros: identifíquelos, delimite los posibles elementos desencadenantes, imagine las soluciones para no volver a dejarse dominar por esas negativas manifestaciones bolineras, tan perjudiciales para usted y para su entorno.

BOLINERÍA (definición)
(n. f.): Conjunto de comportamientos bolineros, ocasionales o crónicos, que producen un impacto negativo en el entorno profesional o personal. Ejemplos: pequeños atentados contra la sensibilidad (falta de tacto, poca o nula predisposición a escuchar, falta de empatía, mezquindades); inclinación a la agresividad fácil o gratuita; mala fe con absoluta buena fe; tendencia al juicio fácil y a las críticas «de las tres íes»: injustas, injustificadas e inapropiadas; irreprimible necesidad de presionar inútilmente o de tener más razón de la razonable.

- **Signos exteriores de bolinería.** Lo habitual, en diferentes grados, es: aumento del ego, narcisismo o egocentrismo, instinto de dominación y sentimiento de superioridad más o menos exacerbado, inclinación natural a los juegos de poder o las relaciones de fuerza, falta de flexibilidad o de apertura de mente, dificultad para cuestionarse a uno mismo.
- **Las diez plagas de la bolinería.** Orgullo, propensión a juzgar, egocentrismo, poca o nula predisposición a escuchar, sentimiento de superioridad, ansia de dominación, tendencia a la agresividad, impaciencia, intolerancia y falta de empatía y de altruismo.

Bozo (el reflejo de)

¿Conoce al payaso Bozo? Cuando sienta que empieza a tomarse demasiado en serio (lo que nunca conduce a nada bueno), tóquese la nariz diciendo «Bozo» (como si se pusiera una nariz de payaso) para recordarse que, en cualquier situación, es conveniente ver las cosas con perspectiva, tomárselas con sentido del humor e incluso reírse de uno mismo.

Cambio de sillón

Atreverse a cambiar de punto de vista para ponerse de verdad en el lugar del otro, comprender lo que experimenta, aceptar el hecho de que tiene un sistema de percepción y de valores distinto del nuestro, ese es el reto del Cambio de Sillón. Abrirse a otros puntos de vista, no intentar tener razón a toda costa, aceptar la diferencia y, en caso necesario, tener la humildad de cuestionarse a uno mismo. ¿Cuáles son los beneficios? Desactivar los conflictos y los diálogos de sordos en los que cada uno permanece en posiciones inamovibles, enriquecerse con las diferencias, ganar en flexibilidad, tolerancia y empatía. Comprender la alteridad y hacer de ella una fuerza.

Cejar en el empeño

Querer «a toda costa». Deprisa. De inmediato. A la fuerza. Muy a menudo, eso conlleva problemas o desilusiones. El remedio: la predisposición a cejar en el empeño. Primera idea: desviar la atención, desenfocar. Ocuparse de otra cosa; si es posible, actividades físicas o manuales. Practicar la calma interior y la paciencia: meditación, yoga, taichí, marcha con plena conciencia o cualquier disciplina que devuelva la calma a un estado mental acelerado.

COACH INTERIOR (inventarse un)

Cuando sienta que está siendo presa de las dudas, las obsesiones, la flagelación, invéntese un coach interior, un entrenador (póngale nombre), una especie de mejor amigo, de guía comprensivo. ¿Qué le diría ese mejor amigo? ¿Qué palabras reconfortantes y alentadoras pronunciaría? Todo el mundo sabe que es más fácil ayudar a los demás que ayudarse a uno mismo. Por eso, crear un entrenador interior permite escuchar en su fuero interno una voz positiva (como la de una madre, un guía espiritual o el mejor amigo) y ver las preocupaciones con perspectiva.

COMUNICACIÓN (cuidar la)

La técnica ECRIN («joyero» en francés): ¡trate a las personas con las que se relaciona como si fueran delicadas perlas!

1. ESCUCHAR activamente y con una empatía sincera.
2. COMPRENDER y acoger el mensaje y las emociones del otro.
3. REFORMULAR el mensaje del otro para hacerle sentir que se ha comprendido y se reconoce lo que pide.
4. INVITAR a buscar soluciones propicias o compromisos favorables.
5. NUTRIR al otro dándole muestras de reconocimiento para alimentar un tipo de intercambio que conduzca a un desenlace positivo y constructivo.

La técnica de las tres frases mágicas para plantar cara con suavidad.

- **Frase mágica n.º 1: exponer los hechos** de una manera clara y concisa.

- **Frase mágica n.º 2: expresar los sentimientos** empleando el «yo» en lugar del «tú», para evitar que lo que decimos se convierta en un reproche y provoque agresividad.
- **Frase mágica n.º 3: expresar la propia necesidad, las propias expectativas,** y encontrar un compromiso o un acuerdo satisfactorio para ambos interlocutores. Los dos deben salir beneficiados.

Disco (cambiar de)

Nuestros discos malos son las historias negativas, con frecuencia heredadas de la infancia, que continuamos contándonos a nuestro pesar en la edad adulta y que ejercen una influencia negativa en nuestra vida: «Nunca he sabido...», «Siempre he sido una nulidad», «Soy incapaz de...». Falsas creencias, pensamientos limitadores, viejos esquemas repetitivos, escenarios de sabotaje personal. Tomar conciencia de esos discos malos, trabajar en ellos (coaching/terapia) y sustituirlos por discos buenos, nuevos pensamientos valorizadores y positivos: «Soy capaz», «Puedo conseguirlo», «Confío»...

Echar la persiana (saber)

Hacer demasiadas cosas, trabajar demasiado, obsesionarse con un proyecto o una tarea es infructuoso y agotador. Es conveniente aprender a parar, a cejar en el empeño, y tomarse tiempo para recuperar energías.

Egoísmo ilustrado (practicar el)

Dice un proverbio indio: «Dale placer al cuerpo para que el alma tenga ganas de quedarse en él».

Cuidarse a todos los niveles, físico y psicológico, es el mejor favor que puede uno hacerse a sí mismo y hacer a los que le rodean. Las buenas ondas que desprenderá le permitirán irradiar un aura positiva para usted y los demás.

FEMENINO-MASCULINO (equilibrar)

El secreto de la armonía interior y exterior es encontrar la combinación justa entre la parte femenina y masculina de uno mismo, el famoso equilibrio de fuerzas. El yin y el yang. El día y la noche, el calor y el frío. Desarrollar lo femenino es, por ejemplo, redondear allí donde hay demasiadas aristas, introducir empatía y tolerancia allí donde predomina la tendencia a juzgar, aportar calma y tranquilidad allí donde hay violencia.

FRECUENCIA INTERIOR (sintonizar la)

Al igual que se elige una frecuencia de radio, usted puede decidir cambiar su frecuencia interior y establecer, por ejemplo, un estado impregnado de paz, de comprensión, de tolerancia, de amabilidad. A partir de ese momento, las ondas que emita transformarán irremediablemente su relación con las personas y con el mundo. Esta nueva frecuencia vibratoria influirá también de manera importante en lo que atraiga hacia usted (en términos de personas y de acontecimientos), lo que tiene bastante que ver con la ley de la atracción.

GRATITUD (expresar su)

La gratitud va mucho más allá de la simple cortesía. Participa de forma activa en la buena salud emocional de aquellos que hacen un uso regular de ella. Dar las gracias todos los días por lo que la vida nos ofrece (incluso cosas que parecen evidentes o banales, como tener un techo bajo el que vivir, disfrutar de una buena comida en paz o besar a un ser querido) es la mejor manera de reforzar la sensación de bienestar general y de desarrollar una psicología positiva beneficiosa para todos, empezando por usted.

HACER FRENTE (a la bolinería)

Tres formas de reaccionar ante una «agresión bolinera»:

1. **La huida.** El resorte emocional es el miedo. Resulta útil para ponerse a salvo. Se «evapora» como en la cocción al vapor.
2. **La lucha.** El resorte emocional es la ira. Como una olla exprés, está en plena ebullición, bajo presión. Pero ¡cuidado con las reacciones explosivas! La idea es llegar a expresar un enojo sano y proporcionado, sin violencia.
3. **La inhibición.** No hay resorte. Las emociones permanecen bloqueadas en el interior como en la cocción a fuego lento. Y llega la asfixia. Sufre frustración, ira contenida, tristeza, abatimiento..., y deja que todo eso vaya en aumento. Esta actitud es la que más daño hace. Más vale abandonarla lo antes posible.

Tres formas de contrarrestar la bolinería:

• **Saber poner límites.** El otro no puede respetar sus límites si usted no los ha fijado de forma clara. Así pues, manifieste lo que es aceptable o no para usted. Se trata de establecer una especie de contrato tácito con sus allegados, o incluso con las personas de su entorno profesional.

- **Aprender a decir no.** Practicar el NO firme y decidido, sin violencia. Aplicar la técnica del «disco rayado»: repetir su decisión una y otra vez, sin agresividad, hasta que el otro la acepte. Ejemplo: «Comprendo que te contraríe, pero no, no voy a comprarte eso».
- **Cultivar la autoafirmación.** Una de las técnicas para reforzar la autoafirmación es afianzar sólidamente las cualidades de uno, sus éxitos y sus recursos personales. ¡Explote sus tesoros interiores!

Trabajos manuales: pulsera yo-de-oro

Con cuentas o piedras, hágase esta joya que se convertirá en un objeto fetiche para afianzar su confianza en sí mismo: unas cuentas/piedras representarán sus cualidades; otras, los momentos o estados de sus recursos (cuando baila, cuando escucha música, cuando se siente bien); y otras, sus mejores éxitos. ¡Recite todos los días, como si rezara el rosario, sus cualidades, recursos y éxitos!

Intención positiva (en la sonrisa y la mirada)

Aprenda a poner una intención positiva en su sonrisa y su mirada. Ofrezca cada día este regalo a sus interlocutores: siéntase colmado de comprensión, bondad y generosidad en su interior, y transmítalas en su forma de mirar al otro y de sonreírle. Dígale con esa mirada y esa sonrisa que lo considera una persona única, y constate los innegables efectos.

Línea de conducta (trazar una)

¿Quién no necesita una línea directriz inspiradora para guiar sus actos y realinear sus comportamientos? Tender a cultivar a diario lo Bueno, lo Bello y el Bien puede proporcionarle una filosofía de vida propicia para crear su felicidad y la de su entorno, sea mediante pequeños o grandes actos.

LUGAR EN EL UNIVERSO (recordar nuestro)

Para tomar distancia y ver las cosas con perspectiva, no hay nada mejor que recordar el lugar que ocupamos en el mundo: ¡un puntito minúsculo, una mota de polvo! No somos el centro del universo. En cambio, estamos íntimamente unidos a todas las cosas y todos los seres. De ahí la importancia de ser responsables de nuestros actos.

MATICES (hacer uso de los)

Desarrollar la inteligencia emocional evitando juzgar a las personas o las situaciones a través de un filtro completamente negro o completamente blanco. A fin de disminuir el riesgo de excedernos, desarrollar finura y sutileza. Aplicar las palabras adecuadas a lo que uno siente y piensa. Aprender a someterse a autoobservación para descubrir y reaccionar cuando la expresión de una emoción resulta excesiva, inapropiada o injustificada.

MIRADA DE LOS DEMÁS (liberarse de la)

Lo que para usted es de vital importancia, para los demás, en realidad, lo es mucho menos. Así pues, una vez que ha tomado conciencia de que todo el mundo tiene tendencia a mirarse el ombligo, distánciese con tranquilidad de la mirada de los demás. De hecho, cuanto más se reafirme en «lo que es», mejor lo aceptarán los demás. Las dudas y las vacilaciones son lo que abre una brecha y da pábulo a las críticas.

Modelos de no bolinería

Identifique sus modelos de no bolinería, personajes de paz, de no violencia, de altruismo. Lea su biografía, imprima su imagen. En determinadas situaciones, juegue a ponerse en su piel. ¿Cómo reaccionarían? ¿Qué harían? ¿Qué dirían en su lugar?

Monos (aplicar la sabiduría de los tres monos)

- Primer mono, con las manos tapándose los oídos: «**Permanezca atento a no dejar de prestar oídos**». Ofrezca al otro una escucha de calidad, una presencia y una atención de calidad.
- Segundo mono, con las manos tapándose la boca: «**Permanezca atento a no decir palabras desafortunadas**». Practique la economía y la exactitud en el lenguaje y aprenda a desterrar las palabras inoportunas o malintencionadas.
- Tercer mono, con las manos tapándose los ojos: «**Permanezca atento a no formarse una idea falsa de las situaciones**». Desconfíe de sus filtros deformantes: juicios, creencias, prejuicios, falsas ideas... Intente mirar la realidad y a las personas de la manera más ajustada posible.

Perdón (saber pedir)

Saber pedir perdón es hacerse un regalo a uno mismo y al otro. Es un acto fuerte, valiente y beneficioso que permite reparar la relación y demuestra una gran madurez. Pedir perdón es mostrar que uno es capaz de cuestionarse, de reconocer sus errores y de dar un paso hacia el otro. Llegado el caso, es muy raro que la persona no le tienda la mano a cambio.

PRESENTE (estar presente en el presente)
Poner los pensamientos en «off» y los cinco sentidos en «on», esa es la clave para entrenarse en la plena conciencia. Estar presente en uno mismo, acordarse de la respiración, observar lo que sucede en su interior y a su alrededor.

RESPONSABILIDAD (asumir nuestra parte de)
Conflictos, desavenencias y rencores suelen ser el resultado de esa primera reacción de echarles la culpa a los demás, sin reflexionar en la parte de responsabilidad de uno en cualquier situación. Si aprendemos a dar un paso hacia el otro y a reconocer nuestros errores o nuestra parte de responsabilidad, la discordia desaparece rápidamente, como por arte de magia.

SISTEMA PERSONAL (estudiar el propio)
Con ayuda de bolas de poliestireno de diferentes tamaños, intente reconstruir su universo personal (una especie de sistema solar cuyos planetas serían las personas de su entorno) y el lugar de cada uno alrededor de usted. ¿Algunos ocupan demasiado espacio? ¿Otros son olvidados o dejados de lado? ¿Constata desequilibrios o cosas que le gustaría cambiar?

SOL (convertirse en el sol en la vida de alguien)
Una de las claves de la verdadera felicidad es dar amor a una persona, un niño, un animal e incluso una planta, y dedicarles tiempo de calidad.

VENENOS MENTALES (librarse de los)

Todos los pensamientos tóxicos que nuestro cerebro elabora son venenos mentales. Celos, envidia o rabia, autodenigración, comparaciones nefastas... La primera reacción salvadora es la toma de conciencia. Observarse a uno mismo intoxicándose con pensamientos destructivos permite decir basta. Un trabajo en profundidad para comprender la raíz de estos esquemas de pensamiento puede resultar necesario para acabar con ellos para siempre.